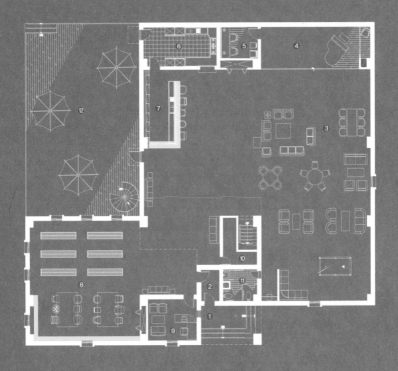

1	현관	7	채플(chapel)
2	전실	8	도서관
3	홀	9	사무실
4	무대	10	창고
5	대기실	11	1층 화장실(여자) / 2층 화장실(남자)
6	주방	12	데크(deck)

1층 평면도

| 1 | 3 | 5 | 10m |

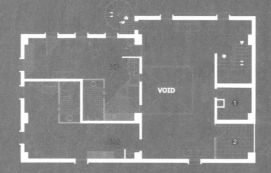

VOID

301

302

3(4)층 평면도

1   3   5   10m

클럽 페르소나

클럽 페르소나

—

2015년 7월 5일 1판 1쇄 인쇄
2015년 7월 15일 1판 1쇄 발행

—

지은이 이석용
펴낸이 이상훈
펴낸곳 책밥
주소 121-883 서울시 마포구 독막로3길 8(합정동 412-19) 재성빌딩 2층
전화 번호 02) 582-6707
팩스 번호 02) 335-6702
홈페이지 www.bookisbab.co.kr
등록 2007.1.31. 제313-2007-126호

—

편집 · 진행 김난아
디자인 디자인허브
마케팅 오정옥

—

ISBN 979-11-952479-7-4 (03810)
정가 11,500원

—

책밥은 (주)오렌지페이퍼의 출판 브랜드입니다.

이 도서의 국립중앙도서관 출판예정도서목록(CIP)은 서지정보유통지원시스템 홈페이지
(http://seoji.nl.go.kr)와 국가자료공동목록시스템(http://www.nl.go.kr/kolisnet)에서
이용하실 수 있습니다.(CIP제어번호: CIP2015017748)

클럽 페르소나

이석용 지음

책밥

작가 박완서 정혜 엘리사벳(1931. 10. 20.~2011. 1. 22.)을 기억하고,
어머니 한희자 데오필라(1946. 10. 25.~2009. 4. 16.)를 추억하며

외로운 사람들이
나누는 대화는
서로를 더욱
외롭게 한다.
|

Lillian Florence Hellman[1)]
(1905. 6. 26.~1984. 7. 2.)

진술

「그 날은 눈이 끝도 없이 내렸어요.」

차분한 목소리였지만 어쩐지 감정은 탈색된 것 같았다. 그 짤막한 말이 전부인 양 초점 없는 시선만이 어느 먼 곳을 더듬을 뿐이었다.

문 앞을 버티던 마뜩지 않은 표정의 사내가 비아냥거렸다.

「때가 어느 땐데, 비도 아니고…….」

마주 앉은 남자가 눈을 치켜뜨는 것으로 사내를 나무랐다.

「계속 말씀하세요.」

이런 작은 실랑이는 안중에도 없다는 듯 제 손에 입김을 불어 넣었다.

「후~」

사내들은 서로를 쳐다봤다. 그러는 사이 이야기는 다시 시작되었다.

「거긴 참 별난 곳이에요. 하얀 눈 아래 있는 것들은 하나같이 거짓

들뿐이죠. 하지만 이제 막 시작하려는 불행만은 진짜였어요.」

표정을 감추려는 듯 코를 한 번 훔치고는 종이컵을 입으로 가져
갔다.

「큰길에서 고개를 빼면 서울 입성을 알리는 안내판이 보이는 곳
이잖아요? 게다가 20분 거리에 인파로 넘치는 번화가가 있는 곳인
데도, 사람들은 그 건물이 거기에 있는지 잘 알지 못했어요. 그러니
그날처럼 눈이 내리기라도 하면 어떻겠어요? 건물은커녕 입구조차
도 찾을 수 없죠. 하지만 전 어렵지 않게 큰길에 면한 입구를 찾아
들어갔어요. 눈 덮인 수북한 나무 사이를 걸으면 두툼한 솜이불에
손을 찔러 넣는 느낌이 들어요. 초청받지 못한 토끼 굴로 들어가는
느낌이랄까요.

도화지처럼 깨끗한 마당을 보면서 아무 발자국도 없을 리가 없는
데, 하는 생각이 들었어요. 그래서 왠지 전 제 발자국이라도 필사적
으로 남겨야겠다고 결심했었던 것 같아요.

건물로 들어선 건 아마도 이마에 땀이 배어 나올 때쯤인 것 같아
요. 1층엔 아무도 없었어요. 불이 모두 꺼져 있었거든요. 사람이 없어
도 늘 켜 놓는 곳인데, 불마저 꺼져 있다면 분명 아무도 없다는 것 아
니겠어요? 사실 불이 꺼져 있는 걸 본 것도 그날이 처음이었지만요.

전 습관처럼 계단실 액자 하나하나에 손가락으로 콕콕 인사를 했
어요. 2층 역시 불이 꺼져 있긴 했지만 그렇다고 아무도 없었던 건
아니었어요. 안쪽 방에서 몇 사람이 텔레비전의 환한 전자파를 뒤
집어쓰고 있었거든요. 전 방송 내용이 궁금해졌어요. 어둠 속이니까
괜찮겠다 싶었을 거예요. 그런데 놀라운 건 그날 방송을 신기할 정

도로 정확하게 기억하고 있다는 거예요. 들어 보실래요? 흠, 흠, 저 돌적으로 파고드는 챔피언 움베르토 곤잘레스에 맞서 4회까지 대등한 경기를 펼쳤으나, 5회 이후 급격히 떨어진 체력으로 인해 심판 전원 일치의 판정패를 당하고 말았습니다. 장 선수는 지난 83년 이 체급 타이틀을 획득하고, 15차 방어까지 성공하는 신화를 만들어 내지 않았습니까? 그러나 작년에 이혼과 불면증 등으로 타이틀을 자진 반납한 바 있습니다. 아직 실망하긴 이르죠? 전적은 오늘 패배를 포함하더라도 37승 2패로, 아직 엄청난 전적이라 할 수 있겠습니다. 게다가 그중 16KO……」

아나운서 톤으로 힘주어 얘기하는 것이 힘들었는지 다시 한 번 종이컵을 입으로 가져갔다.

「거기까지였어요. 그때 위층에서 큰 소리가 들렸거든요. 사람들이 갑자기 벌떡 일어서서 신발을 신기 시작했어요. 그때 저도 무심코 제 발을 내려다봤어요. 그제야 제가 맨발이었다는 걸 알았어요. 눈밭을 뛰어다닐 때도 몰랐는데, 그들이 신발을 신는 걸 보고 알았다니까요. 하지만 오히려 잘됐다 싶었어요. 살금살금 걸을 필요가 없었으니까요. 냅다 계단을 뛰어 올라갔어요.

활짝 열린 방 안에서 불빛이 흘러나오고 있었죠. 숨을 곳이 필요했어요. 다행히도 열린 문 맞은편에 키 작은 선반이 보였어요. 잽싸게 그 밑으로 숨어들 수 있었죠. 처음엔 눈이 부셔서 방 안을 볼 수 없었어요. 뒤따라온 사람들이 방에 도착했을 때에도 눈을 감고 있었던 것 같아요. 눈을 감고 있자니 음악 소리가 들렸어요. 귀에 익은 음악이었죠. 심하게 휘어진 레코드판 위를 바늘이 넘실거릴 때면 이난영의 창법은 더 간드러졌어요. 그 소리만으로도 저는 그 방이 402호란 걸 알 수 있었어요. 빛에 눈이 익숙해지면서 손가락 사이로 조금씩 눈을 뜰 수 있었죠. 좁은 방 안엔 벌써 사람들로 가득했고, 그들은 아무 말도 하지 않았어요. 그러니까 그렇게 음악이 선명하게 들렸겠죠? 그런데 저도 잠시 후 그 이유를 알게 되었죠. 그들처럼 멀뚱히 방 안 한 곳에 시선을 빼앗기고 말았거든요. 그때 테이블 옆 스탠드는 방 안 모든 것에 그림자를 매달았는데, 유독 천장에 짙고 긴 그림자를 드리운 게 보였어요. 천장에 매달려 있는 사람이었죠.

창백한 얼굴에 짙붉은 립스틱은 격렬하게 서로를 침범하고 있었고, 화사한 봄 같은 꽃무늬 드레스와 하늘거리는 레이스의 블라우스는 고통스러운 표정과는 너무나 어울리지 않았어요. 처음엔 누군지 알아보지 못했어요. 오르골의 발레리나처럼 천천히 돌고 있었거든요. 오히려 몇 바퀴쨌지가 더 궁금할 뿐이었죠. 그런 생각을 하고 있는데 갑자기 눈물이 왈칵 쏟아지더군요. 그리고 비명처럼 울음을 터트렸어요.」

6월 28일(火)

한적한 동네를 어수선하게 깨운 건 잡음이 절반인 무전 소리였다. 경찰차의 보닛과 우산을 치는 빗소리는 껑충한 나무들에 갇혀 좁은 마당을 튕겨 다녔다. 그리고 축축한 회색빛의 건물과 무채색 우산 숲을 선명한 노란색의 테이프가 둘로 토막 내고 있었다.

〈출입금지 ─ POLICE LINE ─ 수사중〉

거무튀튀한 우산들 뒤로 빨간 바탕에 하얀 땡땡이 우산 하나가 달라붙었다. 땡땡이 우산은 무리 뒤를 서성였다. 무전기를 두 손으로 쥐고 있던 앳된 경찰관이 짤막한 짜증을 뱉어 냈다.

「아주머니, 아주머니! 그러시면 안 돼요.」

「저요?」

땡땡이 우산이 돌아봤다. 삼십 대 후반, 사십 대 초반쯤 되었을까?

가슴 파인 흰 티셔츠를 받쳐 입은 데님 남방에, 종아리까지 내려오는 주름치마, 어깨엔 토트백을 바짝 당겨 메고 있는, 보통의 아줌마였다. 하지만 그녀의 까랑까랑한 목소리는 호리호리한 큰 키와 하얀 얼굴을 건성으로 확인한 사람들에게는 다시 한 번 쳐다보게 만드는 뭔가가 있었다.

「네, 아주머니요. 괜히 사람들 모여 있어서 뭔가 하고 오신 것 같은데, 구경할 거 없어요. 그냥 돌아가세요. 방해되잖아요.」

「이 사람들은 뭐예요?」

그녀는 턱으로 사람들을 가리켰다.

「여기 회원들이래요. 가라고 해도 도무지 가지 않고, 언제 들어갈 수 있느냐고만 되묻지 뭡니까!」

그녀는 시큰둥한 표정으로 천천히 목걸이 줄을 잡아당겼다. 줄의 한쪽 끝은 가슴골 깊은 곳에서 빠져나오려 하지 않았다. 경찰관은 자신도 모르게 침을 꿀꺽 삼켰다. 그녀는 상기된 경찰관의 눈을 똑바로 쳐다보면서 계속해서 줄을 당겼다. 결국 '툭' 하고 빠져나온 것은 다름 아닌 작은 수첩이었다. 참 낯익은 수첩이다, 하던 참에 건물 앞에서 누군가의 목소리가 들려왔다.

「혹시 동대문경찰서 서효자 형사님 계십니까?」

「여기요!」

그녀는 수첩을 들어 대답했다.

사람들은 어깨 너머로 흘깃 쳐다보고는 마지못해 자리를 냈고, 일시에 움직인 탓인지 마당 자갈에선 신경질적인 소음이 일었다. 그리고 다시 어떤 발표도 있을 것 같지 않은 앞쪽을 뚫어져라 응시했다.

아주 천천히 그 사이를 걸어가는 서효자 형사의 등 뒤에선 한 박자 더디게 '충성!' 하는 경례 소리가 따라왔다.

정면을 응시하던 뚜렷한 시선들은 서 형사가 옆을 지나치자마자 가느다랗게 뒤통수로 몰려들었다.

「여자네.」

벌어진 입술 사이로 흘러나온 건조한 혼잣말이었다. 누구였는지 흘깃 짐작해 보려 했지만 언제 그랬냐는 시선들은 다시 흩어져 앞을 응시했다.

서 형사는 건물 앞에서 목에 걸린 수첩을 펴 보였다.

「동대문경찰서 서효자 형사예요.」

「남양주경찰서 홍창수 형삽니다. 서장님께 직접 서효자 형사님을 잘 도우라는 지시를 받았습니다. 이쪽으로 오시죠. 현장으로 안내해 드리겠습니다.」

홍 형사는 깍듯이 예의를 갖춘 후에 현관문을 열어 서 형사를 기다렸다. 그러나 서 형사는 현관 앞에 서서 움직일 기색을 보이지 않았다.

「홍창수 형사님, 먼저 확실히 해 두죠. 혹시 이 사건 현장 책임자가 누구라고 듣고 나오셨나요?」

갑작스러운 질문에 홍 형사는 당황하는 기색이 역력했다. 문손잡이를 놓고 얼른 서 형사 옆으로 섰다.

「네? 저는…… 서효자 형사님으로 알고 있는데요?」

「홍창수 형사님, 혹시 경력이 어떻게 되시나요?」

「저, 저는 경력이랄 것도 없습니다. 오늘 처음으로 사건 현장

에 나온 거니까요. 경장 달면서 추천으로 형사과로 옮긴 경웁니다
만…….」

「전 경찰대학 졸업하고 형사 생활 한 지도 벌써 이십 년을 바라보
고 있어요. 그리고 나이도 내가 열네댓 살은 더 많아 보이는데……
말 편하게 할게요. 어때요?」

「무, 물론입니다. 편하게 하십쇼.」

「여형사가 와서 놀랐어?」

「아, 아닙니다. 놀라긴요. 성함도 이미 알고 있는데요.」

홍 형사는 과장되게 손사래를 쳤다.

「아까 날 보고는 좀 의외라는 표정이던데?」

「아…… 그건 사실 여자 형사님이라서 놀란 것이 아니라 복장 때
문에…… 저희 강력계 여형사님은 남자보다 더 남자처럼 입고 다니
시거든요. 우스갯소리로 바지 지퍼 없으면 오줌도 못 싼다고 그러시
곤…….」

홍 형사는 너무 나갔다는 생각이 들었던지 입을 손으로 막는 시
늉을 했다.

「죄송합니다. 저희 남 형사, 그러니까 남진숙 형사가 그렇다는
말이었습니다. 그런데 형사님은 그냥 평범한 주부처럼 입고 계셔
서…….」

「그래? 범인을 추격하기엔 좀 불편해 보인다?」

「아, 아닙니다.」

홍 형사는 필사적으로 두 손을 휘휘 저었다.

「그게 다 영화가 만든 환상이라고. 형사들이 맨날 추격이나 하고

격투 끝에 범인을 잡는다는 환상. 능력도 없으면서 진급에 목매는 녀석들이나 옳거니 하고 그 뒤로 숨는 거고. 사실상 대개의 수사는 적합한 증거와 통찰로 범인을 뒤쫓는 거야. 증인, 목격자 때로는 범인조차도 이 푸근한 치마 앞에서 편하게 입을 여는 법이란 걸 기억해 두라고. 그리고 필요할 때엔 고무줄로 한 번 휙 묶으면 사내들보다 더 빠르게 뛸 수도 있거든. 어쨌든 차차 적응하도록 하자고. 그건 그렇고…… 이 문패, 〈클럽 페르소나〉라고 쓰여 있는 건가?」

서 형사가 가리키는 곳엔 손바닥만 한 나무 쪼가리가 하나 붙어 있었다. 〈클럽 페르소나〉라고 적혀 있는 나뭇조각은 보란 듯이 문 정면, 사람 키 높이에 걸려 있음에도 당연한 사실조차 의심스럽게 만드는 것이었다. 연필 글씨로, 그것도 나뭇결에 숨겨지는 딱 한 줄의 가는 선 글씨는 과연 이곳이 아무개 클럽이라는 것을 알려 줄 의도가 있는가 하는 의문이 들게 했다. 무사히 걸려 있고(어쩌면 붙어 있었는지도), 지워지지 않은 것만으로도 다행인 문패가 아닐 수 없었다.

「어, 그런 게 있었네요? 이틀 동안 현장에 나왔지만 문패는 지금 처음 봤습니다. 여기 클럽 이름이 〈클럽 페르소나〉입니다.」

「어떤 곳이지?」

「좀 독특한 곳입니다. 역사 속 인물들과 이름이 같은 사람만 회원이 될 수 있는 회원 전용 클럽이더라고요. 가입 조건도 꽤나 까다로운 데다가 일반 손님들은 물론이고 온라인 회원들도 준회원으로 분류되어서 정회원의 초대가 아니면 출입할 수도 없다고 합니다. 자기들끼리는 호나 자로 부르고요.」

「역사 속 인물들과 동명이인들로 이루어진 회원 전용 클럽이란 말이지? 재미있는 곳이네. 그럼 들어가지.」

「제가 안내하겠습니다.」

우산을 받아 든 홍 형사가 앞장섰지만 이번에도 서 형사는 그 뒤를 바로 따라갈 수 없었다. 방금 들어온 현관문은 시공을 넘어 전혀 다른 곳으로 갈라놓은 느낌을 주고 있기 때문이다.

현관문으로는 좀 작다 싶은 문을 열고 들어간 실내는 아무것도 없어 멍하니 바라보게 하는 외관과는 판이하게 달랐다. 우선 현관의 작은 전실(前室)은 넘쳐 나는 무엇으로 매우 복잡하게 얽힌 실타래를 연상케 했다. 외기(外氣)에 직접 맞닥뜨리지 않으려는 본연의 역할보다는 게시판으로의 부가적 역할을 톡톡히 하고 있었다. 내용만큼이나 각양각색의 종이들은 코르크판에 어지럽게 꽂혀 있었고, 여러 장의 사진들을 포함한 숱한 정보들은 빽빽하다 못해 벽과 천장까지 범람하고 있었다. 바닥 역시 예외는 아니어서 제본된 다양한 책자들로 가득했다. 매우 학구적인 대학 기숙사의 입구가 이와 비슷하지 않을까 하는 생각이 들 정도였다. 겨우 입구가 이럴 건데, 하는 생각으로 심호흡을 했다. 다시 왼쪽 벽 황동의 문손잡이를 비틀어 비로소 홀(hall)로 들어섰다.

예상을 한참 빗나간 공간은 또 한 번 서 형사를 놀라게 했다. 문 안으로 들여놓은 첫발은 그야말로 뻥 뚫린 느낌 그 자체였다. 건물 앞마당보다 더 개방된 느낌이다. 열린 공간을 밀도 있는 물질로 치환할라치면 현관 앞 홀은 방문객을 압사시킬 만큼의 엄청난 중압 지점이 된다. 마당에서 확인한 바와 같이 건물은 두 덩이, 마치 담뱃갑 두 개로 하나는 세우고 하나는 뉘어 모서리에서 포갠 볼륨이 된다. 지금 서 형사 위로는 세운 담뱃갑의 최고층까지 그대로 열려 있었고, 안쪽으로는 누운 녀석의 속살이 한 번에 다가오는 것이다. 특별한 마감 없이 구조를 그대로 노출한 실내는 고래의 뱃속 같기도 하고, 비좁은 통로를 헤집고 들어온 반전 있는 토끼의 은신처 같기도 했다. 현관에서 가까운 곳엔 사무실과 이에 면해 작은 도서관이 있는데, 면적은 그리 넓지 않지만 2층까지 열린 천장과 그에 맞춰 올라간 책꽂이 때문에 그다지 좁다는 느낌은 들지 않았다.

서 형사는 홀 중앙으로 천천히 걸어 들어갔다. 그 한복판에서 뭔가 확인할 필요가 있었다. 오래된 나무 바닥이라든지 콘크리트 그 자체가 최종 마감인 벽과 천장은 건물 외관과 그리 다르지 않은 일관된 몰개성이랄 수 있지만, 실상 공간을 지배하는 분위기는 심각한 어수선함으로 가득 차 있기 때문이었다. 홀의 중앙으로 다가갈수록 그 어수선함의 정체가 서서히 드러났다. 바로 가구 때문이었다.

홀 전체에는 십수 개의 소파와 테이블 세트들이 있었지만 모양이 같은 것은 하나도 없어 보였다. 심지어 하나의 세트 내에도 엉뚱한 의자나 소파가 끼어 있었고, 바(bar)의 1인용 스툴(stool) 역시 제각기 달랐다. 그 수나 배치가 계획된 것이 아닌 그냥 채워진 게 아닐까 하는 생각이 들게 했다. 그뿐만이 아니었다. 조명 역시 마찬가지였다. 피아노가 놓인 작은 스테이지 앞 소파에는 사람 키 높이의 스탠딩 조명이, 〈Chapel(채플)〉이라는 간판이 붙은 바 앞 테이블은 천장에 달아맨 펜던트가 중앙을 차지하고 있었다. 홀 중앙 기둥에는 사면에 서로 다른 모양의 브래킷이 붙어 있었고, 어떤 테이블 위에는 여덟 종류의 각기 다른 스탠드가 놓여 있기도 했다. 소소한 소품들도 마찬가지였다. 어떤 테이블엔 천이 씌어 있기도 하고, 어디엔 의자 등받이에만 천이 씌어져 있었다. 어쩌면 유일하게 세트로 맞춰진 것은 피아노와 피아노 의자뿐인 것 같았다. 이런 상황이니 이 널찍한 공간이 어수선하게 느껴지는 것도 무리는 아니었다.

계단실을 따라 오르다가 슬쩍 들여다본 2층 역시 1층과 비슷한 형편이었지만 그 혼란스러움은 다소 누그러져 있었다. 신발을 벗고 들어갈 수 있는 널찍한 온돌 마루에 역시 제각기 다른 탁자를 가지고 있었지만, 아마도 천장의 형광등만큼은 모두 한결같기 때문이 아닐까 싶었다.

홍 형사는 사건 현장인 3층으로 안내하면서 3층과 4층은 주거용 객실이 두 호씩 있다고 설명했다. 계단실은 온통 클럽의 역사들로 가득했다. 빛바랜 사진들부터 최근의 것으로 보이는 사진까지 모두 깔끔한 액자에 담겨져 있었다. 현관 입구의 수많은 메시지와 더불어 클럽이 매우 활동적이라는 걸 알 수 있게 했다.

3층은 난간이 둘러져 있는 열린 공간을 제외하고는 모두 붉은 카펫이 깔려 있었고, 전체적으로 어두침침했다. 그나마 몇 개의 작은 창이 카펫의 작은 부분만을 밝힐 뿐이었다.

계단에서 먼 302호 앞에는 제복 경찰관이 한 명 서 있었고, 출입문의 노란 테이프가 또 한 번 관계자 이외의 출입을 통제하고 있었다. 깔끔하게 경례를 붙인 경찰관은 얼마 전 과학수사팀이 다녀갔다고 전했다. 붉은 카펫은 두 형사를 따라 들어와서는 방 안 깊숙한 곳까지 앞질러 있었다. 방 입구에서 홍 형사가 손바닥만 한 태블릿 PC

를 꺼내 들었다.

「변사체는 올해로 일흔 하나인 허균 씨로, 26일 일요일 20시 13분에 클럽 바텐더가 119로 신고하……」

「아, 잠깐만!」

서 형사가 손을 들어 브리핑을 멈춰 세웠다.

「네?」

고개를 든 홍 형사는 무슨 실수라도 한 건 아닐까 하는 조심스러운 표정이었다.

「미안하지만, 나는 아무런 상황 설명 없이 사건 현장을 먼저 둘러보고 싶은데…… 그러면 좀 더 객관적으로 상황을 바라볼 수 있지 않을까 해서 말이야. 이번 사건도 예외로 두고 싶지 않은데, 괜찮겠지?」

「아, 물론입니다. 제가 여쭤 보지도 않고…… 죄송합니다. 먼저 둘러보십시오.」

홍 형사는 벽에 바짝 붙는 시늉까지 했다. 서 형사는 두 손을 모아 감사의 제스처를 취한 후 주머니에서 고무줄을 꺼내 머리를 아무렇게나 질끈 묶었다.

'ㄴ' 자의 평면 형태를 가진 302호는 출입구에서는 보이지 않는 공간을 가지고 있었다. 현관에 서면 간이 주방 너머로 소파와 테이블 그리고 키 작은 스탠드를 갖춘 응접 공간까지만 한 번에 볼 수 있었다. 홀의 것과 같은 크기의 창문은 응접 공간 맞은편에 구석진 공간이 있음을 비춰 주고 있었고, 그곳엔 싱글 침대와 옷장 그리고 유리블록으로 둘러진 욕실이 있었다. 모든 집기들은 오래된 빛이 역력

했지만 잘 정돈되어 있었다. 어쩌면 예전 새 가구였을 때 놓인 그 자리에서 시간의 먼지만을 뒤집어쓴 채 고스란히 박제되어 있는 것은 아닌가 싶을 정도였다. 비로드(veludo)가 덮인 테이블 위 구식 턴테이블은 이 방의 몇 안 되는 집기이며, 유일하게 반듯하지 않게 놓여 있는 것이었다. 서 형사는 손수건을 이용해 열리는 모든 것들을 열어 보았고, 때론 속눈썹이 닿을 듯이 들이밀고 꼼꼼하게 관찰하기도 했다.

비가 그쳤는지 동쪽으로 난 작은 창은 황금빛 햇살을 방 안으로 끌어들이기 시작했다. 햇살은 카펫의 붉은 기운을 그대로 유리블록에 묻혀 냈고, 욕실 벽의 붉은 글씨는 유리블록에 확대, 과장되어 있었다.

不須胡亂行

'불수호난행?'

그 자리에서 빙글빙글 돌면서 주위를 관찰하던 서 형사는 유리블록 안 욕조에 시선을 고정한 채 한참 만에 말을 꺼냈다.

「자, 그럼 기본 사항부터 상세히 얘기해 주겠어? 누군가 죽어 나갔다는 정황 말고는 더 들은 게 없거든. 그것도 출근 직전에. 사체가 발견된 곳이 어디지?」

「사체가 발견된 곳은 지금 바라보고 계신 욕조입니다. 그러면 지금까지 조사한 내용을 말씀드리겠습니다.」

서 형사는 여전히 욕조 옆 벽에 적힌 붉은 글씨에서 눈을 떼지 않고 가만히 고개만 끄덕였다. 홍 형사가 전한 사건 개요는 다음과 같다.

119로 사고가 접수된 것은 이틀 전, 6월 26일 일요일 20시경. 이 클럽의 바텐더인 정정화 씨는 사고 현장을 최초로 발견한 사람이면서 신고자다. 마당에서 들어와 막 홀을 지나가려 하는데 위층에서 '탁, 탁, 탁' 하는 일정한 간격의 소리가 들려왔다고 한다. 소리의 원인을 알아보려 올라온 김에 마침 저녁 식사 시간도 좀 지났고 해서 식사 여부를 물으려고 했다가 욕조에 쓰러져 있는 변사체를 발견한 것이었다. 사망자 허균, 71세의 나이에 비해 건장하고 다부진 체격이며, 클럽 페르소나의 창립자인 동시에 클럽하우스의 소유주이다. 당연히 사고로 생각하고 119에 신고했다고 하는데, 그 이유는 욕조에 비누가 떨어져 있었기 때문이라고 했다. 아마도 목욕 중 풍류가 올라 벽에 경구(警句) 몇 자를 쓰다가 실족한 것이 아닌가 생각했다는 것이다. 바텐더의 얘기처럼 벽에는 빨간색으로 커다랗게 다섯 글자의 한자가 흘려 써져 있었다. 조사한 바에 의하면 '不須胡亂行(불수호난행)'은 '모름지기 어지럽게 걸어가지 말지니'라는 의미라고 했다. 그리고 119에 녹취된 당시 신고 전화를 들려줬다.

『119죠? 전 정정화라는 사람입니다. 저희 클럽 원로 한 분이 욕조에서 비누를 밟고 쓰러지셨어요. 빨리 좀 오셔야겠습니다. 코에 귀를 대 보니 숨을 쉬지 않아요. 여기는 남양주……』

다급한 목소리는 마치 피해자가 쓰러지는 것을 지켜본 사람처럼 말하고 있었다. 현장에 출동한 119 구급 대원들의 얘기로는 욕조에 쓰러져 있던 허균은 이미 맥박이 없었던 것은 물론, 사체 전체에 사후경직(死後硬直)이 일어나 있는 상태였고, 머리 뒤 경미하게 함몰된 상처와 함께 목 부위에 은근한 피하출혈(皮下出血)이 보여 사체를 옮기지 않고 경찰서에 신고를 했다고 한다. 그 후엔 홍 형사가 소속된 형사3팀에서 사건을 접수하게 된 것이고, 검안의(檢案醫) 역시 액흔(扼痕)이 보인다는 1차 소견을 낸 바 있다.

홍 형사가 건네준 사체 사진에서는 목 부위의 상흔을 쉽게 확인할 수 없었지만, 부릅뜬 눈을 통해서 이미 눈동자가 투명해져 가고 있는 것을 확인할 수 있었다.

'행(行)' 자의 마지막 획이 욕조까지 길게 이어진 곳에서 사체는 알몸의 상체를 욕조에 거꾸로 처박은 채 누워 있었다.

「액흔? 손으로 목 졸린 흔적이 있다고?」

「네, 눈에 띄는 손톱자국은 보이지 않지만 손가락이나 손바닥에 의한 압박 흔적이 보인다고 했습니다. 그리고 사체가 물에 씻겨 있어서 범인의 DNA를 검출하긴 쉽지 않을 것 같다고도 했습니다. 두 손의 자국이 현격히 차이 나는 거라든지 상흔이 뚜렷하지 않은 걸로 봐서 수건이나 스카프 같은 걸 댔을 수도 있지만 혹시 모르니까 용의 선상에 있는 모든 사람들의 손톱 밑을 채취해 두라고 하더라고요.」

「그래서 했어?」

「네, 모두 완료했습니다.」

「뒤통수 상처는 뭐래?」

「넘어지면서 생긴 것 같지는 않다고 했습니다. 게다가 사망에 이를 정도로 보이지도 않고요. 저희 과학수사팀에서도 방 안을 샅샅이 찾아봤지만 머리를 부딪친 곳이나 가격했을 만한 뭣도 아직 찾아내지 못했습니다.」

「그럼 누군가 뒤에서 사망자를 가격한 후에 손쉽게 목을 졸랐을 거라는 얘기야? 가격한 도구는 가져가고?」

「그렇게 딱 잘라 말하진 않았지만…… 가능성은 충분하답니다. 함몰 부위를 찍은 사진도 뒤쪽에 보시면 있습니다.」

「그런데 이 사진들 해상도가 왜 서로 다르지?」

「해상도가 낮은 건 119 구급 대원이 휴대전화 카메라로 찍은 거라서 그렇습니다. 이미지 보정을 한다고 했는데도 그 정도밖에 나오지 않더라고요. 선명한 쪽이 저희 경찰서 겁니다.」

「이게 전부야?」

「아닙니다. 사체를 크게 찍은 것만 출력한 겁니다.」

「한 장도 빠짐없이 출력해 줘. 아, 그리고 궁금한 것이 있는데 혹시 홍 형사가 알고 있으려나……」

서 형사는 갑자기 몸을 돌려 홍 형사의 얼굴에 자신의 코가 닿을 정도로 다가섰다. 홍 형사는 순식간에 벽과 서 형사 사이에서 미처 피할 새 없이 납작하게 되고 말았다. 눈을 깔아 내려다본 곳에 서 형사의 가슴골이 있어 눈을 까뒤집어 천장을 바라보았지만 몸은 이미 불에 타듯 뜨거워진 후였다.

「그, 그게 뭡니까?」

「홍 형사 얘기로는 이미 이틀 전, 그러니까 26일 일요일에 사건이 접수되었고, 당일 홍 형사가 소속된 형사3팀에서 사건을 맡았다는 얘기인데…… 그렇다면 나는 왜 이틀이나 지난, 게다가 사체도 없는 남의 관할 사건 현장에 와 있는 거지?」

위압적인 분위기가 묻어 나왔다. 그나마 밀크 로션과 샴푸 향기가 약간의 진정제가 되어 주었다.

「예? 그게……」

「왜 뜬금없이 사건의 초동 대응을 한 홍 형사 수사팀에서 관할도 다른 나한테 수사가 넘어왔냐는 거야. 그것도 추격도 잘하고 격투도 잘하시는 남성 형사님들을 제치고, 치마나 입고 걸음도 느린 연약한 여형사한테 말이지. 무슨 문제라도 있었나? 아니면 정말 노인 사고 사이고, 그래서 실적에 별 도움이 되지 않는다고 판단한 건가?」

「글쎄, 그게 저도 잘……」

「내 생각엔 어제 상황이 급변한 것 같은데?」

바르르 흔들리는 홍 형사의 눈 밑으로 따가운 시선이 와 닿았다.

「저, 저는 어제도 팀원들과 사건 당일 클럽을 다녀갔던 회원들을 조사하고 있었습니다. 그리고 저를 포함한 팀원들 모두 오늘도 현장으로 바로 출근하라는 명령을 받았습니다. 그런데 도착해 보니 저희 팀에서 아무도 안 나와 있지 뭡니까. 그래서 팀장님께 전화를 드렸더니 서장님을 바꿔 주시는 거예요. 동대문경찰서의 유능한 형사님께서 사건을 담당하시게 되었으니 잘 협조하라고 말이죠.」

기억해 낸 것인지, 만들어 낸 것인지 모호한 '유능한'의 대목에서 홍 형사는 힘을 주었고, 자신도 모르는 사이에 차렷 자세를 취하고 있었다.

「혹시 어젯밤 사이에 다른 사건이 접수된 건 없었어?」

「네, 제가 알기론 없었습니다. 반장님도 별말씀 없으시고 다른 팀원들도 PC방 탐문 나갔다는 걸로 봐서는 하던 일 계속 하고 있는 것 같은데요? 제가 아는 바로는 그렇습니다. 다시 한 번 확인해 볼까요?」

「아니야. 나도 우리 쪽 서장님께 직접 명령을 받은 사항이니 명령 하달상에는 문제가 없을 거야. 그건 그렇고 현장 상황은 어떻게 진행되었지?」

서 형사는 들을 얘기는 다 들었는지 몸을 돌려 다시 현장을 살피기 시작했고, 홍 형사는 짧은 안도의 한숨을 토해 냈다.

「말씀드린 것처럼 사체를 처음 발견한 사람은 바텐더입니다. 그 뒤로 119 구급 대원이 살폈고, 저희 경찰서로 신고한 후엔 저희 팀이 맡았습니다. 그리고 저희들과 거의 동시에 검안의가 다녀갔고요. 그 뒤에 저희들은 남아서 당시 클럽에 있었던 사람들 진술을 받았습니다.」

「바텐더, 119 구급 대원 그리고 형사들과 검안의 순서로 현장에 있었네?」

「네, 그렇습니다. 아, 맞다! 그런데 나중에 바텐더가 119 구급 대원과 함께 다시 현장으로 돌아올 때 클럽 회원들 몇 분과 함께 올라왔다고 했습니다. 좀 무서워서 그랬다고 하더라고요.」

「그 회원들도 사체를 보았고?」

「문 앞까지만 오고 들어오지는 않았다고 진술했습니다.」

「사체 직장(直腸) 온도를 쟀을 텐데, 몇 도래?」

홍 형사는 익숙한 손놀림으로 태블릿 PC를 터치했다.

「21시 11분 측정으로 29.1도라고 했습니다.」

'……정오라.'

「그 바텐더랑 119 구급 대원을 좀 만나 봐야겠는데?」

「바텐더는 지금 1층 주방에 있고요, 119 구급 대원은 저희 경찰서 옆 소방서에 근무합니다. 이리로 오라고 할까요?」

「아니야. 전화로 얘기하지.」

홍 형사는 바로 전화를 연결했다. 제 겉옷에 문질러 기름기를 제거하고는 전화기를 건넸다.

『전화 바꿨습니다. 수사를 맡고 있는 서효자 형사라고 합니다. 수고가 많으십니다. 다름 아니라 그제 저녁 회원 전용 클럽으로 출동해 현장을 살피셨다고요?』

『남양주소방서 119 구급 대원 최민규라고 합니다. 네, 그렇습니다. 제가 제일 먼저 도착했습니다.』

전화 속 목소리는 차분하고 반듯했다.

『당시의 상황을 좀 자세히 말씀해 주실 수 있을까요?』

『네, 잠시만 기다려 주십시오.』

노트 몇 장 넘기는 소리가 나더니 구급 대원은 말을 이어 나갔다.

『구급 요청이 접수된 시각은 26일 일요일 20시 13분경이었습니다. 클럽 회원 한 분이 욕조에서 넘어져 의식이 없다는 신고였습니다. 저희 팀은 신고 즉시 출동했고, 다른 대원이 계속 신고자와 전화 통화를 하면서 상황을 전달해 줬습니다. 쓰러지신 분이 일흔을 넘긴 노인이며 숨을 쉬지 않는다고 했습니다. 도착해서 확인해 본 바로 사망자는 이미 사후경직까지 일어난 상태였고, 시간도 제법 경과된 것으로 보였습니다. 그래서 바로 경찰서로 연락했고, 매뉴얼대로 현장을 보전한 겁니다.』

『신고자 말대로 비누를 밟고 넘어지신 것 같던가요?』

『글쎄요…… 신고자 말처럼 비누가 욕조에 떨어져 있긴 했지만, 밟은 흔적은 없어 보였습니다. 비누는 과학수사팀에서 가져간 걸로 알고 있습니다.』

『사건 현장에 누구누구 있던가요?』

『302호 말씀이신가요? 신고자와 방에 들어간 건 저희 구급 대원들뿐이었습니다. 따라오셨던 다른 분들은 방문 앞에 계셨고요, 경찰들이 온 후에는 완전히 통제된 걸로 알고 있습니다.』

『현장에서 다른 이상한 점은 발견하지 못하셨나요?』

『욕실 벽에 적힌 글이 원래부터 있던 거냐고 신고자에게 물었더니, 아침만 해도 없었다고 그러시더라고요. 그래서 제가 펜을 찾아보려고 바닥을 살펴봤는데 보이지 않았습니다. 아, 맞아요! 제가 테이블을 찍은 사진도 넘겨 드렸는데, 혹시 보셨나요?』

『테이블이요? 잠시만요…….』

서 형사는 사진들을 빠르게 훑어보았다.

『혹시 레코드 턴테이블 모서리를 찍으신 사진 말인가요?』

『아마도 맞을 겁니다. 턴테이블 옆의 붉은 천 부분을 찍으려고 했던 겁니다. 제가 도착했을 때만 해도 원형의 자국이 있었거든요. 시간이 좀 더 지나면 물기가 사라질 것 같아서 찍어 놓은 겁니다.』

『지금 사진으로는 잘 확인되지 않는데요, 자국의 크기는 어느 정도였던 것 같습니까?』

『대략 7~8cm 정도로 두 개였던 것 같은데요, 제 생각엔 과학수사팀에서 사진을 만져 보면 좀 더 나은 데이터가 나오지 않을까 싶습니다.』

『아, 네. 나중에 또 궁금한 점이 있으면 전화드리겠습니다. 고맙습니다.』

전화를 끊고 테이블에 얼굴을 가져가 자세히 들여다보았다. 구급대원의 예측처럼 아무런 자국도 남아 있지 않았지만, 달착지근한 향기가 희미하게 배어 나왔다. 옆에 서서 눈알만 굴리고 있던 홍 형사가 일거리를 생각해 냈다.

「바텐더 정정화 씨를 모셔 올까요?」

「그래 주겠어?」

홀로 남겨진 사건 현장엔 알 수 없는 착잡함이 스멀스멀 기어 나왔다.

한적한 변두리의 오래된 회원 전용 클럽하우스. 빨간 카펫이 깔린 손바닥만 한 객실. 유리블록으로 둘러진 욕실. 그리고 사고사인지 살인 사건인지 확실치 않은 연로한 변사체. 서 형사는 내심 사고사이기를 바라고 있었다. 검시관의 1차 소견이 있었지만, 사체의 발견 당시 자세로 보면 사고사일 확률도 무시할 수 없었다. 1차 소견은 엄연히 즉각적인 임시 소견일 뿐이니까.

샤워를 하기 전 풍류에 취해 평소 읊조리던 경구 몇 자를 벽면에 써넣다가 그만 떨어져 있던 비누를 밟는다. 두 다리가 허공으로 뜨고 육중한 상체가 먼저 욕조로 곤두박질치면서 뒤통수가 어딘가에 부딪혀 함몰되고 목부터 내리꽂힌다. 그때 몸의 하중으로 목 부분에 상당한 압력이 가해진다.

이런 시나리오라면 충분히 사망에 이를 수도 있는 노릇이었다. 사체 사진에서도 다른 뚜렷한 외상은 없어 보였다. 하지만 그간의 경험은 그렇지 않을 것이라고, 매우 긴 이야기에서 짧은 단면만을 보고 있다고 말하고 있었다.

개인적인 바람은 뒤로 하고 다시 한 번 방 안을 꼼꼼하게 들여다보았다. 손수건을 이용해 선반에 정연하게 줄지어 있는 크리스털 잔을 꺼내 신선한 빛에 쐬어도 보고 냄새도 맡아 보았다. 다시 빨간 비로드가 깔린 테이블과 턴테이블을 찬찬히 들여다보고 있을 즈음 홍형사와 바텐더 정정화 씨가 올라왔다. 홍 형사가 바텐더를 '모시러' 간다고 한 이유를 그제야 알게 되었다. 바텐더 정정화 씨는 백발이 성성한 노년의 신사였다.

「정정화 씨를 모시고 왔습니다.」

「바텐더 정정화입니다.」

바텐더는 기품 있는 목례와 함께 자신을 소개했다.

홍 형사는 간단한 신상 정보가 기록된 메모를 건넸다. 칠순을 바라보는 바텐더는 가까운 곳에서 출퇴근하고 있었다. 은발의 머리와 이마에 깊게 팬 주름을 제외하고는 나이에 비해 다부진 체격이었다. 허리는 차려 자세처럼 꼿꼿이 세우고 있었고, 구릿빛 팔뚝과 탱탱한 피부가 평소의 관리 상태를 말해 줬다. 무엇보다도 힘 있는 목소리는 중년 남자의 박력까지 깃들어 있었다.

「수사를 담당하게 된 서효자 형삽니다. 아무래도 처음 현장을 발견하고 신고하신 분이니 직접 뵙고 말씀을 들었으면 해서 이렇게 올라오시라고 했어요. 번거롭게 해서 죄송합니다.」

「아닙니다. 저나 회원들도 많이 안타까워하고 있습니다. 그리고 제가 협조해야 클럽이 빨리 정상화될 것이 아니겠습니까?」

조심스러운 말투에서 가느다란 떨림이 전해졌다.

「저 바깥에 있는 분들 중에 회원들도 계신가요?」

「웬걸요. 모두 저희 회원 분들입니다. 이곳은 큰길가에 있지만 주변엔 구멍가게 비슷한 것도 하나 없습니다. 작정하고 방문하는 사람들 아니면 구경 삼아 들를 만한 곳은 못 되거든요.」

「그럼 저분들이 모두 클럽 회원이시라고요? 평일 아침 나절부터요?」

「그렇습니다. 저희 회원들은 모두 클럽 활동에 아주 열성적입니다. 열성적이란 말로도 부족하다고 생각하지만서도요.」

「그렇군요. 우선 선생님께서 처음 사건 현장을 발견하셨을 때부터 듣고 싶습니다. 당시의 상황에 대해 본 것과 느낀 그대로를 말씀하시면 됩니다.」

바텐더는 당시를 회상하는 것이 불편했는지 잔뜩 찌푸린 표정으로 말을 꺼내기 시작했다.

「일자와 시간은 잘 알고 계실 겁니다. 요즘은 하루가 다르게 기억력에 자신이 없어져서요. 제게 처음 질문했던 형사님께 말씀드린 것이 맞을 겁니다. 아마도 그제 저녁 8시쯤이 아닐까 싶습니다. 잠깐 마당에서 별을 보고 있다가 막 들어오던 참이었습니다. 현관 앞 홀을 지나가려는데 위층에서 '탁, 탁, 탁' 하는 소리가 들려왔습니다. 그때 전 아직도 교산(蛟山)[2] 선생님께서…… 죄송합니다. 저희는 허균 선생님을 교산이라고 부르거든요. 그때 저는 선생님께서 저녁을 하지 않고 계셔서 조금 걱정스러웠습니다. 그래서 그 소리도 확인하고, 식사는 어떻게 하실지 여쭤 보려고 방으로 올라왔었습니다.」

「보통 식사를 어떻게 하셨습니까?」

「식사는 대부분 내려와서 하십니다. 연세는 좀 있으시지만 거동이 불편한 건 아니셨거든요. 오히려 그 연세에 비해 매우 건강한 편이셨죠. 그래도 제가 매번 방으로 와서 어떻게 하실 건지 묻곤 했습니다. 가끔 컨디션이 좋지 않은 경우에는 저에게 식사를 올려 줄 수 있겠느냐고 청하시기도 했으니까요.」

「저녁 8시면 식사가 좀 늦은 건 아닌가요?」

「평소에 비해 두세 시간 정도 늦은 셈이었죠. 보통 해 떨어지기 전에는 저녁 식사를 마치시거든요. 그런데 그날따라 밥 생각이 있으면 본인이 얘기할 테니 방해하지 말아 달라고 하셔서 말씀이 있을 때까지 묻지 않고 있었습니다. 그런데 시간도 너무 늦었고, 아무것도 드시지 않고 주무시게 하기 뭐해서 올라간 김에 방문을 두드리게 된 겁니다.」

「그 대화를 나눈 것은 언제쯤이었습니까?」

「아침 식사를 여쭈러 올라왔을 때였습니다. 오전 8시가 조금 안 된 시간이었습니다.」

「그때에도 의중을 여쭈러 방으로 오신 거군요?」

「네, 오전 10시경 아침 겸 점심을 드시고 올라가실 때에도 한 번 더 말씀하신 것 같습니다.」

「혹시 어딜 잠깐 다녀오시려는 건 아니었을까요? 약속이 있다든지 해서요.」

「아니었을 겁니다. 거의 출타하지 않으시거든요. 그래도 혹 다녀오실 일이 있으면 꼭 어딜 가서 누구와 만나고 온다는 얘기까지 하고 다녀오시는 분입니다. 그리고 제가 이층까지는 수시로 오가는데, 간간이 방에서 음악 소리가 들렸던 기억입니다. 레코드판을 듣는 것이 취미셨거든요.」

「혹시 방에서 가끔 음식을 만들어 드시거나 차를 끓여 드시진 않으셨나요?」

「아닙니다. 전에도 가끔 커피포트 하나 올려 드릴까요 하고 여쭙곤 했었는데, 그때마다 계단 오르내리는 운동이라도 하려면 그러지 않는 편이 좋겠다고 하셨습니다. 그래서 냉장고도 없고, 가스레인지도 아예 잠가 놓고 계셨어요. 아마도 싱크대 수도꼭지 한번 돌려 보신 적 없을 겁니다.」

「손님들이 찾아오는 경우는 없었나요? 그러면 간단하게 차라도 대접하실 수 있는 거 아닙니까?」

「글쎄요, 회원들이 선생님 방을 찾아오는 경우는 가끔 있지만 보통 자기들이 차나 음료를 준비하는 것 같더라고요. 그리고 얘기가 좀 길어질 것 같으면 1층 홀로 내려오셔서 대화를 이어 가시는 게 보통이었습니다. 또 노크 몇 번 해서 대답이 없으시면 바로 발걸음을 돌리는 게 회원들 간의 불문율이기도 했습니다. 여기가 선생님께는 집인 셈이니까 편히 쉬시게 하기 위해서라도 귀찮게 하면 안 된다는 생각 정도는 다들 하고 있으니까요.」

「가족이나 혹시 가깝게 지내는 친척들은 없으신가요?」

「선생님을 알게 된 것이 벌써 이십 년을 훌쩍 넘겼지만, 제가 알기론 없습니다. 부모님이 일찍 돌아가셔서 고모님 손에서 자랐다고 하셨거든요. 그나마 고모님도 사회에 나올 즈음에 돌아가셨다고 하셨습니다. 그 외에 가족이나 친척에 관한 말씀은 전혀 없으셨습니다.」

「네, 계속 말씀 부탁드리겠습니다.」

「그러지요. 노크를 하는데 방문이 밀리면서 살짝 열리지 뭡니까. 몇 번 말을 건네도 돌아오는 대답이 없기에 안을 살짝 들여다봤습니다. 선생님께서 보이지 않으셔서 좀 불안한 마음이 들더군요. 전에 한번 욕조에 몸을 담근 채 잠이 드셔서 고생하신 적이 있었거든요. 나이가 들면 목욕물에 살이 통통 불어도 오랫동안 고생을 하곤 한답니다.」

서 형사는 당시를 그려 보려는지 눈을 지그시 감고 경청하고 있었다.

「저는 계속 선생님을 부르면서 방 안쪽으로 다가섰습니다. 침대에도 선생님이 계시지 않아서 자연스럽게 눈이 욕실로 향했는데, 거기서 쓰러져 있는 선생님을 발견하게 된 겁니다.」

「어떤 자세로 쓰러져 계시던가요?」

서 형사는 여전히 눈을 감은 채 몸만 바텐더를 돌아보고 물었다.

「119 구급 대원이랑 형사님들이 찍으신 사진 그대로입니다. 제가 말주변이 없어서 뭐라고 설명드리기가 힘드네요. 눈을 뜨고 계신 모습이 너무 끔찍해서 손끝 하나 건드리지 못했습니다. 당시에는 이미 돌아가신 것이 틀림없다고 생각했었는데, 그게 아직도 제겐 큰 죄책감이 되고 있습니다. 혹시 제가 발견한 즉시 무슨 조치라도 취했으면 사실 수 있었던 것은 아닐까 하고 말이죠.」

「아닙니다. 그렇게 생각하실 건 없을 것 같습니다. 판단컨대 그땐 이미 돌아가신 지 여러 시간 된 것 같거든요. 정확한 사망 시각이야 부검이 끝나 봐야 알겠지만, 선생님께서 발견하셨을 때는 이미 아무 것도 하실 것이 없는 상태였다는 건 분명해 보입니다. 그래서 그 다음엔 어떻게 하셨나요?」

「너무 놀라서 잠깐을 멍한 상태로 있었던 것 같아요. 몇 초였는지 몇 분이었는지 기억이 잘 나질 않습니다. 어떻게 해야 할지 모르겠더라고요. 어쨌든 전 방을 나왔습니다. 119에 전화를 걸려고 했는데 전화가 어디에 있는지, 또 바보처럼 119 전화번호가 생각나질 않는 거예요. 제가 사무실이나 카운터 전화를 놔두고는 굳이 휴대전화를 찾아서 몇 번을 바닥에 떨어뜨리고 하니까, 주변에 있던 회원들이 무슨 일이냐고 묻더군요.」

「옆에 다른 사람들이 있었나요? 그러면 도움을 청하시지 그러셨어요?」

「옆에 사람들이 있었는지 그제야 보이더라고요. 다 늙어서 허둥대는 꼴이라니……」

「누구나 당황하면 그러는 것이 당연합니다. 그래서 사람들과 함께 방으로 바로 돌아오셨나요?」

「아닙니다. 119에 전화를 걸어서 도움을 요청했으니까 대원들이 오면 함께 들어가 보자고 했습니다. 좀 무서웠거든요.」

「구급 대원들은 얼마 만에 도착했나요? 그리고 어떤 조치를 취하던가요?」

「20분 정도 걸렸던 것 같습니다. 소방서와의 거리를 생각하면 부리나케 달려온 셈이죠. 오자마자 선생님 상태를 체크하더니 형사님께서 제게 묻는 것과 비슷한 질문을 하더군요. 그러더니 누워 계신 선생님과 방 안을 꼼꼼하게 사진 찍고서 저보고는 나가 있어 달라고 해서 그렇게 했습니다.」

「그때 클럽에 계셨던 분들은 모두 몇 분이셨습니까? 그리고 방 안에 들어오셨던 분들은 누구였나요?」

「클럽에 있었던 회원들이 누구였으며 모두 몇 명이었는지는 정확하게 기억이 나질 않습니다만, 여기 계신 형사님께서 남아 있던 사람들과 얘기를 나눴으니까 저 보다는 더 잘 알고 계실 것 같습니다.」

바텐더는 홍 형사를 가리키고는 얘기를 이어 나갔다.

「남아 있던 회원들 중 몇몇은 이 사실을 모른 채 자기들 얘기에 집중해 있었고요, 주방 아주머니는 얘기를 듣고는 무서워서 못 올라오겠다며 홀에 남아 있었습니다. 그리고 구급 대원과 저를 따라서 함께 올라온 회원은 그러니까…… 서너 명쯤 됐던 거 같습니다.」

「회원 여덟에 주방 아주머니와 정정화 씨까지 모두 열 분이 그때 클럽에 계셨습니다. 그리고 구급 대원들과 정정화 씨를 따라 회원 세 분이 방문 앞까지 따라왔다고 진술하셨습니다.」

바텐더의 말이 끝나길 기다렸다가 부연 설명을 하는 홍 형사의 입꼬리가 살짝 움찔거렸다.

「그렇다면 그 말이 맞을 겁니다. 아까도 말씀드렸다시피 너무 당황하기도 했지만 요즘 제 기억력이란 게 그리 믿을 만하지 못하니까요. 그리고 그때 클럽에 있던 사람들은 모두 남아 있으라고 해서 다들 그렇게 했을 겁니다.」

「방 안에 평소와는 다른 느낌 같은 것은 없었습니까? 방의 배치라든지 집기라든지 혹시 뭔가 없어진 것은 없었나요?」

「글쎄요, 없어진 것은 없었던 것 같습니다. 보시다시피 뭔가 들거나 나면 눈에 금방 띌 테니까요. 그러고 보니 좀 좋은 냄새 같은 게 났던 것 같기는 해요. 바깥출입도 거의 안 하고 사는 양반이라 퀴퀴한 냄새까지는 아니더라도 향긋한 냄새와는 거리가 멀었는데, 좋은 비누 냄새 같은 향기가 났던 것 같습니다.」

「혹시 냄새를 기억하실 수 있을까요?」

「글쎄요, 자신은 없지만 또 모르죠.」

「네, 잘 알겠습니다. 그리고……」

서 형사는 천천히 욕실 앞으로 다가갔다. 그러고는 벽면에 쓰인 붉은 글씨를 가리켰다.

「이 글, 전에도 본 적 있으신가요?」

「아니요, 처음 봅니다. 혹시 필체를 물어보시는 거라면 그것도 역시 잘 모르겠어요. 손 글씨라면 알아볼 수도 있겠지만, 저렇게 크게 쓴 글이라면 선생님의 필체인지 잘 모르겠습니다. 저 글은 물론이고 전에도 그렇게 크게 쓰신 걸 본 적이 없거든요.」

「아, 의미를 아시는가 여쭤 본 겁니다.」

「아니요, 두어 자 눈에 익긴 해도 무슨 뜻인지는 잘 모르겠습니다.」

「그렇군요. 그건 그렇고 무슨 소리를 듣고 올라오셨다고 했는데 혹시 무슨 소리였는지 알아내셨나요?」

「네. 301호 옆에 비상계단으로 향하는 문이 있는데, 그 문이 살짝 열려 있었더라고요. 바람에 여닫히면서 나는 소리였습니다.」

「혹시 그 이외에 다른 소리 같은 건 듣지 못하셨고요?」

「선생님 방에서 나던 음악 소리 말고는 조용했다고 할 수 있습니다.」

「낮에 들었던 음악 소리를 말씀하시는 건가요?」

「아니요, 제가 방을 찾은 그 시간에도 음악 소리가 흘러나오고 있었습니다. 네, 분명합니다. 평소엔 옛 생각에 흠뻑 취할 수 있는 노랫가락이었지만, 눈을 퀭하니 뜨고 있는 선생님을 앞에 두고 있자니 좀 소름이 돋았던 기억입니다. 아마 그래서 더 방으로 돌아가고 싶지 않았던 것 같습니다.」

「이 레코드판이었는지 기억할 수 있으시겠어요?」

서 형사는 아직 레코드판이 얹혀 있는 구식 턴테이블을 가리켰다.

「확인하고 말 것도 없습니다. 그 레코드판을 구입해 달라고 하시고는 그 뒤로 늘 그것만 들으셨어요. 예전 건 너무 휘어서 언제부턴가 들을 수 없었거든요.」

「혹시 무슨 곡이었는지 기억나실까요?」

「글쎄요, 무슨 노래였더라? 방금 전 일도 기억나지 않는데 짤막하게 들은 노래를……」

바텐더는 꾸부정한 자세로 테이블 위 레코드판 겉표지에 눈을 가까이 대고 살피기 시작했다.

「지문 채취가 끝난 겁니다. 만지셔도 돼요.」

홍 형사는 사망자의 지문 이외에는 아무것도 나오지 않았다며 조용히 일러 주었다.

조심스럽게 꺼낸 속지에는 깨알 같은 글씨로 노래 가사가 인쇄되어 있었다. 기억을 더듬어 보려는지 노래의 클라이맥스 부분을 찾아 조금씩 흥얼거렸다.

「즐겁게 노올~던 예~엣 님을, 즐겁게 노올~던 예~엣 님을, 즐겁게 노올~던 예~엣 님을, 이건가 본데? 그래요! 이 노랜가 봐요. 〈고향〉.」

「다시 한 번 확인해 주시겠습니까? 〈고향〉이란 곡이 맞나요? 다른 노래에도 비슷한 구절이 있는 건 아닐까요?」

「글쎄, 비슷한 가사가 있을 수도 있겠지만 제 생각엔 〈고향〉이 맞는 것 같습니다. 아주 짤막하지만 독특한 간드러짐과 가사 한 소절이 생생히 기억나네요. 참, 묘하네? 어떨 때는 내가 왜 펜을 쥐고 있는지도 기억나지 않는데, 이럴 때는 또 귀신같단 말이야.」

바텐더는 자랑스러운 듯 레코드판과 속지를 건네주며 멋쩍게 웃었다. 《이난영 오리지날 힛송 총결산집》이라고 적혀 있는 레코드판의 뒤표지엔 〈고향〉이 열한 번째 곡으로 수록되어 있었다. 그때 아래층에서 바텐더를 찾는 중년 여성의 목소리가 들려왔다.

「주방 아줌맙니다. 식재료 때문에 부르는 것 같은데, 못 내려간다고 할까요?」

「아니에요. 내려가셔도 좋습니다. 잠시 후 아래층에서 하시던 말씀 계속해 주실 수 있으시죠? 좀 귀찮으시더라도 이해해 주세요.」

「물론이죠. 전 집도 가깝고, 식재료 때문에라도 계속 있을 생각입니다. 그보다 클럽 1, 2층만이라도 출입 제한이 좀 풀렸으면 합니다. 회원들 문의 전화 때문에 귀가 닳아 없어질 판이니까요.」

찌푸린 미간이 그간의 고충을 말해 줬다.

「네, 알겠습니다. 바로 조치하도록 하겠습니다.」

서 형사는 홍 형사를 향해 고개를 끄덕였고, 홍 형사가 먼저 방문을 빠져나갔다. 바텐더는 잠시 방 안을 훑어본 후 눈을 질끈 감았다. 그리고 절도 있게 목례를 한 후 방문을 나섰다.

「아, 선생님! 죄송합니다. 방금 생각이 났는데요. 혹시 다른 방에는 살고 계시는 분이 없나요?」

출입문을 막 나서려던 바텐더의 표정은 더 어두워졌다. 마지막까지 남겨 놓은 기품과 절도마저 무너지는 느낌을 풍겼다.

「4층은 비어 있은 지 오래됐고요, 옆방 301호 안두희[3] 선생님은 토요일 아침 일찍 병원에 입원하셔서 아직 돌아오지 않으셨습니다. 제가 전화해서 그간의 일을 말씀드렸더니…… 말씀을 잇지 못하시더라고요. 그도 그럴 것이 두 분은 아주 오랫동안 절친한 친구셨거든요.」

흐느끼듯 떨리는 목소리가 부끄러웠던지 나비넥타이를 고쳐 매는 어색한 시늉을 하며 대답했다.

「어디 많이 편찮으신가 보죠?」

「글쎄요, 저는 검진차 가신 거라고 들었습니다. 아드님이 병원 원장님이시거든요. 퇴원하는 대로 바로 돌아오겠다고 하셨습니다.」

「아, 네. 고맙습니다. 저도 곧 내려가겠습니다.」

바텐더는 다시 가볍게 목례를 하고 아래층으로 내려갔다. 어느새 올라온 홍 형사가 내려가는 바텐더의 뒷모습을 확인하고 돌아서려는데, 코앞에 무섭게 쏘아보는 서 형사가 버티고 있었다.

「도대체 아까 그게 뭐야?」

질문이 비수처럼 날아와 꽂혔다.

「예?」

대답이라기보다는 비명에 가까운 소리였다.

「아까 방 앞까지 쫓아왔다던 회원들 얘기할 때, 킥킥대면서 웃고 싶었던 거 아니야?」

홍 형사의 눈이 커지고 있었다. 사실이 그랬기 때문이다. 웃음이 나오려는 걸 잘 참았다고 생각하던 중이었다.

「도대체 이유가 뭐야? 사건 현장을 동네 다방쯤으로 생각하는 거 야?」

「아, 아닙니다. 절대 그런 것이 아닙니다. 그게…… 갑자기 회원들 이름이 생각이 나서……」

홍 형사는 또 한 번 웃음이 나오려고 하는 걸 억지로 참아 냈다. 허파에 있던 바람이 볼을 볼록하게 만들었다. 서 형사가 여전히 날 카로운 눈빛으로 노려보고 있었지만, 더는 아무런 멈춤 장치가 되어 주질 못했다.

「김구, 안중근, 윤봉길. 죄송합……니흐허헝……」

홍 형사는 웃는 건지 우는 건지 모를 이상한 소릴 내면서 방을 뛰쳐나갔다.

'김구, 안중근, 윤봉길? 내가 정말 토끼를 따라 들어온 건가?'

서 형사는 작고 네모반듯한 창을 통해 클럽 진입로를 내려다봤다. 빽빽한 나무에 가려 되돌아가는 길은 보이지 않았다.

손수건으로 조심스럽게 욕실 벽 스위치를 올렸다. 두세 번 깜빡이던 형광등이 욕실을 하얗게 밝혔다. 몸을 숙여 벽에 쓰인 붉은 글씨에 닿을 듯 얼굴을 대고 글씨 전체를 하나씩 관찰해 나가기 시작했다. 서서히 몸을 일으켜 이번에는 침대와 소파 밑을 들여다보고, 방 구석을 훑어 무언가를 찾아보려 했지만 아무것도 보이지 않았다.

*

1층 홀은 이미 밖에서 서성이던 회원들로 가득했고, 누구랄 것 없이 홀 청소에 열심이었다. 서 형사의 발자국 소리에 놀란 홍 형사는 잰걸음으로 지나가던 아주머니를 붙잡고 과장된 소리로 질문을 던졌다.

「아주머니, 어제는 어디서 무얼 하고 계셨나요?」

어깨너머로 서 형사를 흘깃거리며 건성으로 던진 질문에 거친 답변이 돌아왔다.

「아니, 형사 양반이 실성을 했나? 갑자기 뭔 소리여! 아까 물어본 걸 또 묻고? 어제 우리 집 양반이랑 방에서 뒹굴었다니께!」

「아니, 그게 아니라 뭔가 오해가……」

좀 어색한 상황을 모면하려다가 아주 난처한 상황이 되고 말았다. 어떻게든 입을 막아 보려고 손을 제 입에 대고 '쉿' 하는 시늉을 해 보인 것이 더 역효과를 내고 말았다.

「시방, 물어볼 때는 언제고, 이제는 조용히 하라고? 아니, 자랑 좀 해야 쓰겄는디. 우리 집 양반 요즘 밖에서 뭘 먹고 돌아다니는지는 몰라도, 집에만 들어오면 날 자빠뜨릴라고 생지랄이여. 아주 어제는 옷 입을 새도 없었다니께.」

아주머니는 분이 풀리지 않았던지 허리에 손을 올린 채로 씩씩거렸다. 그러더니 서 형사에게 하소연 아닌 하소연을 늘어놓았다.

「거기 높으신 여형사님. 어서 클럽 문 좀 열게 해 주쇼잉. 출근 좀 해야 쓰겠웅께. 이러다가 막둥이 놓게 생겼어, 막둥이!」

「아직 말씀 못 들으셨어요? 302호를 제외하고는 모두 전과 같이 이용할 수 있도록 했습니다. 그리고 전 여형사가 아니라 서 형삽니다. 서효자 형사요.」

서 형사는 시원스레 대답했다.

「홍 형사, 잠깐 나 좀 보죠.」

서 형사는 앞장서 건물을 빠져나왔다. 좁은 마당을 가로질러 가급적 건물과 먼 거리의 나무 담장에 기대섰다. 뒤늦게 따라 나온 홍 형사는 몇 걸음을 뛰어서 서 형사의 옆으로 찰싹 달라붙었다.

「아까는 정말 죄송했습니다. 그만 웃음이 터져서······.」

밖으로 따라 나온 홍 형사는 진땀을 흘리고 있었다.

「아니야. 웃음이 나오면 웃어야지. 형사도 웃음이 나면 웃을 수 있는 거 아닌가? 오히려 심하게 긴장되거나 흥분되는 상황에서 가벼운 유머는 여유를 찾을 수 있도록 해 주잖아.」

「어쨌든 죄송했습니다.」

「나는 여기 남아서 이것저것 더 알아봐야겠어. 그동안 홍 형사는 바로 이것들을 좀 알아봐 줘.」

서 형사는 사건 현장에서 메모한 수첩을 뜯어 홍 형사에게 건넸다.

바텐더 정정화의 과거 행적

욕실 벽에 남겨진 글의 필적 감정

립스틱의 성분 및 제품

선반 와인 잔 성분 조사

「바텐더가 용의자라고 생각하시는 건가요?」

「아직 용의자라고 할 만한 정황은 없어. 하지만 사건 현장을 처음 발견한 사람이기도 하고, 이 의문투성이의 클럽 중심에 바텐더가 있는 건 분명해 보이니까.」

「언제까지 거슬러 올라가야 할까요?」

「글쎄, 적어도 이 클럽과 바텐더가 연결되는 시점까지는 거슬러 올라가야 하지 않겠어? 우선 바텐더의 인적 사항부터 시작하는 게 좋을 거야.」

「그리고 립스틱이라면?」

「아직 눈치채지 못했어? 붉은 글씨는 립스틱으로 쓴 게 틀림없어.」

「네? 현장에서 립스틱은 보질 못했는데…… 앗! 살인범이 가져간 건가요? 그런 거죠?」

「그렇게 크게 말하고 싶으면 아예 이장님 마이크를 빌리시지 그래?」

「아, 죄송합니다. 저도 모르게 그만…….」

「너무 쉽게 단정하지 말라고. 정확한 것은 정밀부검 결과가 나오는 일주일 후에나 확실해지는 거고.」

「그런데 이런 글씨도 필적 감정이 가능할까요?」

「립스틱이라서 어느 정도의 필적 감정이 가능할 것 같은 건 내 생각이야. 힘을 줘서 쓴 부분에서는 립스틱이 많이 묻어 나오는 법이거든. 사망자의 필적인지 아닌지만 알아내도 큰 수확일 거라 생각하는 정도야. 그리고 필체를 대조해서 일치한다는 판단은 내릴 수 없어도 용의자들을 추궁하는 데에는 요긴하게 쓰이지 않을까?」

「네, 알겠습니다. 과학수사팀에 글씨의 필적과 성분에 대해서도 얘기해 놓겠습니다. 그런데 선반 와인 잔은 벌써 과학수사팀에서 UV로 감식했는데 지문이 발견되지 않았다고 하던데요?」

「아니, 최근에 사용된 잔이 있는지를 조사해 달라고 해. 그리고 사용된 잔이 있다면 어떤 성분이 담겼었는지도 알아봐 달라고 부탁하고. 혹시 담겼던 성분이 남아 있을 수 있거든.」

「네, 알겠습니다.」

「서두르지 않으면 단서들이 희미해져 미궁에 빠질 수도 있으니까 뭔가 단서를 발견하면 바로 연락 줘. 오후 세 시 전후로 해서 다시 만나기로 하지.」

홍 형사가 사라진 입구 쪽 키 높은 나무들은 벌써 모르는 척 시치미를 떼고 있었다. 예년보다 여름이 일찍 찾아왔다고 하는 뉴스 기사는 이곳과는 전혀 상관이 없는 것 같았다. 건물과 나무로부터 드리워진 붙박이 그늘은 사람들이 밟지 않는 바닥 자갈에 이끼를 덮어 놨고, 그나마 햇빛을 볼 수 있는 자갈들도 자글거리는 소리만큼은 겨울처럼 차가웠다. 배달용 오토바이 한 대가 서 형사 옆을 스쳐 마당을 빠져나갔다.

*

　바텐더는 분주하게 바와 주방을 드나들며 음식 재료들을 주방으로 옮기고 있었다. 운반이 다 끝나 가고 회원 두어 명이 청소 도구를 들고 올 때쯤, 바텐더는 허리를 펴고 물 한 잔을 들이켰다. 현관 옆에서 바텐더를 지켜보던 서 형사를 발견한 건 주방 아주머니였다. 주방 아주머니가 뭐라고 그랬는지 바텐더는 고개를 빼고 어렵게 초점을 맞춘 후 황급히 서 형사 쪽으로 다가왔다.

　「거의 다 되어 갑니다. 사무실에서 잠시만 기다려 주세요. 목록만 작성한 후에 바로 가겠습니다.」

　「네, 알겠습니다. 너무 서두르지 않으셔도 돼요. 그럼 사무실에서 기다리고 있겠습니다.」

　바텐더는 허리를 굽혀 인사를 하고는 서둘러 주방 쪽으로 달려갔다. 서 형사는 사무실로 들어가려다가 그 옆 도서관에 시선을 빼앗겼다. 자리를 지키고 있는 사람은 아무도 없었다. 면적으로 보면 동사무소에나 딸려 있을 법한 작은 것이었지만, 2층까지 열려 있는 천장 높이 때문인지 사람들이 자리를 비우면 한산한 느낌이 쉽게 대신할 것 같은 공간이었다. 그런데 아무도 없는 이 작은 도서관엔 여전히 뜨거운 학구열이 감돌았다. 몰입의 흔적들로 가득했기 때문이다.

　6인용 테이블 두 개엔 온갖 자료들이 쌓이고 펼쳐져 있었다. 몇몇 책엔 이면지를 오려 만든 책갈피가 수없이 꽂혀 있었고, 본드 제본이 뜯어진 오래된 논문은 바느질로 튼튼하게 묶여지고 있는 중이었다. 하얀 복사지에 수놓인 형형색색의 형광펜은 책상 끝에서 보면 봄철의 꽃밭을 연상케 했다. 여섯 개의 스탠드는 제각기 다른 제품들이었지만 하나같이 손때가 묻어 꽤나 사랑받고 있지 않을까 하는 생각까지 들었다. 그중 하나는 여전히 켜져 있었는데, 누군가가 그려 놓은 판옥선(板屋船)을 조명하고 있었다. 수북한 지우개 가루가 엄청나게 공을 들이고 있음을 짐작하게 했다.

서 형사는 이 학구열이 궁금해졌다. 대학 입시나 고시를 위한 공부처럼 보이지는 않았지만 열정만큼은 그를 훨씬 넘어서는 것처럼 보였다. 연구 논문은 물론 대학 출판사에서 나온 자료라든지 심지어 중고 서점을 뒤져 얻어 낸 것 같은 오래된 고서가 있는 반면 어린이용 위인전도 보였다. 서 형사는 책들을 넘겨 보고 들여다보고 싶었지만 손을 대면 안 될 것 같은 그 무언가가 책상 위를 덧씌우고 있었다. 그 압도적인 분위기는 서가에도 이어졌다. 책에 뭔가 표식을 남기고 싶었는지 어떤 책들은 뉘어서 꽂혀 있는가 하면, 어떤 책들엔 대놓고 메모가 남겨져 있었다.

당분간 빌려 가지 않으셨으면 합니다.
다음 달 정기 회의를 위한 발표 자료를 만들고 있습니다. - 정중부[4]

대학 출판사에서 출간된 《고려무신정권연구(高麗武臣政權研究)》였다. 서가엔 책 이외에 비디오 자료들도 꽤나 보였고, 자신들이 만든 것처럼 보이는 — 현관 전실 바닥에 쌓여 있던 것과 같은 — 간행물들도 쉽게 눈에 들어왔다. 2층 높이의 서가를 멍하니 바라보고 있는데 바텐더가 뒤에서 서 형사를 불렀다.

「여기 계셨네요. 전 주변을 둘러보고 계신 줄 알았습니다.」

「회원들 학구열이 대단하네요.」

「말도 마세요. 고시원 저리 가라예요. 전 대학 근처도 가 보지 못했지만, 옥스퍼드나 케임브리지도 여기보단 못할 거예요.」

「그 정도예요? 따로 이유라도 있나요?」

「글쎄요, 시험을 준비한다거나 하는 것은 아닙니다. 다 자기 이름에 대한 책임 때문인 거죠.」

「이름에 대한 책임이요?」

「자세한 얘기는 따뜻한 차나 한잔하면서 나누시죠?」

*

사무실은 작은 소파와 컴퓨터가 있는 책상이 전부였다. 그리고 현관이 내다보이는 창 역시 다른 것처럼 최소한의 것이었다.

「다시마차 한번 드셔 보실래요? 저희 회원이 몇 주 전에 남해안으로 답사 다녀오시면서 가져다주신 겁니다.」

「고맙습니다.」

토트백에서 수첩을 꺼내 들었다. 서 형사는 '몇 마디 말씀 좀 묻겠습니다.' 또는 '자, 이제 시작해 볼까요?' 하는 식의 상투적인 말을 하지 않는 데 주의를 기울였다. 형사의 질문을 받는 입장에서는 작은 말실수로도 용의자가 될 수 있다고 생각하기 마련일 것이고, 이는 자칫 말수를 줄이게 할 수도 있기 때문이다. 그래서 보란 듯이 수첩을 꺼내 들고 있는 것이다. 뭔가 할 말이 있으면 경청할 준비가 되어 있다는 제스처였다. 설마 꽃무늬 수첩이 자신을 궁지로 몰고 가리라고는 생각하지 않을 테니까. 서 형사의 치마나 토트백 그리고 꽃무늬 수첩은 같은 맥락의 소도구들인 셈이었다.

바텐더가 차 한 모금을 입에 가져갈 때까지 차분하게 기다렸다. 그리고 안부를 묻듯 조심스럽게 얘기를 꺼냈다.

「그 이름에 대한 책임 때문에 고시생들처럼 공부한다고 하셨죠?」

「그렇습니다.」

「회원 자격이 역사 속 인물과 동명이인이란 건 들어 알고 있지만 책임을 느낄 정도란 건 좀 의아한데요?」

「회원들에게 이름은 자격이면서 또 다른 영혼인 셈입니다.」

「영혼이요?」

「이름 때문에 존재하는 거니까 이름이 없으면 존재 자체가 없는 거나 마찬가지인 셈이죠. 회원들 간에는 가급적 이름을 부르지 않습니다. 몇몇 분들은 예외이긴 하지만요. 보통 호나 자로 부른답니다. 그걸 피휘(避諱)라고 하더군요. 가입할 때부터 단단히 가르치는 것 같습니다만……. 하여간 어떻게 보면 당연한 거라고 생각합니다. 여기에서는 존재 가치 그 자체이니까요. 위인이면 그 업적에 누가 되지 않도록 열심히 공부하는 것이고, 악인이면 악인대로 열심히 공부해서 그 오명을 후세에 전하고자 하는 것이 회원들 생각일 겁니다. 위인이다 악인이다 할 것 없이 다들 자기 역할에 만족하는 건 분명해 보입니다.」

이름은 서 형사의 어릴 적 정체성을 무겁게 짓누르고 있다는 점에서 강한 끌림을 느끼게 하는 것이었다.

「〈클럽 페르소나〉가 정식 명칭이죠? 누가 지으셨나요?」

「교산 선생님입니다. 사실 이 클럽은 교산 선생님이 일구신 거나 다름없습니다. 교산 선생님과 안두희 선생님이 먼저 의기투합하셨고, 다른 친구분들이 차차 합류하신 걸로 알고 있습니다. 처음엔 회원 수가 예닐곱 분이었다고 해요. 지금에 비하면 호젓했을 겁니다.」

「선생님도 창립 회원 중 한 분이셨습니까?」

「저요? 아닙니다. 저는 90년 10월에 관리인으로 들어왔고요, 지금도 회원은 아닙니다. 저랑 주방 아주머니는 준회원 자격 정도라고 생각하시면 됩니다. 클럽은 올림픽이 있던 88년 여름에 창립된 걸로 알고 있습니다.」

「선생님 성함과 일치하는 역사 속 인물은 없던가요? 위인은 아니래도 한 명쯤은 있을 수도 있잖아요?」

「웬걸요, 독립운동을 하시던 분 중에 정정화[5]라는 여장부가 계셨답니다. 임시정부의 살림살이를 도맡았던 분이라고 하더라고요. 저도 나중에 알게 된 겁니다. 그런데 제가 안 하겠다고 그랬어요. 저는 회원이 아닌 그냥 관리인으로 있고 싶다고 했습니다.」

「회원이 되면 다른 회원들과 어울리기도 더 좋지 않나요?」

「글쎄요, 그렇지 않아도 여기 회원들과는 사이가 좋습니다. 그보다 저는 여기 회원들처럼 푹 빠져 살기가 힘들 것 같았어요. 저는 가족이나 친구들 등쌀에 그렇게 되는 것이 불가능하다고 생각했거든요. 그렇잖아도 가족은 제가 일요일 저녁에 클럽에 나오는 것도 싫어하는데요. 하지만 직장이라 어쩔 수 없잖아요.」

「다른 회원들은 가족이 없나요?」

「주로 혼자 사는 분들이 많아요. 간혹 부모님을 모시고 살거나 가정을 이룬 분들도 있기는 하지만 저희 회원들은 이곳이 세상의 전부인 것처럼 사는 것 같아요. 제가 보기에 그렇다는 거죠. 그래도 별 불화 없이 지내는 거 보면 참 기특하기도 해요. 자기 할 일들은 아무 탈 없이 잘 해내고 있거든요. 다들 그런 능력들은 있는 것 같아요. 하여간 바깥에서 해야 할 일을 마치고 나면 어김없이 이곳에 모이는 거예요. 자기 역할로 돌아가 토론을 하거나 공부를 하는 거죠. 바깥에선 자기들끼리도 절대 모이는 법이 없어요. 아는 척이나 하면 다행이랄까요. 다른 친구들이 없는 건 분명해 보입니다만……. 아, 그러고 보니 문제가 된 적도 전혀 없진 않았군요.」

바텐더는 살짝 미소를 지어 보였다.

「그게 뭔가요?」

서 형사는 마치 단서라도 잡은 양 채근했다.

「전에 고산자(古山子)[6]가 회사에 사표를 던지고 전국 유랑에 나선 적이 있었어요. 자기도 국토를 가슴에 담고 싶다나 뭐라나. 하여튼 클럽이 좀 시끄러웠죠. 아내 되시는 분이 오셔서 나쁜 사람들이랑 어울려서 남편이 이상하게 되었다고 울고불고 그랬거든요.」

「고산자라면?」

「대동여지도를 간행한 김정호의 홉니다. 그래서 저희도 김정호 씨를 고산자라고 불러요.」

「그래서 그분은 어떻게 되셨어요?」

「교산 선생님이 아내분을 차분히 달래서 돌려보내셨어요. 바로 찾아서 가정으로 돌려보내겠다고 장담하시면서요. 그러곤 그날로 바로 팀을 꾸리더군요. 저희들도 고산자가 당뇨가 있어서 여간 걱정스러운 것이 아니었거든요. 고산자가 찍어 보낸 사진들을 가지고 밤을 꼬박 새며 토론하더니만, 갈 만한 곳에 미리 가서 만날 수 있게 된 거죠.」

「죄송한 표현이지만 무슨 보물찾기나 소꿉놀이처럼 들리는데요?」

「그래요. 그럴 수 있어요. 지척에서 매일 보고 있는 저도 그런데 왜 아니겠어요. 그런데 거기서 끝이 아니었답니다. 또 다른 문제가 생겼지요.」

바텐더는 완급을 조절하고 있었다. 서 형사가 이야기에 몰입하는 눈치이기도 했거니와 클럽의 성격을 잘 대변하는 이야깃거리라 아껴 말하고 있는 것도 같았다.

「뭔데요?」

서 형사는 동화를 듣는 아이의 표정이 되어 있었다.

「아, 글쎄, 안 온다고 고집을 부렸다지 뭡니까. 회원들이 고산자를 만났다고 연락해 왔을 때만 해도 여기서는 환호성을 올렸었죠. 형사님들이 수사하는 것과 비슷한 희열이 아니었을까 싶네요. 고산자가 거쳐 갈 만한 경로를 짐작하느라 여러 사람들이 꽤나 많이 공부했었거든요. 그러고는 고산자를 겨우겨우 찾았는데, 글쎄 안 온다고 완강히 고집을 부리니 얼마나 황당했겠어요? 하긴 금방 돌아올 만한 거였으면 아예 출발도 안 했겠지만요.」

「그래서요?」

「한 사람을 더 내려보냈습니다. 그 사람이 가서 깨끗하게 해결하고 함께 돌아왔어요. 돌아온 후에도 더 이상 방랑이네 유랑이네 하면서 집을 나서지 않게도 했고요.」

「누가요? 어떻게요?」

보채는 질문에도 아랑곳 않고 바텐더는 다시마차를 입으로 가져가 이미 식었을 차를 호 불고는 아주 천천히 음미했다.

「기은(耆隱)[7]이었어요. 기은이 내려가서 한 방에 해결하고 돌아온 거예요.」

「기은은 또 누구의 홉니까?」

「박문수의 홉니다. 암행어사로 유명한…….」

불현듯 웃음이 치밀어 올랐다. 아무런 준비도 없는 상태에서 올라온 뭔가가 입으로 실없이 터져 나왔다.

「풋. 죄송합니다. 예기치 않게 들은…… 풋. 죄송합니다.」

역사책의 한복판에 서 있는 느낌을 지울 수가 없었다. 펼쳐 놓은 어린이 위인전 위에서 어리둥절해 있는 자신을 떠올리니 맥없는 웃음이 흘러나왔다. 아까의 홍 형사를 이해할 수 있을 것도 같았다. 바텐더 역시 입가에 미소를 띠었다.

「다른 회원 앞에서는 그렇게 웃으시면 안 됩니다. 상당히 기분 나빠 할 거예요. 아마도 자신을 모욕한다고 생각할 겁니다.」

「조심하도록 하겠습니다. 그런데 어떻게?」

겨우 웃음을 삼키며 대답한 말은 알아듣기 쉽지 않았다.

「논문 한 권 들고 가서 보여 줬다고 그러더군요. 대동여지도는 김정호가 전국을 발로 누비며 작성한 게 아니라고 되어 있었대요. 필요한 자료들을 취합해서 작성했을 거라는 거죠. 일제강점기에 한국지도를 폄훼하기 위해서 그런 헛소문을 만들어 냈을 거라고 그러더 군요. 그러니 돌아가서 좀 더 많은 관련 서적들을 탐독하자고 했대 요. 그리고 한 가지 더 제안한 것이, 고산자가 찍어 보낸 사진들 중 에는 도로 안내판이 많이 포함되어 있었답니다. 더러 도로 사정과는 다른 내용들도 있었다고 하더군요. 함께 돌아가서 해당 지방자치단 체에 수정할 것을 건의하자고 했다나 봐요. 그러면 그동안의 여행에 도 충분한 보상이 될 것 아니냐고 하면서.」

「와, 멋진데요!」

바텐더가 내민 작은 안내 책자에는 한 지방 국도의 도로 표지판 전·후 사진이 인쇄되어 있었고, 제안자에는 김정호라는 이름이 선 명하게 명기되어 있었다. 그리고 굳이 없어도 될 것 같은 사진에는 브이를 하고 있는 사람과 무표정한 군수가 함께 나란히 서 있었다. 서 형사는 다시 한 번 터져 나오는 웃음을 간신히 참아 냈다.

「클럽 운영은 어떻게 합니까? 회원 전용이라고 들었는데, 그것만 으로도 운영이 됩니까?」

「네, 운영엔 전혀 문제가 없습니다. 교산 선생님께서 클럽하우스 소유주셔서 일단 세를 내지 않아요. 그리고 회원들이 늘 이곳을 이 용해 줘서 그런대로 수입이 발생하고 있고요. 저와 주방 아주머니 월급이랑 건물 관리비 정도만 나오면 그럭저럭 운영이 되는 셈이죠. 돈이 남게 되면 클럽이나 회원을 위해 쓰고, 드물게 돈이 부족하면 교산 선생님이 보태시거나 회원들이 알아서 돈을 각출해서 메우니 까 운영비를 걱정해 본 적은 없습니다.」

「사망자 허균 씨가 수익을 가져가지 않으셨단 말씀이세요?」

「네, 한 번도 수익금을 가져간 적이 없으셨습니다.」

「벌어 놓은 돈이 많으셨던가 봐요?」

「글쎄요, 잘은 모르겠습니다. 아마도 이 건물과 재산에 관해서는 권 변호사가 알아서 하는 걸로 알고 있습니다. 연락처가 필요하시면 메모해 드리겠습니다.」

「그래 주시면 고맙겠습니다. 그리고 4층 객실은 비어 있은 지 오래되었다고 하셨는데, 왜죠? 클럽 열기가 이 정도라면 들어가고 싶어 하는 사람이 많았을 텐데요?」

「그렇죠. 많았습니다. 지금 영화 찍고 있는 춘사(春史)[8]도 방을 쓰게 해 달라고 여러 번 청을 넣었지만 안 된다고 하셨다더라고요. 춘사는 어릴 적 미국으로 입양 간 친구라서 한국엔 연고가 없죠. 춘사가 영화를 찍기 위해서 이보다 더 좋은 숙소가 어디 있겠어요? 그런데도 안 된다고 하셨으니 말 다한 셈이죠.」

「영화요?」

「네, 클럽 차원에서 제작을 지원하는 영화가 있어요. 몇 해 전부터 준비한 겁니다. 한국인 입양아가 영화를 만들면 더 의미 있을 것 같다고 늘 그러셨거든요.」

「그렇군요. 혹시, 거절한 이유가 뭐라던가요?」

「글쎄요. 저도 잘 모르겠어요. 물어도 대답하지 않으셨던 걸로 기억해요. 제가 그럴 바에는 창고나 다른 용도로 사용하자고 해도 그냥 놔두라고만 하시더라고요. 안두희 선생님은 내심 다른 회원들을 위한 공간으로 바꿨으면 하시던데…….」

「안두희 선생님과는 친구라고 하셨는데 사이는 좀 어떠셨나요?」

「아주 막역하셨지요. 두 분이서는 사십 년을 넘게 단짝처럼 지내셨다고 해요. 나이로는 안두희 선생님이 한두 살 많은 걸로 알고 있습니다. 하지만 사회 초년생 때부터 같은 직장에서 늘 함께하면서 둘도 없는 친구처럼 지냈다고 그러셨죠. 저도 이십 년을 넘게 보아 왔지만, 단 한 번도 언성을 높이기는커녕 의견을 달리한 걸 본 적이 없는 걸요. 늘 뭔가 결정하고 행동하는 건 교산 선생님 쪽이고, 안두희 선생님은 그냥 조용히 계시면서 교산 선생님의 결정에 동의하고 힘을 실어 주셨으니, 싸우거나 반목할 일이 없는 거죠.」

「그렇군요. 두 선생님 모두 약주는 좀 하셨습니까?」

「안두희 선생님은 전혀 하지 않으시고요, 교산 선생님은 가끔 홀에서 회원들과 와인을 하시곤 했습니다. 그래도 워낙 반듯하신 분이라 흔들거리는 것도 본 적이 없습니다.」

「그렇군요. 그럼 다시 지난 6월 26일 일요일 사건 당일로 돌아가서요, 그날 클럽엔 어떤 일들이 있었나요? 오전에 사망자 허균 씨가 식사하러 내려왔다가 올라가신 이후에 말이죠.」

「그날은 다른 날보다 좀 더 어수선했습니다. 저녁에 영화 촬영과 관계된 사람들이 여기에 모여서 촬영장으로 함께 이동하기로 한 날이었거든요. 작년부터 부쩍 영화 얘기가 본격적으로 오가더니, 영화를 전문적으로 하는 사람들도 가끔 오더군요. 저희 회원들도 분장을 하니 연기 연습을 하니 하면서 벌집 쑤셔 놓은 것처럼 요란스러워졌고요. 말이야 클럽 차원이지 사실은 교산 선생님이 전부 출자했다고 하더군요. 전문 스태프들이나 배우 몇 명은 외부에서 고용하면서 특별한 주문을 한 것으로 들었어요.」

「특별한 주문이라면?」

「최대한 저희 회원들과 함께 영화를 만들라는 거였지요. 그래서 주·조연은 모두 저희 회원들이 맡고 있어요. 모르면 가르쳐서라도 회원들에게 맡겨 달라는 거죠. 감독님도 흔쾌히 받아들였다고 하더라고요.」

「대충 무슨 내용인지 알고 계세요?」

「예전에 춘사 나운규 감독이 만들었다던 〈아리랑〉을 다시 만드는 겁니다. 그 영화, 필름이 지금 남아 있지 않다고 하더라고요. 그래서 저희 클럽에서 알려진 줄거리에 재해석한 살을 붙여서 만들어 보자고 했던 거래요. 그러니 역사 공부하길 좋아하는 회원들이 가만히 있었겠어요? 온갖 사료를 준비해서는 들이밀었겠죠. 벌써 여러 차례 토론회를 열어서 영화에 대한 의견을 수렴하곤 했어요. 감독님도 아예 회원들의 의견만을 모아서 찍으려고 작정한 사람 같더라고요. 말끝마다 '영상은 감독이, 각본은 회원들이' 하곤 합니다. 가만히 들어 보면 말은 살짝 어눌해도, 유머도 있고 회원들과도 사이가 좋은 것 같더라고요. 한번 만나 보시면 알 거예요. 어쨌거나 요즘 영화 촬영이 거의 막바지라 등장인물이 많다고 그랬어요. 그날 촬영만 끝나면 영화 피날레 몇 장면 정도만 남겨 두는 거라고, 중요하다고 말이죠. 저희 회원들이 좀 극성입니까. 오전 8시, 클럽 여는 시간부터 나와서는 도서관에서 공부를 하는 사람, 홀에서 영화에 대해 왁자지껄 토론하는 사람, 스테이지에서 연기를 연습하고 지도하는 사람, 얼굴에 분장을 하고 지우기를 반복하는 사람들로 클럽이 미어터졌더랍니다.」

「몇 시에 촬영장으로 출발했나요?」

「7시 반에 출발했습니다. 촬영 일정은 홀이랑 현관 게시판에도 붙어 있어요. 회원들이 하도 동그라미를 쳐 대고, 밑줄을 그어 놔서 잘 보일지는 모르겠지만요.」

「출발하고 30분쯤 후에 사고 현장을 발견하신 거네요?」

「네, 그렇습니다. 홀을 둘러보고 바람을 쐬러 나갔다가 들어오던 참이었으니까요.」

「다들 출발하고 나서 남은 사람들은 누구누구였습니까?」

「그게 아까 위에서도 말씀드렸지만…… 잘 기억나지 않거든요.」

「기억나는 분만이라도 더듬어 보시면……」

「일단…… 백범, 도마 그리고 매헌까지는 정확히 기억나고요, 가만있자…… 아, 맞다! 송병준⁹⁾씨랑 이완용¹⁰⁾씨가 구석에서 한잔 걸치고 있었어요. 그분들 영화 관련 행사가 있으면 늘 얹잖아 하셨던 걸로 기억합니다. 회원들이 두 분은 영화에 참여하지 않는 것이 좋을 것 같다고 했다나 봐요. 대충 짐작하시겠죠? 그리고 양귀비¹¹⁾랑 채플린¹²⁾도 있었던 것 같아요.」

「채플린이요? 찰리 채플린을 말씀하시는 겁니까?」

「네, 맞습니다. 찰리 채플린이요. 원래는 한글 이름인 채풀잎 씁니다. 발음이 비슷해서 저희 클럽에서는 채플린으로 통하고 있어요. 양귀비 씨의 친구예요. 양귀비 씨가 추천해서 가입된 경웁니다. 그 날은 잔뜩 찌푸린 얼굴로 두 분이서 술잔을 기울이셨던 기억입니다. 그래서 기억이 납니다. 나중에 보시면 아시겠지만 채플린 씨는 예의 그 우스꽝스러운 모자와 복장을 하고 회원들을 즐겁게 하려고 항상 노력하거든요. 웃기든 안 웃기든 저희 회원들도 채플린 씨가 노력하는 만큼 웃으려고 애쓰고요. 제가 보기에는 많이 웃깁니다만.」

「참 재밌네요. 혹시 진짜 외국분들도 계시나요? 아까 영화감독 같은 경우 미국으로 입양된 분이라고 하셨잖아요.」

「아, 춘사는 준회원입니다. 회원 중에 외국분은 없어요. 도향도 원래 중국 사람이긴 한데, 지금은 귀화해서 한국 국적을 가지고 있죠. 남편 따라서 한국에 왔다가 남편이 비명횡사하는 바람에 그냥 머물러 버린 경웁니다. 남편이 작가였다나 봐요. 그 영향으로 귀화하면서 이름을 나도향으로 한 거라고 그러더군요. 그러고 보니 도향도 그날 클럽에 있었군요. 도향이 영화에 들어갈 피아노 곡을 연습해야 한다고 했었어요. 워낙 조용히 피아노만 치시는 분이라서⋯⋯.」

「나도향이면 〈물레방아〉의 작가 나도향을 말씀하시는 건가요? 나도향은 남자잖아요?」

「네, 그렇죠. 회원들, 동명이인과 성별이 바뀐 경우가 꽤 많아요. 채플린이나 도향 그리고 기은 박문수도 훌륭한 숙녀분들입니다.」

「그런데 나도향 씨는 왜 호로 부르지 않죠? 이완용과 송병준은 그렇다 쳐도⋯⋯」

「아, 도향(稻香)이 호예요. 본명은 경손(慶孫)[13]이라고 하더군요. 그런데 작가 나도향이 그 이름을 워낙 싫어해서 소싯적부터 도향이라고 불리길 바랐다고 하더라고요. 또 여자 이름 같기도 하지 않나요?」

「듣고 보니 그렇네요. 그런데 다른 분들은 왜 영화에 참여하지 않으셨을까요?」

「글쎄요. 저도 잘 모르죠. 이완용 씨와 송병준 씨는 가고 싶어도 갈 수 없는 걸 테고, 양귀비 씨와 채플린 씨는 뭔가 진지한 이야기를 나누고 계셨던 것 같았어요. 그리고 백범과 도마와 매헌은 직접 들어 보세요. 아까 그 친구들에게서 전화를 받았거든요. 문 열었느냐고 물었으니 곧 올 겁니다.」

「전 이해가 안 가는 부분이 좀 있어요. 요즘 온라인, 오프라인 할 것 없이 동호회가 잘 운영된다고는 하지만 여기는 좀 더 열성이 아닐까 하는 생각이 들거든요. 죄송한 표현이지만 뭐랄까…… 종교적인 분위기를 풍긴다고나 할까요. 이 결속력의 원천을 잘 모르겠어요. 선생님께서 보시는 바로는 어떠신가요?」

바텐더는 다시 한 번 식은 차를 입으로 가져갔다. 표현할 바를 몰라 머뭇거리는 건 아닌 것 같았다.

「순전히 제 생각입니다만, 아마도 부족한 부분을 채우려는 게 아닐까 싶어요. 아니, 어쩌면 한 번도 가져 본 적이 없는 뭔가를 보상받으려는 걸로 보셔도 될 거예요. 제가 보기엔 아무런 흠도 아닌 거 같은데, 본인들은 엄청나게 큰 결핍이라고 생각하는 거 같더라고요. 기껏해야 말이 좀 어눌하거나 숫기가 없는 그런 정돈데 말이죠. 그런 사소한 흠들이 놀림거리가 되어 버린 거예요. 그 과정에서 특이한 이름이 방아쇠가 된 건 불을 보듯 뻔한 거고요. 우리 회원들은 그걸 가볍게 넘기지 못했던 거 같아요. 지금은 이민을 가셨지만 회원 중에 이순신 씨가 계셨어요. 회원들은 충무공이라고 부르면서 많이 따르던 분이셨죠. 그분이 이민 가시기 전에 저에게 조용히 고백하셨답니다. 어렸을 적 부모님이 시장통에서 정육점을 하셨는데 아이들이 그랬다는 거예요. 이순신 부모가 백정이 말이 되느냐고 말이죠. 그러면서 그 회원만 보면 다가와서 사약을 내리고 가곤 했다는 거예요. 좀 짓궂지만 아이들 장난이 다 빤한 거 아니겠습니까? 그런데 그분 말씀이, 아이들이 돌아간 자리에 남아 그 김빠진 콜라를 들이 켜면서 여러 번 죽었다는 거예요. 아이들 말이 다 옳아 보였다는 거예요. 아무런 반항도 할 수 없을 정도로. 밖으로 용기를 냈어야 하는데 안으로 절망만을 들여놓았다는 거죠. 아마도 저 같았으면 돌멩이하나 들고 코피를 터트려 줬을 텐데, 여기 회원들은 그게 안 되는 거예요. 그게. 그렇다 보니 그런 마음들이 쌓이게 된 거죠. 그런데 여기에는 서로 비슷한 처지의 사람들이 있잖아요. 서로 위안을 삼게 되는 거예요. 저희 회원들이 바깥에서 다른 사람들과 얘기하는 거랑 안에서 회원들 간에 대화하는 걸 보신다면 금방 알 수 있을 거예요. 생각해 보세요. 바깥에서는 휠체어에 앉아서 세상을 돌아다녀야 해요. 그런데 클럽에서는 두 발로 걸어 다니거나 뛰어다닐 수 있는 거예요. 어디에 있고 싶을 거 같으세요? 물론 비유가 그렇다는 거예요. 제 얘기가 좀 두서가……」

그때 누군가 사무실 창문을 두드렸다. 뒤돌아 본 창문엔 낯선 인물을 경계하는 표정만이 잔상으로 남았다.

「저 친구가 매헌입니다. 마침 도착들 한 것 같네요. 저 친구들 학창시절 얘기를 들어 보세요. 회원들을 이해하는 데 도움이 될 겁니다.」

*

　세 청년은 원형 테이블에 앉아 두 손을 얌전히 탁자 위에 올려놓
은 채 고개를 숙이고 있었다. 서 형사가 테이블 앞에 서서 합석을 묻
고 있을 때에도 다르지 않았다. 서 형사는 서두르지 않았다. 방을 나
오기 전 다시 우려낸 따뜻한 다시마차를 먼저 테이블에 내려놓았다.
둘은 여전히 제 손톱만을 바라보았고, 한 청년만이 곁눈으로 서 형
사를 살폈다.

　「저는 서효자 형사라고 합니다. 이번 사건을 맡고 있어요. 몇 마디
묻고 싶은 게 있는데 잠시 시간 좀 내 주실 수 있을까요?」

　세 청년은 서로의 얼굴만 쳐다볼 뿐 아무런 대답이 없었다. 누군
가 대신 대답을 해 주길 바라는 모양이었지만 아무도 그러지 않을
것 같았다.

　「저 여기 앉아도 될까요?」

　역시 저마다 허락의 표정은 가지고 있었지만, 선뜻 그러라고 하는
사람은 없었다. 서 형사는 허락을 받은 양 자리에 앉아 의자에 등을
기대었다.

　「양해해 주셔서 고맙습니다. 제가 아직 식사를 하지 못했는데 혹
시 회원들이 추천하는 메뉴가 있나요? 아까 바텐더께 여쭤 봤더니
다 맛있다고만 그러시던데. 특별히 추천할 만한 게 따로 있을까요?」

　역시 반향은 기대할 수 없는 것이었다. 뭐라고 중얼거리기는 하
는데, 저들 간에 대화를 하는 것도 아니고, 그렇다고 대답을 한 것은
더욱 아니었다.

「……그거 괜찮지 않나?」

「……취향이 다르기 때문에……」

「……점심…… 아무래도……」

서 형사가 사무실 창에 얼굴을 비췄던 청년을 쳐다보면서 말했다.

「아까 바텐더께서 매헌이라고 부르시는 거 들었어요. 매헌 님은 점심시간에 오시면 뭐 드세요?」

「……그냥 매헌이라고…… 님 자 빼고요.」

중얼거리는 것 이외에는 아무런 말도 하지 않을 것 같던 청년이 아주 느리게 말을 꺼냈다. 그리고 잠시 뜸을 들이더니 다시 어렵게 말을 이어 갔다.

「……점심 먹어 본 적 없어요. 낮엔 일이 바빠서……」

끊어진 것 같던 말이 다시 이어졌다.

「피시 앤 칩스를 많이……」

「피시 앤 칩스요?」

서 형사는 이번엔 야구 모자를 쓰고 있는 옆 청년에게 고개를 돌려 눈을 맞췄다. 청년은 갑작스러운 일격(?)을 미처 피하지 못하고 어쩔 줄 몰라 하는 눈치였다. 서 형사의 시선이 다른 곳으로 움직이지 않을 걸 알았는지 제 몫의 얘기를 어렵게 꺼냈다.

「……바텐더님이 영국에 몇 년 사셨던 적이 있으시대요. 그때 많이……」

말끝을 흐린 청년은 다시 시선을 회피했다. 서 형사는 마지막 청년에게 시선을 고정하고 다시 한 번 얘기했다.

「정말 너무들 하시다. 내 소개는 벌써 했는데 아직 이름도 못 들어

봤으니…….」

쭈뼛거리던 청년이 마지못해 말을 꺼냈다.

「죄송해요. 저는 안중근이고요, 회원들은 그냥 도마[14]라고 불러요. 옆에 있는 이 친구가 김구예요. 그래서 역시 백범(白凡)[15]이라고 부르고요.」

조금 전 영국식 점심 세트의 배경을 친절하게(?) 소개했던 야구 모자의 청년이 모자를 살짝 벗었다가 다시 눌러썼다.

「그리고 이 친구는 윤봉길이에요. 그래서 클럽에선 그냥 매헌(梅軒)[16]이라고 불러요.」

각각의 이름까지 듣는 데 거의 십 분 정도가 흘렀다. 대화는 순탄하지 않을 것만 같았다.

「혹시 저희들 중 누가 도시락 폭탄을 던졌는지 아세요?」

봉길의 기습적인 질문이었다. 옆에 있던 두 청년의 눈은 커질 대로 커져 봉길에게 고정되었다. 서 형사는 이 질문이 전환점이 될 수 있으리라 직감했다. 신중하게 생각하고 단호하게 대답했다.

「수통 모양의 폭탄 아니었나요?」

부담스러운 눈알 여섯 개가 서 형사를 향했다.

「그렇다면…… 누가?」

중근이 반사적으로 되물었다.

「단상으로 던진 건 수통 모양의 폭탄이었고, 도시락 폭탄은 예비용으로 챙긴 걸로 알고 있거든요.」

청년들은 절반의, 그것도 트릭을 숨겨 놓은 문제를 넘었으니, 좀 더 분발해서 하나의 그림을 완성하길 바라는 눈치였다.

「그리고……」

서 형사가 뜸을 들이는 동안 청년들의 머리는 자신들도 모르게 한곳으로 천천히 모여들었다.

「백범과 도마는 아니잖아요. 그렇죠?」

청년들이 그제야 희미한 미소를 머금었다. 어떤 의미에서의 통과 의례를 마친 셈이었다.

「이렇게 물어봤을 때 시원하게 대답한 분은 형사님이 처음인 것 같아요.」

봉길은 전혀 다른 사람이 되어 있었다.

「말도 마. 우리 누나는 대학원까지 다니잖아. 그런데도 몰라. 도 시락 폭탄이면 어떻고, 수통 폭탄이면 어떠냐고 막 화를 내고 그 래. 그것까지 아는 사람이 몇이나 되느냐고 하면서 막 지랄하는 통 에……」

청년 김구의 사뭇 진지해진 표정에 중근은 말을 끝맺지 못했다.

「난, 우리 사장님한테 머리통을 맞았다고. 사장님이 하도 자신 있 게 '대한민국 천지에 그걸 모르는 사람이 어디 있어?' 하기에 당연 히 아시는 줄 알았지. 그래서 맞은 곳이 별로 아프지 않았었는데, 뒤 돌아서서 이러는 거야. '당연히 김구 선생님이지. 수류탄 세 개를 한 꺼번에 까고 유유히 뒤돌아 가신 거야. 그 뒤를 유관순 누나가 기관 단총으로 엄호해 줘서 무사히 그 자리를 빠져나올 수 있었지. 암, 대 단한 분들이셨지!'」

농담인지 애매한 그 말에 청년들은 피식 웃었다. 어느새 어색한 옷을 벗어던진 것 같았다. 청년들은 처음 봤을 때의 꾸부정한 가슴

꽉에 고개를 묻고 있지 않았다. 오히려 의식적으로 허리를 곧추세우고 의젓한 자세를 취하고 있었다. 아까까지 의기소침했던 세 청년들은 어디 가고, 마치 백범이, 도마가, 매헌이 되살아나 앉아 있는 것 같았다.

「매헌, 그래서 사람들 만나면 제일 먼저 도시락 폭탄 누가 던진 줄 아느냐고 물어요? 틀리면 섭섭하고요?」

서 형사는 다른 회원이 그러듯 봉길의 호로 질문을 건넸다.

「섭섭하긴요. 섭섭하지 않아요. 모르기 쉬워요. 그냥 모르는구나 하고 확인하고 마는 거죠.」

순진한 청년이구나 하는 생각이 들 정도로 봉길은 얼굴을 살짝 붉혔다.

「죄송해요, 형사님. 그냥 궁금했어요. 그냥 궁금해서 여쭤 본 거예요. 죄송해요.」

「그렇게 감격할 일인가요? 그래, 다른 사람들 대답은 어떻던가요?」

「정확하게 알고 계시는 분은 형사님이 처음이에요. 근데 되게 놀랐어요. 다른 사람들처럼 그냥 모른다고 그러거나 헷갈린다고 하실 줄 알았는데…… 아마도 형사님 같은 분 만나려고 자꾸 사람들을 붙잡고 물었었나 봐요. 정확하게 대답하는 사람 만날 때까지요.」

「전 여러분들이 앞으로도 계속 사람들에게 물어봐 줬으면 좋겠어요. 그러면 한 사람이라도 더 정확한 사실을 알게 될 거 아네요? 모른다고 크게 다그치지는 말고요. 사실 제가 묻고 싶은 말이……」

김구가 서 형사의 말허리를 잘라 들어왔다.

「저희가…… 아니, 제가 교산 선생님 돌아가신 사건의 용의자인 거죠? 그렇죠?」

「왜 그렇게 생각하세요?」

「그날 클럽하우스에 남아 있기도 했고, 또 영화에 대해 약간의 의견 차이도 있었고…… 뭐, 여러 가지로요.」

「아직 사인이 정확히 밝혀지지 않아서 용의자이니 뭐니 할 것은 없어요. 다만 현장에 있었던 사람들을 차례로 만나 보고 있어요. 119 구급 대원과도 얘기를 나눴고, 바텐더 정정화 씨, 이젠 그다음 차례라고 생각해 주면 고맙겠어요. 만약 부검 결과가 나와서 타살이 확실해지면 어떨지는 잘 모르겠지만, 지금은 그냥 간단한 질문을 할 생각이에요. 괜찮겠죠?」

「아무거나 물어보셔도 좋습니다.」

작은 창으로 들어오는 햇빛은 비스듬히 꽂힌 화살처럼 강렬했지만 국부적일 수밖에 없었다. 오히려 이들의 테이블을 밝혀 주는 건 천장에 매달린 펜던트 조명이었고, 홀에서 만들어진 오래된 바람에도 쉽게 흔들거렸다.

서 형사는 수첩을 꺼내는 짤막한 단절로 어색하지 않게 질문의 국면을 달리하겠다는 분위기를 만들어 냈다.

「돌아가신 허균 씨는 어떤 분이셨나요?」

김구와 봉길이 팔짱을 끼고 뭔가를 생각하는 동안 말이 없던 중근이 차분히 대답했다.

「조물주. 조물주 같은 분이시죠. 다른 사람은 모르겠어요. 저한테는 그래요. 제게 필요한 세상을 만드셨으니까요. 그런데 이래라저래라 하지도 않아요. 그냥 만들어만 놓고 살게 할 뿐. 있는 듯 없는 듯. 그런 점에서도 조물주를 닮았어요. 그래서 전 클럽 없으면 안 돼요. 전 여기서만 숨 쉬고 밥을 먹고 사는 거 같아요. 밖에서 일하거나 집에 있을 때에도 여기만 생각하고 살아요. 어떻게 보면 여기 때문에 바깥에서도 별 탈 없이 살고 있는지도 모르겠어요. 친구라는 것도 여기서 처음 사귀었어요. 그런 곳을 만들고 운영해 주신 분이세요. 교산 선생님은요.」

김구와 봉길은 시무룩하게 고개를 끄덕일 뿐이었다.

「그날 영화 촬영차 다들 나간 걸로 알고 있는데요, 클럽에 남게 된 특별한 이유가 있을까요?」

「약간의 의견 차가 있어서요.」

이번엔 대답을 미루지 않았다. 오히려 중근이나 봉길 역시 할 말이 있어 보였지만 먼저 말을 꺼낸 건 김구였다.

「처음에 〈아리랑〉을 다시 찍는다고 해서 정말 좋아했어요. 여러 가지로 의미 있는 영화잖아요. 일제강점기에 민족정신을 고취시켰던 영화이기도 하고……」

중간에 봉길이 끼어들었다. 참을 수 없다는 표정이었다.

「지금은 필름이 남아 있지 않대요. 대략의 스토리만 전해진다나 봐요.」

김구는 봉길이 더 할 얘기가 없는지 잠깐 기다렸다가 얘기를 이어 나갔다.

「네, 맞아요. 매헌 얘기처럼 지금 필름이 남아 있지 않아요. 그래서 다시 찍는 거예요. 현대적으로 재해석한 〈아리랑〉을요. 그런데 저희는 당최 납득이 가질 않는 게 있어요. 아무리 현대적으로 재해석했다고 하더라도 항일, 반일 정신을 빼면 안 되는 거 아녜요?」

「맞아요. 납득이 가질 않아요.」

봉길은 아예 추임새를 넣을 작정인 것 같았다.

「일본 제국주의를 대신해서 약자를 속박하는 강자나 기득권을 표현한다더라고요. 그건 너무 두루뭉술해서 춘사 나운규의 〈아리랑〉이라고 할 수 없어요. 춘사는 일제강점기 한복판에서 반일·항일 영화를 만든 예리하고 강직한 사람이었죠. 그렇지 않나요?」

「맞아요, 너무 두루뭉술해요.」

봉길은 팔짱 낀 팔을 테이블에 올리고 그 위에 턱을 괴고 있었다.

「그럼, 그렇게 하자고 하는 사람은 누구예요?」

「저희들 빼고 다요. 뭐, 그중에 돌아가신 교산 선생님과 제이슨 밀러가 그 의견을 발의한 사람이에요.」

「제이슨 밀러요?」

「나운규 감독이요. 그것도 그래요. 나운규의 〈아리랑〉을 찍는다고 해서 제이슨 밀러가 나운규가 되는 것도 적당치 않아요. 솔직히 춘사의 이름이 아깝다고요. 게다가 입국한 요 몇 년 동안만 나운규가 되는 거니까 책임감이 있을 리가 없잖아요.」

「나운규, 그러니까 춘사가 원래는 제이슨 밀러로군요.」

「네. 그분에게는 별 감정 없어요. 사실 어렸을 적에 입양 갔으면 말은 물론이고 모국에 대한 기억도 없기 쉬운데, 이 사람은 꽤나 많은 걸 잃지 않고 있더라고요. 그런 점들은 존경스럽기까지 해요. 하지만 〈아리랑〉에 대한 해석은 너무 조심스럽고 안일하기까지 해

서, 결국 그 좋은 기회를 쓸모없는 일에 허비하는 것 같아서 안타까
워요.」

「그런 이유로 영화에 참여하지 않고, 촬영장에도 따라가지 않았
던 거군요?」

「네. 뜻이 맞지 않아 영화엔 참여하지 않지만, 그래도 클럽 일이라
여기에 남아 이런저런 뒤치다꺼리를 해 주고 있어요. 청소도 하고,
여러 명이 마실 커피도 타서 보온병에 담아 놓는다거나 하는 등의
일이죠. 지난번에도 그랬어요. 아마 이완용 씨와 송병준 씨도 그날
그래서 클럽에 나와 있었던 걸로 알고 있어요.」

「그럼 몇 시부터 몇 시까지 있었던 거죠?」

「제가 제일 먼저 왔어요. 오후 두 시쯤이요. 마무리 짓지 못한 일
을 처리하느라 직장에 들렀다가 오는 길이었거든요. 매헌과 도마는
한 시간쯤 뒤에 도착했어요. 그리고 경찰들이 가도 좋다고 했던 저
녁 11시 반쯤에 함께 돌아갔습니다.」

「백범은 지금 무슨 일을 하고 계시나요?」

「전 시내에서 자동차 정비 일을 하고 있어요. 다른 사람들보다는
좀 늦게 시작해서 어린 애들에게 배우고 있지만, 저는 지금 일에 만
족하고 있습니다. 사실 중학교까지는 야구를 했었거든요. 그런데 적
성에 맞지 않았었나 봐요. 말이야 부상으로 은퇴했다고는 하지만 사
실 그 긴장감을 참을 수 없었어요. 주자만 나가면 제 심장 소리 때문
에 사인은 물론이고 포수 미트도 보이지 않았거든요. 그걸 넘어서지
못했어요. 전 지금 제 일에 만족합니다. 공은 어제랑 똑같이 잡아도
포수 미트에 다르게 박히는데, 기계는 언제나 똑같거든요.」

김구의 이야기가 끝나자, 봉길이 자신의 얘기를 했다.

「저는 시청 앞 24시간 오피스 서비스에 근무해요. 저녁부터 다음 날 아침까지 복사해 주고, 제본하고 또 급행 택배를 보내는 일이에요. 저도 제 일에 만족해요. 새벽엔 저 혼자서 일할 수 있거든요. 옆에 누가 있으면 정말 거추장스러워요. 자꾸 말을 걸거든요. 그래서 사람 있을 때는 창고에 들어가서 복사지나 제본 소품들 정리하고, 새벽에 밀린 복사나 제본을 해요. 그게 훨씬 편해요. 그리고 옆에 있는 편의점에서 함께 근무해서 수당도 잘 받을 수 있고요.」

　갑자기 알 수 없는 우울한 그림자가 드리워지는 것이 느껴졌다. 중근은 잿빛 그림자처럼 농담(濃淡) 짙은 이야기를 더했다.

「저희가 좀 이상해 보이시죠? 그렇게 소중한 분이 돌아가셨는데도 시답잖은 질문이나 하고, 그렇죠? 그렇게 보이실 거예요. 그런데 제 생각엔 저희들 말고 다른 회원들도 마찬가지일 거라 생각해요. 교산 선생님 돌아가셨다는 슬픔보다 클럽이 어떻게 계속 지속될 수 있을까 하는 걱정이 앞서는 게 말이죠. 물론 선생님 돌아가신 건 말할 수 없이 애통하고 슬퍼요. 저희들에겐 가정이며 동시에 사회나 다름없는 이 클럽을 만들고 지금처럼 가꿔 주신 분인데요. 드러내 놓고 하진 않으셨지만 모든 클럽 활동의 구심점이라 할 수 있는데 왜 아니겠어요. 그런데, 그런데 말이에요. 이미 선생님은 돌아가셨잖아요. 돌이킬 수 없는 거 아니겠어요. 게다가 눈앞엔 생각하기에도 끔찍한 걱정거리가 현실이 될지도 모르는데 어떡하겠어요. 혹시 클럽이 없어지진 않을까 하는…… 제 눈에는 그렇게 보여요. 다들 선생님이 안됐다고는 하지만 클럽의 존폐 여부가 더 걱정스러운 거예요. 그런 거예요.」

「클럽이 다른 회원들에게도 그렇게 대단하게 여겨질까요?」

「말씀드렸다시피 전 여기에서 삶을 얻었다고 생각해요. 다른 삶은 생각하기도 힘들어요. 다른 회원들도 마찬가지일 겁니다.」

김구와 봉길도 고개를 끄덕였다.

「다른 모임들도 얼마든지 가입할 수 있는 거 아녜요. 아니면 회원들끼리 다른 클럽을 만들어도 되지 않을까요?」

서 형사는 다소 자극적일 수 있다는 생각을 했지만 조심스럽게 그 반응을 살펴보기로 했다.

「그럴 수 있었다면 아마 여기 들어오지도 않았을 거예요. 혹시 강감찬이란 이름으로 살게 되면 어떨까 생각해 보신 적 있으세요? 아님 저처럼 안중근은 어떨까요? 형사님은 여성분이시니까 나혜석이나 윤심덕이었다면 어땠을까요?」

서 형사는 반사적으로 뭔가 대답을 하려다가 아무 말도 하지 않는 것이 나을 것 같다고 생각했다. 중근 역시 대답을 듣기 위해 한 말은 아닌 것 같았다.

「뭐, 공부도 어느 정도 하고, 재치 있는 말주변이 있거나 싸움도 어느 정도 한다면 또래들 사이에서 인기가 나쁘진 않았을 거예요. 적어도 중간은 갔을 거예요. 그런데 만약, 정말 만약에 말예요, 공부도 못하고 운동도 싸움도 잘 못하는 사람이라면 어떨까요? 게다가 말도 좀 더듬고 행동도 느리다면요? 할아버지는 이름 때문에 친구들에게 인기가 많으리라고 생각하셨나 봐요. 그래서 늘 저더러 감사하라고 하셨죠. 그런데 참 희한하죠? 그 좋은 이름을 가졌는데 아이들은 늘 학대하듯 놀리곤 했어요. 전 점심시간에 온전한 도시락을 먹어 본 적이 없었어요. 늘 바닥에 내동댕이쳐져 있거나 흙이 뿌려져 있는 도시락을 열었던 기억밖에는……. 어떨 때는 제가 옆 반에다 제 도시락을 던지고 돌아와야 했던 적도 있었어요. 선생님이 계시거나 계시지 않거나 말이죠. 놀란 선생님이 그러셨대요. '와루바시 상, 가서 상대해 줘!' 그때 옆 반 어떤 녀석이 불쑥 일어나 절 한참을 때리고 돌아갔죠. 전 차라리 우스운 녀석이라면서 매질을 하던 선생님들이 고맙기까지 했어요. '독립투사가 꼴찌가 뭐냐?'라며 매타작하시던 선생님은 아이들에게 인기가 많았었죠. 제가 선생님께 불려 나갈 때 아이들의 표정은 기대와 흥분으로 가득 차 있곤 했어요. 선생님께서 또 무슨 유행어를 만들어 내실까 해서죠. 참 우습죠? 중학교를 중퇴하겠다고 결심한 날에도 저는 옥상에서 음식 쓰레기 폭탄의 타깃이 되어야 했어요. 그런데 참 이상하게도 애들이 원망스럽지 않았어요. 저도 저 같은 명청이가 위인의 이름을 갖는 것 자체가 무리라고 생각하는데요. 왜 아니겠어요? 아이들 생각도 저와 같았을 거예요. '저런 명청이 새끼가 안중근이야! 나라 망신시킬 일 있냐? 도시락 폭탄이 운다, 울어! 이 바보 새끼야!' 그러게요. 전 바란 적도 없고, 부탁한 적도 없었는데요. 마지막으로 애들의 놀림거리가 되던 날, 저는 모두가 집으로 돌아갈 때까지 옥상에 그대로 서 있었어요. 애들이 원망스럽진 않았지만 안타까운 게 하나 있었거든요. 도시락 폭탄을 던진 건 안중근 장군[17]이 아니라 윤봉길 의사라는 사실을 잘못 알고 있다는 점이었어요. 그리고 도시락 폭탄이 아니라 수통 폭탄이었다는 것도요. 안중근 장군은 하얼빈 역에서 이토 히로

부모를 권총으로 사살한 분이신데, 아이들에겐 폭탄을 던진 윤봉길과 바뀌어져 있었던 거예요. 아마도 그 자리에서 계속 중얼거리고 있었던 것 같아요. 형사님, 그런데 보세요. 여기서는 제가 도마 안중근이에요. 다른 회원들은 제가 안중근에 대해 많이 공부해서 그 얘길 들려주길 바라고 있어요. 저 안중근한테서 말이죠. 제가 그분처럼 위대한 인물이라서가 아니에요. 여기서는 누구든 제대로 인정받고 있어요. 고려 시대 무신정권의 한복판에 있던 이의민과 동명이인도 저희 회원이세요. 클럽을 알기 전까지는 무신정권은 물론이고 고려에 대해 아는 것이라곤 인삼밖에 없었다고 하시더라고요. 그런데 여기에선 무신정권의 핵심 인물로서 다른 회원들에게 올바른 역사 정보를 제공하고 있어요. 고려 무인시대에 대해 궁금한 사람들은 이의민 씨의 입을 바라보고 있는 거죠. 특히 무신정권 회원들은 저희 클럽에서도 알아주는 학구파들이에요. 비록 쿠데타를 일으킨 악인에 가깝지만 그마저도 역사 속에서 큰 소용돌이를 일으켰던 주인공들인 셈이잖아요. 여기에선 모두가 중요한 사람이 될 수 있어요. 그런 기분은 우리 모두에게 여기가 처음인 거예요. 저희에게 이 클럽이 소중할 수밖에 없는 이유예요. 그런 거예요.」

맨얼굴의 낯섦이랄까? 처량한 청량함 같은 것이 전해졌다.

서 형사 역시 이름이 주는 굴레는 남달랐다. 어릴 적 또래 아이들이 놀려 대는 거야 대부분 가까이 지내보자는 제스처라 기분 나쁠 것도 없었고, 좀 심한 녀석들은 꿀밤 몇 대면 그마저도 잠잠하게 할 수 있었다. 그런데 중학교 때 할머니께 들은 이름의 의미는 그리 유쾌한 것이 아니었다. 효자. 뒤에 '자'를 붙여 흔히 하듯 여자 이름처럼 보이게 했지만, 이름이 '효자(孝子)'인 것은 사내 녀석이 태어나길 바랐던 할아버지의 간절함이 묻어 있는 것이라 하셨다. 할아버지는 그래도 고등교육을 받으신 분이라서 네 입장을 생각하지 않을 수 없었을 거란 것이 할머니의 변론이었다. 여자로 사는 것도 힘들 텐데, 이름까지 가문의 손을 가로막은 사람처럼 보이지 않게 하기 위해 뒤에 '자'를 붙인 것이니 다행으로 생각해라, 이 뜻이었다. 누구처럼 '후남'이나 '말숙'이가 아닌 것을 고맙게 생각해라, 이런 의미였던 것이다. 당연히 위로가 되지 않았었다. 따져 보고 싶었고, 항의하고도 싶었지만 할아버질 대신해서 할머니께 말씀드려 봐야 부질없다는 생각밖에는 들지 않았었다. 고맙다고 해야 당연한 사람이 오히려 역정을 내고 있는 모습으로 비쳐졌을 테니. 할아버진 그토록 간절하게 기다리던 손자 녀석을 보시고, 또 자라는 것도 보시고 돌아가셨어야 했다. 그리고 그 후진 새끼를 본다고 두 발 동동 구르면서 애태웠던 세월들을 후회하셨어야 했다. 오히려 그것이 할아버지나 다른 식구들을 위해 좋았을 것이라는 생각을 곱씹고 또 곱씹었던 서 형사였다.

어쨌거나 이 사건은 태어나자마자 의도치 않게 가족들을 실망시켰고, 그 흔적이 이름으로 주홍글씨처럼 각인되었던 서 형사의 과거를 상기시켰다. 그 언짢은 기억을 흔들어 깨운 건 토트백 속에서 울리는 진동이었다.

「죄송해요. 잠시 실례할게요.」

청년들은 아직도 과거의 굴레 속을 헤매고 있는지 별 반응이 없었다. 바 옆문을 통해 건물 뒤 데크로 나갔다.

『무슨 일인가요? 왕자님.』

『엄마, 바빠? 전화받을 수 있어?』

『응, 엄마 일하고 있잖아. 엄마 일할 때는 급한 일 아니면 전화받기 힘들다고 했는데, 잊었어요? 아빠한테 전화해 보면 어떨까?』

『응, 알고 있는데…… 아빠가 시킨 거라서.』

『아빠가? 왜요? 옆에 계시면 바꿔 주세요.』

『네, 엄마. 저녁에 봐요.』

수사 중에는 남편 전화를 거의 받지 않는다는 걸 잘 알기 때문에 아들의 휴대전화를 빌린 것이었다. 남편은 아들이 다니는 초등학교와 한 울타리에 있는 중학교의 기술 선생이다. 남편은 마치 좀 떨어진 거리에 있던 것처럼 뜸을 들였다.

『전화 바꿨습니다. 여보~』

『정말, 이럴 거예요? 수사 중에 전화받는 거 싫어하는 거 알면서도 그래요? 다른 형사들이 보면 뒤에서 그럴 거면 집에서 살림이나 할 것이지 왜 기어 나왔냐고 입방아를 찧는다는 거 알면서.』

『알지. 왜 몰라? 그런데 정말 중요한 일이니까 그렇지.』

『아침에 얘기한 거 말이잖아요? 그렇죠?』

『딩동댕! 당신이 잊어버리면 난 그냥 거짓말쟁이 선생이 돼 버린다니까. 그러니까 꼭 좀 잊지 말아 달라고 부탁하는 거 아니겠어? 선생이 신뢰를 잃으면 그날로 끝장인 거 당신도 잘 알잖아.』

『알았다고요. 알았다니까 자꾸 그래요. 벌써 가방에 챙겨 놨어요. 됐어요?』

『당신이 평소에 쓰던 거 말고, 여분의 것이라야 해. 만약 당신이 필요해지면 곤란하니까. 꼭 여분의 것으로 가져와야 해. 알았지?』

『알았어요. 이미 여분의 것으로 준비해 놓은 거예요. 됐죠?』

『고마워. 사랑해 효자 씨!』

『알았어요. 집에서 봐요. 끊어요.』

전화기 저편에서 '아빠!' 하는 아들의 짜증 섞인 목소리가 새어 나왔다. 벌써 어른들이 부끄러워질 나이가 된 모양이었다. 남편은 벌써 며칠 전부터 형사들이 사용하는 진짜 수갑을 하루 빌려 달라고 아양을 떨고 있었다. 학생들에게 보여 주고 싶다는 이유에서였다.

덕분에 서 형사는 건물 뒷마당에 우뚝 서 있게 되었다. 제법 울창한 숲이 건물 뒤로 있을 거라고는 큰길에선 상상하기 힘든 것이었다. 그 숲은 작은 샛길을 하나 가지고 있었는데, 바람이 정면에서 불라치면 음울한 휘파람 소리가 날 것 같이 좁고 끝 모를 것이었다.

서 형사가 다시 클럽 문을 열고 들어서려는데 매우 낯선 느낌이 물씬 풍겨 왔다. 방금 전까지의 클럽과는 전혀 다른 곳처럼 느껴졌다. 청년들의 얘기에 빠져드느라 클럽이 다시 예전의 모습으로 돌아가 있었다는 사실을 전혀 눈치채지 못한 것이었다. 테이블 이곳저곳에선 소그룹으로 토론에 열을 내고 있는가 하면, 도서관엔 벌써 빈자리가 보이지 않았고, 누군가는 은은하게 피아노를 연주하고 있었다. 이 모습이 평소 클럽하우스의 분위기가 아닐까 싶었다. 하지만 그 자연스러움 속에서도 서 형사 쪽으로 귀를 쫑긋 세우고 있다는 느낌은 지울 수 없는 것이었다.

「왜 바의 이름이 채플이에요?」

머쓱한 마음에 선 채로 물었는데 생각지도 않은 명랑한 답변이 돌아왔다.

「그 바에선 아무도 취하지 않는다고 그렇게 붙였대요.」

김구의 대답에 봉길은 들릴 듯 말 듯 '작가 미상', '작가 미상'을 중얼거렸다.

그때 다시 한 번 진동음이 울렸다.

「죄송해요. 자꾸 전화가 오네요. 오늘은 이쯤에서 끝낼까 봐요. 또 궁금한 것이 있으면 말씀드릴게요. 클럽엔 언제 또 오시나요?」

「오늘은 클럽 전체 세미나가 있을 예정이라 늦은 저녁까지 있을 생각이에요. 저희 셋 모두 하루 휴가를 냈거든요. 다른 날은 일하는 시간 이외에는 거의 여기에 있다고 보시면 되고요.」

「고맙습니다. 또 뵐게요. 오늘 말씀 고마웠습니다.」

서 형사는 한참 울린 휴대전화의 액정을 살폈다. 발신은 홍 형사였다.

『홍 형사, 어떻게 돼 가?』

『네, 경찰서랑 등기소 들렀다가 나오는 중입니다. 제가 아무래도 다시 클럽으로 들어가는 것이 나을 것 같아서 전화드렸습니다.』

『알아낸 것 좀 있어?』

『네, 바텐더 정정화 씨한테서 냄새가 좀 나는데요. 범행 동기로 보이는 단서들도 좀 있고요. 그리고 클럽에 들어가서 직접 살펴봐야 할 것도 있습니다. 바로 가겠습니다.』

'범행 동기?'

아무리 단순한 성격의 신참 형사라 하더라도 쉽게 범행 동긴네 하며 입에 올릴 형사는 그리 많지 않다. 그것은 곧 범인을 지목하는 것과 비슷하게 받아들여지기 때문이다. 범행 대부분에서 명확한 동기를 갖는 사람이 범인이라는 공식은 여전히 우세하다. 서 형사 역시 사망자의 평판이 나쁘지 않은 만큼 확실한 동기가 있는 사람이 범인일 가능성이 높다고 대강의 지표를 가늠하던 참이었다.

서 형사는 건물 뒤편에서 홍 형사를 기다리기로 했다. 다시 선 건물 뒤편은 마치 무대 뒤를 보는 것과 같이 딴판이었다. 정면이 진입로에서 마당으로 들어선 사람에게 위압으로 내려다보는 형국이라면, 배면은 따분한 마감이야 똑같지만 야트막한 데크에서 나지막한 2층의 건물 매스로, 그리고 다시 한 번 4층의 객실 매스까지 차례대로 전개되어 있어서 훨씬 부드러운 인상을 내 주었다. 하늘은 더욱 많이 열려 있었고, 노출된 나선의 피난계단은 모처럼 솔직해 보이기까지 했다. 피난계단은 3층과 4층을 위한 것이었다. 서 형사는 3층 피난계단의 입구에 시선을 고정했다. 발소리를 죽여 내려온다고 하더라도 1, 2분이면 아무 일도 없었던 것처럼 데크를 서성일 수 있을 것처럼 보였다. 데크나 뒷마당에 사람이 있더라도 2층 지붕으로 빠져나가 기회를 엿볼 수 있을 만한 구조였다. 데크는 아직 오전에 내린 비로 흥건히 젖어 있었다.

그때 홍 형사가 부르는 소리가 숲으로 향하는 샛길 입구에서 소용돌이쳤다.

「서 형사님, 서 형사님!」

서 형사를 발견한 홍 형사는 바로 자신을 따라오라는 시늉을 하고는 서 형사 옆을 그냥 지나쳐 샛길로 향했다. 뭔가 특별한 단서를 찾았는지 홍 형사의 의욕이 불타오르고 있었다. 잠깐 동안 어리둥절

할 수밖에 없었지만, 서 형사는 주의를 주거나 말리고 싶지 않았다. 강력계 형사들은 가끔 스스로의 연료를 태워 앞으로 나아가야 한다고 믿고 있었기 때문이다.

길은 묘했다. 헤쳐 나가지 않았다면 길이라고 하기에도 어중간했다. 좁은 하늘을 덮은 수풀에, 바닥엔 가끔씩 깨진 보도블록이 박혀 있을 뿐이었다. 끝까지 가겠다는 결심이라면 헷갈리거나 새어 나갈 리 없는 길이지만, 예닐곱 발자국마다 이게 과연 길은 맞을까 하는 의구심을 갖게 하기엔 충분했다. 얼마 동안 홍 형사의 꽁무니만 쫓아갔을까? 드디어 동화 속에나 나올 법한 마당이 드러났다. 푹신해 보이는 잔디 마당 건너엔 숲에 덮인 것인지, 숨겨 놓은 것인지 분간하기 힘든 폐가가 한 채 누워 있었다. 홍 형사는 그곳이 마치 자신의 전리품인 양 두 다리를 고정한 채 서 형사를 기다렸다. 몇 초 먼저 도착한 저도 헐떡거리는 숨을 참으면서.

「이곳으로 한번 올라와 봐야 할 것 같아서 바로 이쪽으로 안내했습니다.」

「여긴 어디지?」

홍 형사의 의욕이 식지 않을 정도로 살짝 놀란 표정을 연기했다. 형사놀이를 할 생각은 없었지만, 어렵게 알아낸 단서를 한 번에 꺼내 놓으라고 하는 것은 어쩐지 예의가 아닌 것 같았다.

「여기도 클럽 페르소나입니다. 소유주로 따지자면 말이죠.」

「그럼 여기도 사망자의 소유란 말이야?」

「네, 그렇습니다. 그런데 재미있는 사실을 하나 알게 되었습니다.」

「뭔데?」

「이 집을 포함한 클럽하우스 그리고 이 주변이 한사람의 소유라고 방금 말씀드렸죠? 사망자 허균 씨 말입니다.」

「응, 그랬지.」

「알아본 바로 사망자는 가족이 없습니다. 그럼 상속자는 누가 되겠습니까?」

「바텐더 정정화 씨?」

「아니, 어떻게?」

홍 형사는 너무도 쉽게 힌트를 주고는, 너무도 쉽게 실망하고 있었다.

「아까 전화 통화에서 바텐더의 범행 동기를 알아낸 것 같다고 했잖아. 그래서.」

「아…… 그랬군요.」

홍 형사는 자책하는 표정을 지었다.

'주방 아주머니라고 할 걸 그랬나?'

풀이 죽은 표정으로 홍 형사는 건물등기부등본을 건넸다.

「참 뜬금없지 않나요? 사십 년 친구인 안두희 씨가 아니라 바텐더에게 건물과 토지를 상속하다니요? 그리고 재미있는 게 하나 더 있어요. 여기 소유주가 허균 씨로 넘어가기 직전엔 나혜석이란 사람이 있었고, 바로 그 전이 정정화 씨로 되어 있어요. 그러니까 클럽하우스가 원래 바텐더 정정화 씨의 소유였던 셈인 거죠. 뭔가 냄새가 나지 않습니까?」

다락방에서 먼지를 뒤집어쓴 앨범을 하나 찾아낸 기분이었다.

「그런데 무슨 근거로 상속자가 정정화 씨라고 하는 거야?」

「제가 등기소에 있는데 마침 누군가 창구에서 경교동 108-1번지 주소를 대는 거예요. 클럽하우스 주소거든요. 그래서 제가 무슨 일인지 물었죠. 처음엔 아무 일도 아니라고 하더니만 제 신분증을 보고 나서야 겨우 말을 꺼내더라고요. 아무개 변호사 사무실에 근무하는데 상속 문제로 등기소에 뭘 좀 확인하러 왔다고요. 그래서 제가 더 세게 윽박질렀죠. 어차피 알게 될 텐데 절차 밟아서 서로 귀찮은 일 만들지 말고 아는 대로 얘기해 보라고요. 그랬더니 제 기에 눌렸는지 모두 불더라고요. 사망자가 생전에 변호사를 통해 클럽하우스와 그 일대를 정정화 씨에게 상속하겠노라고 했다는 거예요. 제가 명함 하나 받아 놨습니다.」

권중현 변호사사무소 정상호 사무장

'원래 주인에게 다시 상속을 한다?'

소유권에 얽힌 얘기라면 범행 동기로는 충분하다. 하지만 동시에 어딘가 부족해 보였다. 너무 빨랐다. 상속의 내용을 알고 조급한 마음에 범행을 저질렀다? 그래 놓고는 사건 현장을 제일 먼저 발견하고 신고했다? 아무리 봐도 이성적인 결정이 하나도 없어 보였다. 이런 상속 문제가 누군가에겐 범행 동기가 될지는 모르겠지만.

「한번 들어가 보시죠?」

「그러는 것이 좋겠어.」

집 안 곳곳엔 잡초가 아이 키만큼 자라나 있었다. 집 안 깊숙한 곳까지 햇빛이 들어와서 그런지 폐가라는 생각은 들지 않았다. 장독대

위 수북한 잡초엔 나비들이 노닐었다. 쓰레기나 깨진 유리는 물론이
고 그 흔한 망가져 비틀어진 창문틀 하나 없었다. 아주 오래전에 사
람들만 고스란히 떠나고 그 위에 시간이 겹겹이 쌓여 버려진 것 같
았다. 가구나 집기들이 남아 있지 않아 살았던 사람의 대강을 추측
할 수는 없었지만, 벽지 위 어지러운 낙서들로 보아 아이들이 살지
않았을까 하는 짐작만 가능하게 할 뿐이었다. 근방의 아이들이 이
먼 곳까지 놀러 와서 낙서를 했다고 보기에는 낙서의 나이가 너무
어려 보였다.

「홍 형사, 좋은 거 하나 알아냈는데! 그리고 클럽하우스에서 좀
떨어진 곳에서 얘기한 것도 잘한 것 같고 말이야.」

「아이, 뭘요. 운이 좋았죠.」

홍 형사는 금방 생기를 되찾았다.

「바로 정정화 씨에게 상속 문제를 추궁할 필요가 있지 않을까
요?」

「홍 형사는 정말로 바텐더가 범인일 것 같아?」

「아님 누구겠어요? 사건은 의외로 단순하다니까요. 범행 동기가
분명한 사람이 범인인 게 틀림없어요.」

「알았어. 홍 형사는 계속 바텐더를 주시해 봐. 하지만 아직 상속
얘기는 꺼내지 않는 편이 좋겠어.」

「왜요? 상속 얘기를 꺼내기만 하면 바텐더가 당황해서 이런저런
실수를 저지르거나, 아님 자백할 수도 있지 않을까요?」

「만약 그렇다면 걱정할 거 없겠지. 그런데 그렇게 빤한, 그래서 이
성적이지 않은 범행이라면 실수도 많이 했을 거야. 일단 증거도 좀

찾아야 하지 않을까?」

「아, 그렇군요. 물증이 없군요. 심증은 분명한데 말이죠.」

「그런데 바텐더가 그 전에 클럽하우스를 소유했었다고 했지? 왜 나한테는 그 이야기를 하지 않았을까? 자기가 90년도에 관리인으로 들어왔다는 얘기만 했거든. 그래서 클럽의 창립과는 상관없다고 말이야. 정말 상관없었을까? 혹시 그전 행적에 대해 알아본 거 있어?」

「아, 맞다! 그 얘길 말씀 안 드렸군요. 제가 클럽에서 나와서 먼저 정보과엘 갔었습니다. 거기서 알아낸 바로는 정정화 씨 젊었을 때 염직공장을 크게 했었는가 보더라고요. 지역에서는 모르는 사람이 없을 정도였답니다. 원래는 더 큰 회사에 납품만 하던 거였는데, 욕심을 내다가 그만 일이 틀어져 버렸다고 하더라고요. 그래서 경로당에 연세 지긋하신 분을 찾아가 여쭤 봤죠. 정정화 씨의 염직공장이 어디에 있었는지를. 글쎄, 아니나 다를까 지금 클럽하우스가 예전 그 염직공장이었다지 뭡니까. 그래서 등기소에 가서 확실히 한 거였고요.」

「그 후에 다른 사람에게 건물이 넘어갔다가, 다시 사망자가 매입한 거고?」

「그렇죠.」

「좀 더 캐 보면 뭔가 더 나오겠는데. 그건 그렇고 어서 서두르자고. 가 봐야 할 곳이 있어.」

「어딘데요?」

홍 형사의 질문엔 대답하지 않고 히죽 웃기만 했다. 설명 없이 폐가로 데려간 홍 형사에게 그에 상응하는 복수를 하는 셈이었다.

서 형사는 클럽하우스 현관에서 고개만 살짝 디밀고는 채플에 있는 바텐더에게 크게 소리쳤다.

「시립 도서관에 가려는데 어느 길이 빠른가요?」

「세무서 옆길로 해서 아파트 짓는다고 터 닦는 곳을 가로지르면 가장 빠릅니다.」

「고맙습니다.」

'미끼를 놓았으니 기다려 봐야지!'

*

홍 형사가 주차하는 동안 서 형사는 이미 도서관 로비 한복판에 서 있었다. 새로 지은 시립 도서관은 평일 낮에도 사람들이 적지 않았다. 로비 중앙에서 작은 보폭으로 위치를 더듬는 서 형사의 모습이 마치 스스로 기준점이 되려는 듯 보였다. 천장에 매달린 조형물을 힐끔 올려다봤다. 고광택의 스테인리스 표면은 볼록거울이면서도 오목거울이 되어 실내 전체를 담고 있었다. 서 형사는 완전히 굳어지는가 싶더니 이내 수정 구슬로 자기 최면을 걸려는 사람처럼 초점을 맞추기도 하고 실내 구석구석을 빠짐없이 훑어보기도 했다. 어쩌면 서가로 들어가기 전에 필요한 자료와 그에 따른 질문들을 투영시켜 과연 옳은 길로 접어들었는지를 묻고 있는지도 모를 일이었다. 잠시 후 수정 구슬로부터 대답이 돌아왔다. 입구 회전문을 비추고 있는 볼록한 부분에 홍 형사의 모습이 들어왔다.

홍 형사는 성큼성큼 서 형사 옆을 지나쳐 바로 서가로 안내했다. 이번엔 도서관이 낯설지 않다는 지적인 이미지를 풍기고 싶은 것 같았다. 홍 형사는 지나치는 모든 사람들에게 가벼운 인사를 했고, 사람들은 하나같이 어리둥절한 표정을 지었다.

자료는 인터넷을 통해 찾을 수도 있었지만, 그 어떤 예기치 못한 의문부호가 서 형사로 하여금 도서관행을 결심하게 했다. 그리고 '不須胡亂行(불수호난행)'이라는 경구에 대한 포괄적인 검토도 필요했다. 물론 사망자 허균이 아닌 범인이 남긴 글이라는 전제하에서였다. 이를 수사의 첫 단추로 삼은 것은 나름의 이유가 있었다.

정서적으로도 동떨어진 곳에 위치한 클럽하우스에서 벌어진 살인 사건. 역사적 인물의 삶을 대신해서, 아니, 연장해서 살고 있는 회원들. 이 사건의 열쇠는 핏방울뿐만 아니라 묵향(墨香)에도 한 발을 딛고 있을 것이라는 확신이 들었기 때문이다. 그래서 물질적이고 정량적인 수사와 나란하게 고증적이고도 직관적인 수사가 함께 병행되어야 한다고 생각하는 것이다. 무엇보다도 범인이 남긴 것으로 의심되는 문구로부터 수사를 시작하는 것은 그것이 의도된 흔적일지라도 범인과 사고를 공유하는 방편일 수 있었다. 조용한 엘리베이터 안에서 홍 형사가 말을 뗐다.

「서 형사님은 욕실 벽에 남겨진 글이 단서가 된다고 생각하세요? 범인이 혹시 수사를 함정에 빠뜨리기 위해 일부러 남겨 놓은 거라고는 생각지 않으세요?」

「그 글이 범인이 남긴 건 분명하다고 생각해?」

「저는…… 네. 범인이 남긴 거라고 생각해요. 오전에 바텐더가 확인한 바로는 없었고, 사체 발견 후 주변에서 립스틱이 발견되지 않았다는 것을 보면 분명 글을 남긴 사람이 립스틱을 회수해 간 거죠. 그리고 그 사람이 곧 범인이라는 점은 틀림없어 보이고요.」

「뭐, 내 생각도 비슷해. 하지만 좀 더 포괄적으로 바라보아야 할 필요는 있을 것 같아. 립스틱이 원래 사망자의 것이었는지, 아니면 범인이 가져온 것인지도 중요할 것 같고, 립스틱이 중요한 의미를 갖는 건지, 아니면 경구에 어떤 특별한 의미가 담겨 있는 것인지도 가늠할 수 있어야겠지. 홍 형사 얘기처럼 범인이 수사를 미궁에 빠뜨리려는 의도였다고 해도 우리에게 주는 메시지인 것만은 분명해 보이고, 범인이 자신의 지적 능력을 과시하는 거라면 또 우리가 응대해 줘야 마땅한 거 아니겠어? 일단 우리가 가지고 있는 단서가 그리 많지 않고, 회원이라면 누구나 오갈 수 있는 클럽 내 객실에서 벌어진 사건이기 때문에 최대한 용의자의 범위를 좁히는 것이 필요하거든. 우린 여기에서 생각보다 많은 단서를 얻을지도 몰라.」

「아마도 사서의 도움을 받을 수 있을 겁니다.」

홍 형사는 카운터 앞 젊은 사서에게 자신의 신분증을 꺼내 보였다. 사서는 차분히 설명을 듣고는 자기만으로는 부족하다고 느꼈는지 방 안에 있던 다른 사람을 불러왔다. 줄이 달린 안경 너머로 진지하게 경청하는 중년의 사서에게도 똑같은 설명을 다시 한 번 해야 했다. 이번엔 서 형사가 그 역할을 자청했다. 전문가의 도움이 절실한 까닭에 하나라도 빠뜨릴세라 차근히 설명했다. 잠시 후 그 성의에 대한 보답인지 두 사서는 카트 가득히 자료를 가지고 돌아왔다. 이 정도면 박사 논문도 쓸 수 있지 않을까 싶었다. 정보는 적어도 골치지만 너무 많아도 탈이 되었다. 한문이 가득한 책들을 막연히 드르륵 넘기는 것 말고는 진지한 접근이 불가능해 보였다. 수사 의지가 사그라지고 있을 즈음, 젊은 사서가 몇 장의 프린트를 들고 왔다.

「도움이 되실지 모르겠지만 말씀하신 경구에 대한 요약 정보예요.」

넙죽 받아 든 것은 홍 형사였다.

「고맙습니다. 사실 한문은 많이 약하거든요. 어디서부터 시작해야 할지 몰랐는데 정말 감사합니다.」

「찾으시는 단서가 뭔지는 전혀 감이 잡히질 않지만, 이 요약문을 먼저 보시고 이 책부터 놓여 있는 순서대로 찾아보세요. 저희 선생님이 자료 성격 순서대로 나열해 놓으신 거예요.」

젊은 사서가 제일 먼저 짚은 건 양장본의 논문이었다.

「형사님들 필요하시면 저희 선생님 옆방에서 천천히 자료를 보셔도 된다고 하셨어요.」

젊은 사서가 가리키는 방은 〈관장실〉이라는 작은 명패를 달고 있었다.

「아, 네. 저흰 저쪽 넓은 책상이 좋을 것 같아요. 관장님께 고맙다고 꼭 좀 전해 주세요.」

젊은 사서는 대답 대신 눈웃음으로 인사를 받았다. 홍 형사는 젊은 사서가 사라질 때까지 그녀의 뒤태를 넋 놓고 바라보았다.

「홍 형사, 그만하고 자릴 잡지.」

「아, 네……」

책들이 꽂혀 있는 서가 옆 큰 책상에 자리를 잡았다. 그리고 관장이 직접 분류한 순서가 섞이지 않게 자료들을 책상 위로 올려놓았다. 여전히 멍한 홍 형사의 손에서 요약문을 뺏듯이 가로챘다.

「이젠 일 좀 하지? 그렇게 멍하니 있지 말고. 홍 형사는 내가 수사 참여하기 전에 벌써 이 경구에 대해 알아봤을 거 아냐?」

「아, 네. 간단하게 알아봤죠. 해석해 놓은 시의 전문을 찾아본 정도입니다. 그런데 전 별다른 단서를 발견하진 못했거든요. 이 경구는 조선 시대 이양연이란 사람이 쓴 시의 일부분이에요. 그리고 서산대사가……」

홍 형사가 자신의 태블릿 PC를 켜고 자료를 뒤적이면서도 이렇다 할 얘기를 못 하고 있는 사이에, 서 형사는 프린트에 줄 쳐진 부분을 훑어보았다. 홍 형사의 말대로 '不須胡亂行(불수호난행)'은 조선 후기 문신인 이양연의 시 〈야설(野雪)〉의 일부분이었다.

穿雪野中去(천설야중거)

눈길을 뚫고, 들길을 걸어가도,

不須胡亂行(불수호난행)

모름지기 어지러이 걸어가지 말라.

今朝我行跡(금조아행적)

오늘 아침 내가 걸어간 발자국이,

遂爲後人程(수위후인정)

마침내 뒷사람의 길이 될 것이니.

후세를 향한 계도성 짙은 시였다. 사서가 형광펜으로 표시해 놓은 곳을 따라가 봤더니 제목과 원작자에 대한 설명이 덧붙어 있었다.

"…… 제목은 〈야설(野雪)〉 혹은 〈야설(夜雪)〉이라고 알려졌으며, 원래는 서산대사의 시로 널리 알려졌었으나, 이양연의 시로 보는 것이 더 바람직하다. 물론 이양연(李亮淵)은 1771년부터 1853년까지 살았던 사람으로 조선 정조 때 태어나 순조와 헌종, 철종 등 세 임금의 시대를 산 성리학 학자였고, 서산대사는 1530년부터 1604년까지 산 인물로, 생몰 연대에서 한 세기 반이나 뒤처지고 있다. 그럼에도 불구하고 이양연의 작품으로 보는 것이 정설로 받아들여져야 하는 이유는 이양연의 유고집에는 이 작품이 실려 있는 반면, 서산대사의 《청허당집(淸虛堂集)》에는 실려 있지 않기 때문이다. 그리고 서산대사의 시로 알려진 〈야설〉은 이양연의 것과는 약간의 차이가 있다. 오로지 '不須胡亂行'의 문구만이 일치한다. 그리고 ……"

서산대사의 〈야설〉은 다음과 같다.

踏雪野中去(답설야중거)

不須胡亂行(불수호난행)

今日我行跡(금일아행적)

逐作後人程(수작후인정)

젊은 사서가 가리켰던 논문은 시의 원작자가 이양연이라고 했던 대학교수의 주장을 뒷받침하고 있는 것이었다.

「서산대사라고 하면……」

「네, 저도 유일한 연관성은 서산대사와 정치가이자 소설가인 허균이 친분이 있었다는 것 정도만 알아냈어요. 허균보다는 아버지 허엽의 친분이라고 봐야 하겠지만 말이죠. 허엽이 활동하고 허균이 태어났던 선조 때는 임진왜란이 있었던 시기잖아요. 전쟁 후에도 허엽과 친분이 있던 서산대사가 허균의 집에 자주 들렀었다나 봐요. 제가 사서에게 허엽이나 서산대사에 대해 좀 더 알아보고 올까요?」

「뭘 좀 생각이나 해 보고 도움을 받아도 받자고. 뭐가 급해? 홍 형사는 사망자 허균의 머리맡에 서산대사의 시 중 일부를 경구로 써 놓고 갔다는 연관성을 말하고 있는 거잖아? 서산대사가 원작자라고 알려졌던 〈야설〉, '모름지기 어지러이 걸어가지 말라.' 무슨 연관성이 있을까? 경고문 같기도 하고 말이야.」

그때, 갑자기 무슨 생각이 들었는지 서 형사의 눈빛이 달라졌다. 자신의 토트백에서 노트를 꺼내 뭔가를 써 내려가기 시작했다. 홍 형사는 옆에 서서 노트를 유심히 들여다보고는 남몰래 침을 꿀꺽 삼켰다. 펜을 내려놓자 홍 형사는 서 형사와 눈빛을 교환하고 고개를 끄덕였다. 그러고는 잰걸음으로 사서가 있는 카운터로 향했다. 홍 형사가 모퉁이를 돌아 사라진 것을 확인한 후, 천천히 일어서 서가로 다가섰다. 서 형사는 서가에 꽂힌 책들을 대충 훑으면서 서가의 반대편을 향해 걸어갔다. 서가에서 먼저 책을 살피던 사람들은 서 형사에게 자리를 내주기 위해 벽이나 맞은편 서가 쪽에 붙어야 했다. 또 어떤 여성은 서 형사를 의식해 자리를 피해 주려던 것이 자기도 모르게 서가의 끝까지 몰리고 있었다. 길을 내어 주려던 것이었을까? 여성이 서 형사를 피해 서가를 벗어나려는 순간, 그 앞엔 넓은 가슴을 활짝 펴고 위세 좋게 버티고 있는 사람이 있었다. 홍 형사였다.

「우리도 함께 알죠. 우리 뒤를 밟고, 얘기를 엿들은 이유를.」

팔짱을 낀 서 형사는 다분히 불량해 보였다.

「언, 언제 아셨어요?」

의문의 여성은 잠시 얼어붙은 거 같더니만 겨우 입을 열었다.

「클럽하우스에서부터 줄곧 귀를 쫑긋 세우고 주변을 맴돌았잖아요. 혹시나 싶어서 행선지를 좀 크게 얘기했던 거예요. 자, 털어놔 보시죠.」

「당신이 허균 씨를 살해한 겁니까?」

갑작스러운 홍 형사의 패기에 서 형사도, 의문의 여성도 잠시 동안 말문이 막혔다.

「박문수라고 합니다. 다들 '기은'이라고 불러요.」

형사 둘이 눈알을 굴리며 기억 속의 뭔가를 더듬었다.

「암행어사 출두요!」

문수는 손에 마패를 쥔 듯 호령하는 제스처를 취했지만 얼굴을 살짝 붉히고 있었다. 그제야 두 형사는 고개를 끄덕였다.

「자, 이유를 들어 볼까요?」

문수는 자신의 엄지손가락을 이빨로 깨무는 시늉을 하면서 뭔가 골똘히 생각에 잠겼다. 그러더니 이내 사연을 털어놨다.

「저는 시청 앞에서 사진관을 하고 있어요. 요즘은 일 때문에라도 거의 매일 클럽엘 나가고 있습니다. 월요일도 다른 날과 마찬가지로 아침부터 클럽으로 갔어요. 그랬더니 마당이 경찰들로 바글거리지 뭐예요. 아, 죄송합니다. 그냥 표현이……」

문수는 서 형사의 눈치를 살폈다.

「괜찮습니다. 계속하세요.」

「간밤에 교산 선생님이 돌아가셨다고 하더라고요. 갑작스러운 소식에 저는 잠시 멍했던 거 같아요. 그러고는 갑자기 슬픔이 복받쳐 한참을 울었죠. 제가 울음을 멈춘 건 아마도 클럽 앞을 서성이던 회원들의 표정을 본 순간이었을 거예요. 그 표정에서 슬픔보다 앞서 있는 두려움과 불안을 읽었거든요. 그때 토요일만 해도 아주 건강한 모습이셨던 게 기억이 났어요. 그제야 저도 선생님의 죽음이 어쩌면 연로한 탓이 아닐지도 모르겠구나, 하는 생각이 들더라고요. 형사님들도 뭔가 수사를 한다는 느낌도 들었고요. 그래서……」

「저기요, 우리가 지금 애들 장난하는 것처럼 보여요?」

홍 형사는 전형적인 형사들의 말투를 흉내 내고 있었다.

「안타깝잖아요. 좋은 분이셨는데. 게다가 클럽을 위해서 좋은 일도 많이 하셨고요. 저만 해도 선생님 도움으로 겨우 일을 얻은 거였단 말예요.」

「좋습니다. 우리 앉아서 얘기하죠.」

서 형사는 자료를 벌여 놓은 곳으로 성큼 걸어갔고, 홍 형사는 여전히 못마땅한 표정이었다. 대담하게 두 형사의 뒤를 밟았던 문수도 잠시 망설이다가 수줍게 발걸음을 옮겼다.

「저는 서효자 형사라고 합니다. 이번 사건의 책임자예요. 저희 얘기도 엿듣고, 아니, 주의 깊게 듣고 이번 사건에 대해 이런저런 얘기들도 들으셨을 텐데, 저희에게 해 주고 싶은 얘기 있으시면 부탁드립니다.」

「사실, 드릴 말씀이 있어서 따라온 겁니다.」

여전히 문수는 서 형사의 눈을 마주 보지 못했지만 할 말은 또박 또박 다 하고 있었다.

「무슨 얘긴가요?」

서 형사는 자신도 모르게 몸을 내밀었다. 그러나 문수의 대답을 바로 들을 수는 없었다. 문수는 한참을 머뭇거렸다. 어쩔 줄 몰라 망설이는 것이라기보다는 수줍어 말을 꺼내지 못하는 것처럼 보였다. 팔짱을 끼고 있던 홍 형사도 어이가 없다는 표정이었다.

「저도…… 끼워…… 주실래요?」

「뭘요?」

서 형사와 홍 형사가 이구동성으로 외쳤다.

「수사……요.」

두 형사는 잠시 할 말을 잃었다.

「저요…… 부끄러움은 좀 타지만요…… 호기심을 참는 건 너무…… 힘들어서요.」

「홍 형사 얘기처럼 동호회 차원의 탐정놀이가 아니에요. 실제 살인 사건이란 말이죠. 아직 확실한 사체 정밀부검 결과가 나오진 않았지만, 사고사가 아니라면 분명 살인범이 있다는 말이에요. 아시겠어요?」

살인 사건. 사체. 살인범. 서 형사는 설득 대신 자극적인 단어를 끼어 넣는 충격요법을 선택했다. 하지만 전혀 예상치 못한 대답이 돌아왔다.

「제 생각엔…… 또 다른 살인이 있을 것 같아서요.」

고개를 든 문수는 조금 전과는 달리 전혀 딴 사람처럼 얘기하고 있었다. 부끄러움은 사라지고 진실을 쫓는 호기심만이 눈가에서 반짝거렸다.

「네?」

홍 형사는 실제로 또 다른 살인 사건이 터진 것처럼 놀라고 있었다.

「무슨 근거로 그런 말씀을 하시는 거죠?」

진지해진 표정으로 서 형사가 물었다.

「아까 두 분이서 '불수호난행'에 대해 얘기하는 걸 들었는데……」

문수는 어느새 서 형사의 눈을 마주 보며 얘기하고 있었다.

「그 글을 범인이 남긴 게 맞다면, 제 생각에는 〈야설〉의 원작자나 그 뜻보다는 다른 곳에 의미가 있지 않을까 싶어서요.」

「다른 곳이요?」

「네. 다른 곳이요. 〈야설〉이 누구의 시인가, 어떤 의미인가보다는 누구에 의해 유명해졌는가를 생각해 보면 달리 해석될 수 있을 것 같아요. 바로 백범 김구죠. 〈야설〉은 백범의 휘호로 유명해진 시예요.」

「그래서요?」

「옆방엔 안두희 선생님이 계시잖아요. 안두희는 백범 선생님을 시해한 인물이죠. 물론 저희 선생님은 이름만 같은 거지만요. 범인이 안두희 선생님을 살해하려고 했다가 실패한 후 대신 교산 선생님을 살해한 거죠. 그리고 안두희 선생님을 향해 백범의 경구로 경고성 메시지를 남긴 건 아닌가 싶은 거죠.」

301호 안두희 씨가 예기치 않게 출타했다는 바텐더의 말이 생각났다. 연이어 자료를 받아 들고 책을 넘길 때 언뜻 보았던 컬러로 된 백범의 족자 글씨가 눈앞을 스치고 지나갔다. 서 형사는 대수롭지 않다는 표정을 만들어 내는 데 실패했다.

「그런데 사건 현장에 그 경구가 남겨져 있다는 건 어떻게 알게 되셨나요?」

「여기 형사님께서 클럽 회원들에게 묻고 다니셨는걸요?」

문수는 홍 형사를 가리켰다.

「그건…… 혹시 누군가 그 경구에 대해 알고 있지 않을까 해서 알아본 거였습니다. 평소 사망자가 즐겨 외던, 그래서 사망자가 남겼을 것으로 판단되면 수사에서 제외시켜도 될 것 같아서였죠. 저뿐만 아니라 다른 형사님들도 사건 현장에 한문 비슷한 것들이 나오면 어떻게 해야 할지 무척 난감해서요. 무슨 추리소설도 아니고……」

홍 형사는 쩔쩔맸다.

「그건 사실 제 추리가 아니에요. 백범 생각이었죠. 형사님들 얘길 듣더니만 옆 테이블에 있던 백범이 들릴 듯 말 듯 중얼거리더라고요. '죽이려면 안두희를 죽였겠지……' 하고요.」

「김구 씨가요?」

「네. 그래서 제가 다그치듯 얘기했죠. 그런 소리 하는 게 아니라고요. 그랬더니 그 친구가 그러더군요. 그 경구는 되살아난 백범이 자신을 시해한 안두희를 처단하고 남길 만한 것이라고요. 물론 역사적 맥락이 그렇다는 거지 자기는 절대 안 그랬다면서 손사래를 쳤어요. 게다가 우리 안두희 선생님은 그 안두희가 아니지 않느냐면서 극구 부인하더라고요.」

문수는 당시를 기억했는지 허탈한 웃음을 지었다.

「백범은 그날 점심나절부터 도마, 매헌과 함께 하루 종일 클럽 1 층에 모여서 떠들었지만, 위층엔 한 번도 올라가지 않았다고 하더라고요. 그런데……」

「그런데?」

「그런데 백범의 생각 말고도 제가 생각하는 이상한 점은 따로 있어요. 제가 요즘 영화 때문에 클럽에서 정식으로 일을 받아 하고 있다고 말씀드렸죠? 영화를 만드는 동안 카메라 뒤쪽의 일들을 사진으로 남기는 일이에요. 다큐 사진이라고 볼 수 있죠. 당연히 클럽 분위기도 담고 있어요. 그런데 제가 포커스를 들이대는 요 몇 주 동안에 매우 무거운 느낌을 받았거든요. 전과는 분명 달랐습니다. 오죽하면 병원에도 가 보고 소화제도 복용했겠어요? 그러다가 사건이 터진 거예요. 제 오감이 반응한 거 아니겠어요? 그리고 아직 그 느낌이 시원하게 가시지 않아서 더 답답해 미치겠다고요. 그러니 제가 가만히 있을 수 있겠습니까?」

「박문수 씨는 그날 뭐하셨어요?」

「저요? 저 말씀이세요?」

문수는 눈이 똥그래져 있었다.

「네. 박문수 씨의 알리바이를 알아야 용의 선상에서 제외해 드릴 수 있으니……」

「아니요. 전 알리바이 없어요. 낮엔 혼자 사진관에 앉아 있다가 다른 회원들처럼 저녁 여섯 시 반까지 맞춰 갔습니다. 클럽에선 누구와도 얘기하지 않고 도서관에 혼자 앉아 있었고요. 저, 용의 선상에 그냥 놔두시면 안 돼요?」

문수는 그날 가장 환한 웃음을 보여 주었고, 서 형사는 자신도 모르게 미간을 쥐었다.

　「자세한 얘기는 나중에 좀 더 하기로 하죠. 그리고 용의자와 함께 수사를 한다는 건 있을 수 없는 일입니다. 수사에 참여하겠다는 생각은 아예 접어 주세요. 다만 사건에 관련된 정보라든지 다른 생각이 떠오르시면 저희에게 귀띔해 주실 수 있도록 창구는 열어 두겠습니다. 그럼 이만……」

　「자, 잠깐만요. 아직 드릴 말씀이 더 있어요. 외부인이 들어와서 교산 선생님을 살해했다고는 생각할 수 없어요. 클럽은 늘 회원들로 붐비는 곳이거든요. 그날도 마찬가지였어요. 모르는 얼굴이 클럽에 기웃거렸다가는 뭇매 맞기 십상이거든요. 특히 고려 무신들이랑 동명이인들 있잖아요. 최충헌이나 이의방, 정중부 같은 회원들에게 걸리면 그리 좋은 꼴은 못 본다고 봐야 돼요. 클럽하우스에서는 말예요. 그렇다고 저희 회원 중 누군가가 선생님을 살해했다고 보기도 힘들어요. 사람이 사람을 죽이려면 뭔가 큰 동기가 있어야 하잖아요. 그런데 선생님은 모든 회원들에게 존경받는 분이셨거든요. 어느 정도 거리를 두고 지켜봐 주시는 쪽이라 회원들과 사소한 마찰도 없었다고 확신할 수 있습니다. 클럽 회원이라면 누구나 저와 같은 생각일 거예요.」

　「돌아가신 허균 씨는 어떤 분이셨나요?」

　「클럽과 회원들을 지독히 사랑하신 분이셨어요. 선생님 소유의 클럽하우스를 내놓은 것만 봐도 그렇잖아요? 그게 어디 쉬운 일인가요? 거기에서 생기는 수익도 모두 클럽이나 회원들을 위해 사용하거든요. 지금 찍고 있는 영화도 전적으로 선생님이 후원하시는 거예요. 저도 덕택에 일감이 생긴 거고요. 사실 벌써 얼마는 당겨 썼지만 말예요. 그리고 미국에서 모셔 온 감독님이랑 초빙한 전문 촬영 감독 그리고 몇몇 외주 편집 인력을 제외하고는 모두 클럽 회원들에게 맡기기로 처음부터 못 박고 시작했다고 하더라고요. 그건 회원들에게 얼마간의 아르바이트라도 시켜 줄 요량이셨던 게 틀림없어요. 입버릇처럼 회원들이 곧 당신의 가족이라고 하셨는데 정말 그렇게 생각하셨던 거라고요.」

「회원들에게 인기가 많으셨겠네요?」

「뭐, 그렇죠. 뭐랄까요. 위엄 있는 가장처럼 있는 듯 없는 듯 했지만 존재감은 엄청났죠. 아마도 저희 교산 선생님이 꿈꾸던 율도국은 그리 크게 참견하는 법이 없는 세상이었던 것 같아요. 어떤 문제에 대해서도 이래라저래라 하시는 법이 전혀 없었거든요. 늘 회원들이 자유롭게 토론하도록 유도하시는 쪽이었죠. 어쩌다 가끔 '조금 전 얘기는 자칫 잘못 들으면 남녀 차별적일 수 있지 않을까요?' 하고 공손하게 의견을 제시하시거나 '여기에서 역사를 재해석하는 것은 좀 지나치다고 생각되는군요.' 하는 식이셨어요.」

「역사를 재해석하는 것이라면?」

「아하, 몇 해 전 백범이 클럽에 가입한 직후의 일이었어요. 그때 저도 그 광경을 직접 지켜봤거든요. 술을 몇 잔 걸친 이승만 씨가 갑자기 백범 앞에 넙죽 엎드려 머리를 조아리는 거예요. 그러더니 '내가 잘못했소, 내가 잘못했소.' 하시는 거예요. 머리도 희끗희끗한 중년의 이승만 씨가 이십 대 초반의 젊은 백범 앞에 엎드려서는 두 손을 싹싹 빌고 있는 모습을 한번 상상해 보세요. 백범은 물론이고 다른 회원들도 바로 얼음이 되었지 뭐예요. 그때 사무실에서 바텐더와 얘기하고 계시던 교산 선생님께서 무슨 일인가 하고 나오셨어요. 천천히 걸어오시더니 이승만 씨를 일으켜 세우시면서 그러시는 거예요. '우리 넘겨짚지 맙시다. 내 옆방 친구 안두희가 알면 얼마나 민망한 일이오.' 하고 말이죠. 잠시 정적이 흐르다가 갑자기 회원들이 웃기 시작했어요. 백범도 웃고, 이승만 씨도 웃고, 클럽 전체가 그렇게 다 웃으며 마무리되었던 일이 있었죠.」

「이승만 대통령은 호가 없었나요?」

「없긴요. '우남(雩南)[18]'이라는 호가 있는데요, 이승만 대통령은 신식 교육을 받은 사람이라 호가 필요 없다고 굳이 이름을 불러 달라고 했었대요. 그러고 보니 지금 생각났어요. 저희 회원 이승만 씨가 살짝 고집이 있으셨던지 그 일 이후로 몰래 백범 어머니가 하시는 식당 앞으로 한 달 동안 꽃을 보냈다고 했어요. 이승만 씨는 꽃집을 하시거든요. 자기 나름의 용서를 비는 거라고 다들 생각했죠.」

그때를 떠올리며 잠시 입가에 미소를 띠던 문수는 다시 정색한 표정으로 말을 이어 나갔다.

「바깥에서 저희 클럽을 보면 좀 이상하게 보일지도 모르겠어요. 아니, 저 같이 순수하지 못한 의도로 가입한 사람 눈에도 처음엔 얼마나 낯설고 이상하게 보였는데요. 알죠. 하물며 형사님들에겐 괴상하게 보이는 게 당연할 거예요. 그래서 어쩌면 저희 회원 중 누군가가 비정상적으로 몰입해서 벌어진 일이라고 생각하실지도 모르겠어요. 그런데 그건 절대 아니라고 생각해요. 다들 그 정도로 분별력이 없진 않으니까요. 지나치게 몰입해서 공부하는 건 있어도, 역사 속 인물과 본인을 혼동하는 일은 실제로는 없다는 겁니다.」

「불순한 의도로 가입했다면?」

「아, 저는 부끄러움을 좀 많이 타긴 하지만 클럽에 들어올 정도로 소외된다거나…… 뭐, 그런 쪽은 아니라는 거죠. 가족이나 친구들과도 그럭저럭 잘 지내는 편이에요. 그런데 교산 선생님께서 클럽에 사진사가 한 명쯤 있었으면 좋겠다고 하셨다나 봐요. 그래서 바텐더님이 절 소개하셨어요. 전 이곳에 온 지 그리 오래되지 않았지만 외가는 이곳 토박이나 다름없거든요. 이름이 본명인지를 물으시더라고요. 그렇다고 했더니 웃으시면서 앞으로 클럽의 일이나 회원들 일만으로도 바빠질 거라고 하셨어요. 더 생각해 볼 것도 없었죠. 일이 눈에 띄게 줄고 있었거든요.」

「외부인은 힘들다. 내부인도 그럴 리 없다. 그러면 사고사밖에 남지 않는데요?」

눈치 없는 홍 형사가 비아냥거렸다.

「사고사는 절대 아닐 거 같아요. 믿기진 않지만 회원 중…… 누군가라는 얘기가 그래도 가장 의심해 볼 수 있는 경우가 아닐까 싶어요.」

문수는 자신이 꺼낸 얘기가 마치 누군가를 모함한 걸로 느껴졌는지 잠시 머뭇거렸다.

「만약 그렇다면요 누구의 머리카락이나 지문 또는 신발 자국을 찾는 걸로는 수사하기 힘들다고 생각해요. 회원들은 선생님 방은 물론이고 클럽 내 구석구석을 종횡무진 돌아다닐 수 있거든요. 범인이 남긴 경구에서 수사를 시작하는 것이 제일 좋을 것 같아요. 클럽을 잘 알고 있다는 사실이 분명해 보이기도 하고 또, 다른 회원을 범인으로 몰고 싶었던 거라도 '왜 하필 그 사람을?'이라는 단서가 생기기 때문에 오히려 용의자의 범위를 좁힐 수 있는 거 아니겠어요?」

갑자기 문수의 얼굴이 일순간 밝아졌다. 내내 진지한 표정이었던 터라 두 형사는 순간 등줄기에 싸늘함을 느꼈다.

「백범이 한 말이 여태 걸리더라고요. 그래서 제가 자료를 찾아봤어요. 백범 말처럼 저희 안두희 선생님이 원래 범행의 목표였다는 전제에서 말이죠. 혹시 그거 아세요? 백범 김구 선생님은 6월 26일 일요일에 경교장(京橋莊)에서 암살되셨어요. 물론 백범 김구 선생님은 1949년, 그러니까 약 60여 년 전의 일이지만 말이죠. 그런데 이번 사건 당일도 6월 26일 일요일이잖아요. 우연 치고 이런 우연이 어디 있겠어요? 그리고 아마도 이번 사건의 정확한 살해 시각도 낮 12시 30분 전후일 겁니다. 백범 김구 선생님의 암살 시각과 동일하게요. 생각해 보세요. 이건 6월 26일, 게다가 일요일을 기다렸다는 얘기예요. 6월 26일이 매년 일요일은 아니잖아요? 그만큼 오랫동안 계획된 살인이라는 얘기죠.」

문수는 자신의 얘기가 두 형사의 심장을 쥐고 흔든다는 사실을 눈치채지 못했다.

「오랫동안 준비된 범행이라면 흔적을 남기지 않는 방향으로 계획했을 거예요. 그런데 일이 의도치 않게 진행되자 계획에 없던 경구를 남기게 된 거죠. 그건 바로 경고성 메시지가 되는 거고요. 그래서 저는 범인이 두 번째 살인을 예고하고 있는 건지도 모른다고 생각하는 거예요.」

문수는 조금 전까지 눈도 못 맞추고 발그레 볼에 홍조를 띠던 사람이 맞을까 하는 생각이 들 정도였다.

「아, 아직 사망 시각은 정확하게 알 수 없습니다. 정밀부검의 결과가 나오기 전까지는⋯⋯.」

홍 형사는 자존심을 지키고 싶었던지, 아니면 아직 수사의 키는 여전히 경찰이 쥐고 있다는 사실을 환기시키고 싶었는지 부질없는 부정을 하고 있었다.

「재밌네요. 아니, 상당히 논리적이기도 하네요. 정리하자면 사고사이거나 여러 번의 우연이 중첩된 사건이 아니라면 상당한 기간을 기다려 온 계획 살인이라는 거죠? '불수호난행'은 범인이 경고성으로 남긴 거고요. 그렇죠?」

서 형사 역시 그리 대단하지 않게 생각한다는 인상을 주고 싶었다. 하지만 문수는 개의치 않았다.

「우연이 아니라고 봐요. 다름 아닌 클럽 페르소나에서 벌어진 일이니까요. 어쩌면 범인이 남긴 경구를 따라가면 범행의 동기도 만날수 있지 않을까 하는 생각이 들기도 해요. 누군가 알아줬으면 하는 동기 말이죠. 범인의 경고가 추정대로 안두희 선생님에게만 던져진 것인지, 아니면 다른 누군가에게도 전달되기를 바라는 것인지 알아내야 해요. 후자의 경우엔 클럽을 와해시키려는 의도가 다분히 있다고 봐야 할 겁니다. 범인이 심어 놓은 단서는 물론이고 자신도 모르게 심어져 있는 실마리를 찾아내야 하고요. 그게 두 형사님과 제가 해결해야 할 일입니다.」

「네? 어떻게 이게 박문수 씨와 저희가 함께 풀어야 할 문젭니까?」

홍 형사는 역정 비슷하게 언성을 높였지만 문수는 모르는 척 딴 청을 피웠다.

「오늘 저녁에 클럽에서 영화 토론회 있는 거 아시죠? 함께 안 가 실래요? 오늘 클럽 회원들은 거의 다 참석할 거예요.」

*

주변엔 클럽을 찾은 여러 대의 차량이 눈에 띄었다. 그 와중에도 인도는 물론이고 노견을 침범한 차는 단 한 대도 보이지 않았다. 클럽 뒤 비좁은 공지를 이용하거나, 조금 떨어져 있더라도 다른 차들을 방해하지 않는 곳에 주차를 하고 있는 것 같았다. 다시 돌아본 주변은 낯선 자동차들이 숨은 그림처럼 군데군데 박혀 있었다. 경광봉을 든 클럽 회원만 아니었다면 클럽을 방문한 차량인지도 모를 만한 것이었다. 진입로까지 흘러나오는 부드러운 피아노 연주만이 클럽다운 면모를 풍기게 했다.

이중문이 모두 열린 채 고정되어 있는 현관 안은 회원들로 가득했다. 오늘 회의는 임시의 것으로는 가장 큰 규모라 했다. 정회원은 물론이고 준회원인 온라인 회원들도 참여할 수 있는 오픈 하우스인 셈이었다. 준회원들은 참관자로서 지켜보는 것만 허용되었지만 표정에선 희열이 묻어 나왔다.

회원들 모두는 가슴에 이름표를 달고 있었는데, 정회원은 붉은색, 준회원은 노란색 색지로 구분됐다. 준회원들은 '채플'을 제일 좋아

하는 것 같았다. 채플의 1인용 의자에 앉아 한 손엔 칵테일을 들고 두리번거리고 있는 회원들은 어김없이 노란색의 명찰을 패용하고 있었다. 2층 난간에도 준회원들이 눈에 많이 띄었다. 홍 형사는 회원들의 이름표를 훑어보았는지 애써 웃음을 참고 있었다. 회원들도 저마다의 얼굴보다는 이름표를 신경 쓰며 새로운 인연을 만들어 가고 있는 중이었다. 안면이 아닌, 성명을 트고 있는 것이었다.

서 형사는 가면무도회에 맨얼굴로 들어와 버린 느낌을 지울 수 없었다. 마당에서부터 들을 수 있었던 피아노 연주는 채플린 공연을 위한 반주였다. 코밑수염에 연미복을 입고 한 손엔 지팡이를 든 연기자가 홀을 누비고 있었다. 채플잎 씨였다. 미리 들은 얘기만 아니었다면 나이는 물론이고 성별조차 분간하기 힘든 두터운 분장을 하고 있었다. 채플린은 상당한 호응을 끌어내고 있었다. 뒤뚱뒤뚱 걸을 때에나 회원의 무릎 위에 걸터앉을 때에도 홀에서는 웃음이 터져 나왔다. 클럽의 원로가 죽었는데 저럴까 하는 의아함은 그리 오래가지 않았다. 채플린이 지나간 뒤 회원들의 표정엔 언제 그랬냐는 듯이 곧바로 걱정과 불안한 그늘이 내려앉았다. 회원들은 습관처럼 채플린의 연기에 대한 보답으로 좋은 관객 역할을 하고 있었다. 바텐더나 문수의 얘기처럼 클럽이 계속 유지될 수 있도록 맡은 역할에 사력을 다하는 것이 느껴졌다. 어쨌든 웃지 않은 사람은 형사 두 명뿐이었다.

채플린의 발걸음에 맞춰 피아노 연주를 깔아 주는 사람은 나도향일 것이다. 서 형사와 비슷한 연배거나 다소 어려 보이는 그녀는 상당히 매력적인 분위기를 풍기고 있었다. 그녀는 채플린의 동작을 주시하며 그에 맞는 선율을 연주했다. 미리 와 있던 문수는 채플린과 나도향 사이에서 분주하게 셔터를 누르고 있었다. 포커스에 집중하고 있는지 아니면 그 너머로 그녀만의 총명한 추리를 하고 있는지는 알 수 없었다. 하지만 그녀는 두 형사가 클럽에 들어선 걸 알아챘다는 의미로 형사들을 향해 빈 플래시 두 방을 터뜨렸다. 피아노 뒤에는 무대 전체를 가로지르는 현수막이 걸려 있었다.

6차 '신(新)아리랑'(가칭)에 대한 토론

왜 이름표를 붙이지 않았을까 의아해하는 준회원 몇 명을 지나쳐 바텐더가 있는 채플로 향했다. 바텐더는 사무실에서 의자 두 개를 직접 가져와 무대 근처에 배치해 주었다. 이윽고 무대 옆 커튼 뒤에서 꼬르뷔제 스타일의 검은 뿔테 안경을 쓴 남자가 등장했다. 남자는 손에 들고 있는 크리스털 잔을 티스푼으로 두드렸다. 맑은 소리가 홀을 튕겨 다니자 회원들은 순간 자신이 미어캣이나 된 것처럼 주의를 빼앗겼다. 회원들의 이목이 모두 무대를 더듬는 동안 피아노 연주자는 '짜, 자안' 하는 두 음을 끝으로 무대 커튼이 만들어 내는 그림자 속으로 퇴장했다. 남자는 두 손으로, '수고해 주신 채플린과 도향에게 박수'의 뜻으로 경의의 박수를 보냈다. 다시 조명 앞으로 나선 도향이 허리를 접어 인사했고, 채플린은 모자를 벗어 특유의 표정을 지어 보였다. 회원들은 박수를 아끼지 않았다. 남자가 무대의 스탠드 마이크에 손을 가져가자 회원들은 다시 차분하게 경청할 준비를 했다.

「토론회 시작 5분 전이긴 하지만 오실 분들 모두가 참석하셨다는 얘기를 들었습니다. 시작해도 되겠죠?」

명료하진 않지만 의사소통에는 별 문제가 되지 않을 것 같은 발음이었다. 서 형사는 이 사람이 바로 제이슨 밀러, 어렸을 적 해외로 입양된 이번 영화의 감독 나운규라는 사실을 의심하지 않았다.

「토론에 들어가기에 앞서 말씀드리지 않을 수 없는 것이 있습니다. 다들 아시다시피 지난 일요일 교산 선생님께서 돌아가셨습니다. 아직 사인은 정확하지 않은 걸로 알고 있습니다만 경찰이 반드시 알아내 주시리라 믿고 있습니다. 지금도 어딘가 와 계신 걸로 알고 있습니다만……」

회원들은 돌아보거나 쳐다보지 않았다. 하지만 시선이 몰리고 있다는 것만은 분명히 느껴졌다.

「오늘 토론은 물론이고 사실 영화 자체도 더 이상 진행하지 못하는 것이 아닐까 생각했었습니다. 아니, 그럴 기운이 나질 않을 것 같았습니다. 교산 선생님은 이 영화는 물론 클럽의 심장 그 자체 아니겠습니까? 그리고 여러분들에게도 정신적인 지주셨다는 사실을 잘 알고 있습니다. 그랬습니다. 지난 이틀 동안 그렇게 생각하고 있었습니다. 그런데 그런 제게 안두희 선생님께서 직접 연락을 주셨습니다. 영화를 계속 진행하는 것이 교산 선생님의 뜻이 아니겠냐고 말씀해 주셨습니다. 그리고 오늘 토론 역시 예정대로 진행했으면 좋겠다는 의사를 밝히셨습니다. 저 역시도 같은 생각입니다만 여러분들은 어떻게 생각하고 계십니까? 어떻습니까?」

회원들은 차분하게 박수를 보냈지만 뜨거운 의미가 담겨 있는 것 같았다.

「자, 그럼 더 묻고 할 필요가 없게 되었습니다. 여러분들의 의사를 충분히 알았으니까요. 기왕이면 돌아가신 교산 선생님의 유지를 받들어 활기차게 토론회를 시작하는 것이 어떨까요?」

말을 마친 나운규 감독은 뒤돌아 등을 보이는가 싶더니 다시 웃는 얼굴로 돌아섰다.

「안녕하세요. 저는 감독 나운규입니다. 저를 처음 보시는 분?」

나운규 감독이 손을 드는 제스처를 취하자 준회원 몇이 장난스럽게 손을 들었다.

「몇 분 계시네요. 그럼, 제 발음이 거슬린다, 외국인 같다. 손!」

아무도 손을 들지 않은 대신 웃음소리가 흘러나왔다.

「영화의 성공은 둘째 치고, 일단 회원들을 세뇌하는 데엔 성공했나 봅니다.」

명랑한 웃음소리와 박수가 뒤섞였다. 어느새 회원들을 감싸고 있던 불안과 근심의 그림자는 씻겨 나간 것 같았다.

「그럼 시작하도록 하겠습니다.」

토론회의 시작에 어울리는 박수가 깔렸다. 홀 안은 연극 무대의 커튼이 두 단원을 가른 것처럼 전혀 다른 분위기로 채워져 있었다.

「오늘은 벌써 여섯 번째로 촬영 종료 전 마지막 토론입니다. 주제는 크게 두 가지임을 공지한 바 있습니다. 다시 한 번 말씀드리겠습니다. 이번 영화의 제목을 무엇으로 할 것인지와 남은 촬영과 편집에 대한 충고를 듣는 것이었습니다. 그래서 이미 지난번 토론 때부터 의견을 받고 있었습니다. 그렇죠?」

몇몇 회원들이 반사적으로 고개를 크게 끄덕거렸다.

「지난번 고민과 선택 사항들 기억하시죠? 2주 전에 중간 집계한 결과 크게 두 안으로 정리되어 다시 표결에 부쳤습니다. 임시로 정한 제목처럼 '신(新)아리랑'으로 계속 갈 것인가, 아니면 '개와 고양이'로 할 것인가의 선택이었습니다. 결과는 확연했습니다. 저도 놀랄 정도였어요. 혹시 짐작하실 수 있으세요? 바로 '개와 고양이'가 86퍼센트의 득표율로 이번 영화의 제목이 되었습니다.」

우레와 같은 박수 중간중간에 기이한 괴성을 지르는 회원들도 있었다.

「'개와 고양이'를 처음 발의하신 분은…… 교산 선생님이셨고요……」

나운규 감독은 우물쭈물 넘어갔고 회원들도 이를 모른 척했다.

「그리고…… '신(新)아리랑'을 제안하셨던 분은 도마 님이시네요. 도마 님 어디 계세요?」

중근이 회원들 사이에서 손을 들었다. 누군가가 재빨리 줄 없는 마이크를 가지고 달려갔다.

「의미를 되새기는 뜻에서 '신(新)아리랑'을 제안한 취지를 다시 한 번 말씀해 주실 수 있을까요? 한 말씀 부탁드립니다.」

마이크를 전해 받은 도마는 먼저 허리를 굽혀 인사한 후 차분하게 말을 이어 갔다.

「제가 '신(新)아리랑'을 제안했었습니다. 사실 제목은 어느 것이나 다 좋다고 생각합니다. 그래서 전 결과에 대해 깨끗하게 승복합니다. 하지만 기왕에 기회가 주어졌으니 한 말씀 드리겠습니다. 이미 결정된 사안이고 또 그 결정으로 촬영 종반을 향해 가고 있는 상황이지만 저로서는 짚고 넘어가지 않으면 후회가 될 것 같아서 다시한 번 드리는 말씀입니다. 춘사 나운규의 〈아리랑〉은 분명 항일·반일 예술영화입니다. 그러니 21세기에 재해석된 〈아리랑〉이 만들어진다고 하더라도 반드시 그 취지, 의미를 계승해야 한다고 주장했던것입니다. 이제 와서 결정에 불복하려거나 여전히 결정이 잘못되었다고 드리는 말씀은 아닙니다. 잊지 말아 달라고 당부드리는 말씀입니다. 그것뿐입니다. 지지해 주셨거나 그렇지 않았던 모든 분들에게경의를 표하고 싶습니다. 감사합니다.」

마이크를 넘겨주고 자리에 앉는 도마의 등 뒤로 박수갈채가 와닿았다.

「도마께서 제 가슴 아픈 부분을 콕 찔러주셨습니다.」

감독은 제 가슴을 부여잡았고, 도마는 제법 점잖은 제스처로 손을휘 저었다. 회원들이 웃음을 터트린 건 당연한 일이었다.

「전 지금도 어떤 것이 더 합당한 것인지 잘 모르겠습니다. 솔직히말이죠. 그래서 도마의 주장에도 끌리는 것이 사실입니다. 저런 표정으로 저렇게 논리적으로 의견을 제시하는데 어떻게 끌리지 않을수 있겠습니까?」

또 한 번 웃음이 터져 나왔다.

「모두 일리가 있다고 생각을 하고 있을 뿐입니다. 처음에 전 새로운 〈아리랑〉을 통해서 좀 더 넓은 시각을 갖기를 희망했었습니다. 항일·반일을 넘어서는 것 말이죠. 그래서 힘 있는 자와 없는 자의구도가 더 어울리겠다고 제안했던 것입니다. 그런데 지금은 제가 어디 서 있는지 잘 모르겠습니다. 그래서 그 결정에 대해서는 완벽한 중립이 되어 회원 여러분들의 결정을 따르기로 했던 것입니다. 제 주장에 힘을 실어 주셨던 교산 선생님께서 계신다면 그 취지를 여쭤 보고……」

감독의 말이 이어지는데 홀 한쪽 끝에서 약간의 웅성거림이 일었다. 홀 구석 어두운 곳에서 묵직한 구두 발자국 소리가 울렸다. 작고 말랐지만 단정하게 머리를 쓸어 넘긴 정장 차림의 노신사가 허리를 꼿꼿이 펴고 홀을 가로질러 무대로 향했다. 회원들은 하나가 되어 그 느린 움직임을 주시했다. 작은 목례와 함께 나운규 감독은 아무 말 없이 마이크를 건네고 뒤로 물러섰다.

「안두흽니다. 방금 전에 도착했습니다. 교산 죽음에 일말의 책임이 있다고 생각하기 때문에 감히 토론에 참여하지 못하고 있었습니다. 용서하십시오. 모두 제 부덕의 소치입니다. 면목 없지만 뒤에서 듣고 있자니 제가 여러분께 꼭 알려 드려야 할 내용이 있다고 판단되어 이 자리에 나서게 되었습니다. 제가 여러분께 이 말씀도 드리지 않고 가만히 있다면 하늘에 있는 교산이 저를 얼마나 원망할까 하는 생각입니다. 그래서 감히 한 말씀 드리도록 하겠습니다.

저와 교산이 저희 개인 재산이라도 털어 춘사의 〈아리랑〉을 살려 내자고 했던 것은 지극히 운명적인 일이었습니다. 사십 년을 함께한 교산과 저였지만 TV를 함께 본 것은 그 날이 처음이었으니까요. 그 날은 우연찮게도 2층 TV 앞에서 함께 어떤 프로인가를 보게 되었습니다. 〈아리랑〉 필름이 국내에는 단 한 벌도 남아 있지 않다는 내용이 골자였습니다. 그리고 그 필름을 가지고 있다는 일본인을 찾아가서 보기 좋게 퇴짜를 맞았다는 참 허망한 사연도 있었습니다. 소문이 진짜인지 확인도 못 해 보고 돌아왔다고 했습니다. 저와 교산은 서로 얼굴을 회피하며 쓴웃음을 짓고 말았습니다. 당연히 국내에 있을 줄 알았고, 언제든지 보고 싶으면 다시 볼 수 있으리라 생각했던 것이 부끄러웠던 것이었죠. 영화의 대략적인 스토리를 기억하고 있다는 어느 노인의 인터뷰 대목에서는 서로를 바라보며 미소를 교환했었습니다. 그게 시작이었던 셈입니다. 그날부터 우린 시간 날 때마다 계획을 세웠습니다. 어떻게 하면 〈아리랑〉을 다시 살려 내고 또 그에 못지않은 의미를 부여할 수 있을까 하고 말이죠. 그 계획이 곧 마무리 짓게 될 영화의 큰 뼈대가 된 것입니다. 제가 말씀드리고 싶은 것은 교산과 제가 공유했던 고민에 대한 것입니다. 저희가 계획한 〈아리랑〉의 부활이 '복원'이 되어야 할지, 아니면 '재해석'이 되어야 할지에 대한 것이었습니다. 저와 교산은 처음으로 의견이 갈리고 말았습니다. 저는 복원에 가치를 뒀고, 교산은 새 세상에 걸맞는 재해석을 원했던 거죠. 그리고 오랜 대화 끝에 교산이 원했던 재해석으로 가닥을 잡은 것입니다. 그 결정을 하는 과정에서 춘사의 〈아리랑〉이 몇 가지 중요한 논란거리를 가지고 있다는 걸 알게 되었고, 그것이 결정의 중요한 요인이 되었습니다. 그런 이유로 제 생각엔 영화의 내용이 재해석으로 가닥이 잡힌 것도, 제목이 '개와 고양이'가 되면 어떨까 하고 생각하게 된 것도 교산이 바라던 바이며, 그래서 참 다행스러운 일이라고 말씀드릴 수 있는 것입니다.」

「그 논란거리란 것에 대해 부연 설명을 부탁드려도 될까요?」

나운규 감독이 안두희가 들고 있는 마이크에 대고 얘기를 했다.

「이미 여기 있는 춘사에겐 얘기한 바 있습니다만, 그때 제 얘기만 일방적으로 했던 기억이라 좀 미안한 생각이 드는군요.」

「전혀 그렇지 않습니다. 너무 소중한 얘기여서 엄청나게 몰입해서 들었던 기억뿐입니다. 다들 궁금해하시니까 괜찮으시면 다시 한 번 얘기해 주시면 감사하겠습니다.」

「그러지요. 어느 대학의 교수님 한 분이 이런 주장을 하신 적이 있어요. 우리가 알고 있는 〈아리랑〉이 사실은 춘사 나운규가 연출한 작품이 아닐 수 있다고 말이죠.」

갑자기 홀 전체가 웅성거림으로 흔들리기 시작했다. 2층에서 소리에만 귀를 기울이던 몇 사람이 내려왔고, 뒤에 있던 사람들은 무대 앞까지 슬며시 다가왔다. 안두희는 충분히 이해가 간다는 판단에서진 그 웅성거림에 시간을 내어 주고 있었다.

「그리고 이와 더불어 〈아리랑〉이 항일·반일 영화가 아닐 수 있다는 주장도 있었습니다.」

홀 전체가 한층 더 어수선해졌다. 자리에 앉아 있을 수 없다는 듯 서 있는 사람도 몇 명 보였고, 그중엔 도마와 매헌 그리고 백범이 있었다.

「아, 아, 그렇게 흥분할 것도 없습니다. 주장을 들어 보면 충분히 의혹을 제기할 만한 이유도 없진 않으니까요. 얘기는 이렇습니다. 우선 춘사 나운규가 〈아리랑〉을 감독하지 않았을 수도 있다는 주장은 상당히 일리가 있습니다. 1926년 10월 1일, 영화가 최초 상연되던 날 신문에는 춘사가 각색과 주연을 맡았고, 쓰모리 슈이치라는 일본 사람이 감독을 맡았다는 광고가 있었다는 겁니다. 어떤 신문에는 김창선이라고도 표기되어 있었다고 합니다. 하지만 나운규는 아니었죠. 혹자는 '그건 조선총독부의 검열을 피하기 위한 아이디어일 뿐이지, 사실은 나운규가 연출한 것이 맞을 것이다.'라고 한다고도 합니다. 그런데 다른 각도에서 보자면 〈아리랑〉 전에 단 세 편의 영화에서 조연과 단역을 맡은 것이 이력의 전부인 사람에게 거금이 들어가는 영화의 연출을 맡긴다는 것이 일리가 있느냐는 것이죠. 그리고 한 가지 더 있어요. 〈아리랑〉의 성공 이후 춘사의 이름만 대면 영화가 흥행하던 시기에도 〈아리랑〉의 재상영 포스터에는 감독이 여전히 김창선으로 표기되어 있었더랍니다. 물론 이에 대한 반론도 만만찮습니다. 〈조선 영화 고심담〉이라는 글에서 춘사 자신이 밝힌 바로는 '영화에 대한 의지를 불사르고 싶다. 각본과 연출과 연기를 맡기로 했다.'라고 되어 있답니다. 이렇게 〈아리랑〉의 감독이 나운규가 맞는지에 대해서 팽팽히 맞서고 있는 상황입니다.

그리고 〈아리랑〉이 항일·반일 영화인가에 대해서도 말이 있더군요. 물론 춘사가 독립운동을 병행했던 애국지사인 것은 분명한 사실이지만, 조선총독부의 검열을 피할 수 있는 시대가 아니었다는 것입니다. 심지어 영화를 해설하는 변사 옆에 감시를 위해 임석 경관이 함께 있었던 시절인데, 항일 영화를 만들어 상연한다는 것 자체가 불가능했을 거란 주장입니다. 또 어떤 분은 〈아리랑〉이 일본에 있는 한국인 강제징용 노무자를 위한 영화로 초청된 일이 있는 것을 보아서는 홈드라마일 가능성도 크다고 조심스럽게 말씀하더란 말이죠. 이런 논란의 틈바구니에 〈아리랑〉이 놓여 있는 겁니다.」

회원들은 저마다의 의견을 정리하고 있는 것 같았다. 혼잣말로 중얼거리는 소리가 홀을 메우고 있었다.

「혹여 〈아리랑〉의 감독이 춘사가 아니라 해도, 혹은 항일·반일 영화가 아니었다 해도 우리 민족에겐 엄청나게 중요한 영화가 아닐 수 없습니다. 보진 못했지만 여러분들도 느끼실 수 있지 않습니까? 우리 한국인들만 알아볼 수 있는 항일·극일의 의미가 애국적으로 녹아들어 있고, 누가 뭐래도 〈아리랑〉은 춘사의 혼이 스며 있는 영화란 사실을 말입니다.」

뜨거운 박수가 흘러나왔다. 열광적인 환호성은 아니었지만 몇몇 회원들의 눈물 섞인, 가슴으로 치는 찬사의 박수였다.

「지난번 토론 때 보신 영상에서와 같이 〈아리랑〉의 첫 부분엔 '개와 고양이'라는 자막이 있었습니다. 아시다시피 당시 무성영화에서 매우 중요한 역할을 한 사람이 바로 변사였습니다. 이 자막이 나오는 동안 변사는 무슨 말을 했을까요? 당연한 일 아니겠습니까? 한국인이라면 당연히 알고 있을 겁니다. '개와 고양이'가 제목이 된 것은 그래서 저희들에게도 의미가 큰 것입니다. 그래서 한국과 일본의 대결 구도에서 벗어나, 힘 있는 자와 없는 자의 구도로 넓히더라도 여전히 춘사 나운규의 〈아리랑〉이 될 수 있지 않을까 하는 것이 바로 교산의 생각이었습니다. 지금은 저도 그렇게 생각하고 있습니다.」

가벼운 목례를 끝으로 무대를 내려오자 몇 사람이 안두희를 둘러싸고 푹신한 의자를 내어 왔다. 붉은 이름표에는 '이의민', '정중부' 그리고 '최충헌'이라고 적혀 있었다. 마이크를 건네받은 나운규 감독이 진행을 이어 나갔다.

「일전에 저에게 해 주셨던 것보다 훨씬 친절하게 설명해 주셨네요.」

회원들은 모두 웃었고, 안두희는 앉은 채로 두 손을 모아 미안한 감정을 전했다.

「아닙니다. 농담입니다. 하여간 영화의 제목은 아주 좋은 절차로 제대로 결정되었습니다. 자, 그러면 두 번째 주제로 넘어가기 전에 20분간 휴식 시간을 갖도록 하겠습니다. 그래야 클럽도 돈을 좀 벌지 않겠습니까?」

회원들이 모두 히죽거리며 자리에서 일어섰다. 서 형사와 홍 형사는 누가 먼저랄 것도 없이 안두희에게로 다가갔다.

「선생님, 말씀 잘 들었습니다. 처음 뵙겠습니다. 저는 이번 사건을 맡고 있는 서효자 형삽니다. 이쪽은 홍창수 형사고요. 잠시 시간을 내 주실 수 있을까요?」

「안두힙니다. 부탁은 오히려 내 쪽에서 해야 할 것 같습니다. 저와 교산은 아까도 말한 것처럼 사십 년 지기입니다. 그중 이십 년은 옆방에서 보낸 세월이고요. 그런 친구가 먼저 세상을 떴습니다. 괜찮으시다면 교산에 관한 얘기는 내일 했으면 합니다. 토론회가 끝나면 그땐 너무 늦은 시간이 아닐까 싶습니다. 그러니 내일 다시 얘기하면 어떨까요?」

이의민과 정중부, 최충헌이 안두희 뒤에서 위압적인 태도로 서 있었다.

「아, 네. 그럼 내일 언제쯤 괜찮으실까요?」

「내일이라면 오전 아홉 시부터 아무 때건 괜찮습니다. 오셔서 바텐더에게 말씀해 주시면 됩니다.」

「네, 고맙습니다. 그럼 내일 찾아뵙겠습니다.」

안두희를 떠나 아까의 자리로 돌아오는 동안에도 세 사람의 경계의 눈빛은 떨어질 줄 몰랐다. 클럽에서 처음 느끼는 폭력적인 시선이었다.

「서 형사님, 지금 저 사람들이 계속 째려보고 있는데요? 혹시 알고 계세요?」

「이름표 못 봤어? 이의민, 정중부, 최충헌이잖아. 고려 시대를 무력으로 휘어잡았던 무신들 아냐? 거칠게 보이는 것이 이 클럽에서의 그들 페르소나잖아. 그냥 모른 척해.」

「네. 그나저나 서 형사님 목마르지 않으세요? 마실 것 좀 가져다드릴까요? 전 갈증이 좀 나는데요.」

「난, 커피 한 잔 마셨으면 좋겠는데. 따뜻한 걸로.」

「알겠습니다.」

잠시 후 홍 형사는 커피와 레몬 조각이 걸쳐져 있는 정체불명의 음료를 들고 왔다.

「여기 있습니다.」

「그건 뭐야? 혹시 알코올 들어간 건 아니겠지?」

「아녜요. 무슨 트로피컬 뭐라고 했는데…… 사람들이 이걸 많이 찾더라고요. 그래서 저도 한번 마셔 보려고요. 살짝 맛봤는데 시원하고 달콤한 게 맛있는데요. 한번 맛 좀 보시렵니까?」

서 형사는 대답 대신 고개를 가로저었다. 회원들이 자리로 돌아가 앉는 것과 동시에 나운규 감독이 나와 다시 한 번 크리스틸 잔을 티스푼으로 두드렸다. 홀은 금방 조용해지는 것 같더니 이내 엄숙해졌다. 서 형사가 뒤돌아 회원들 쪽을 바라봤다. 하나같이 토론용 페르소나를 둘러쓰고 모르는 척 앞만 보고 앉아 있었다.

'고개를 돌리면 다시 천천히 내 등 뒤로 시선이 꽂힐 테지.' 하는 생각에 서늘한 기운마저 느껴졌다.

「두 번째 주제로 들어가도록 하겠습니다. 나머지 영화 촬영을 위해 조언을 하거나 좋은 아이디어를 제공해 주실 분 있나요? 지난번 양귀비 님의 충고는 정말이지 주요했습니다. 주인공 영진이 미쳤다는 것을 표현하는 것이 참 애매했었거든요. 그런데 조언하신 대로 달동네를 철거하러 온 철거반의 완장을 차고 부패 경찰 오기호 옆에 서 있는 것만으로도 강한 메시지가 전달될 것 같습니다. 저희 촬영감독도 소름이 끼치더라는 얘기를 하더라고요. 그리고 영화 관계자들 사이에서도 좋은 얘기가 나오고 있는 것 같았습니다. 양귀비 님 어디 계시나요? 오늘 오셨나요?」

「오늘 참석하지 못했습니다.」

채풀잎이 대신 그녀의 부재를 알렸다.

「아, 참 애석하네요. 좋은 얘기를 또 들었으면 했는데요. 다른 회원들은 어떠세요? 다른 의견을 듣고 싶습니다.」

안두희의 병풍들 중 누군가가 의견을 냈다.

「주인공 김영진이 부패 경찰 오기호를 어떻게 죽이나요? 원작에서는 낫으로 죽이는 걸로 되어 있다던데…… 설마 낫으로 죽이거나 고소하는 정도로 끝나는 건 아니겠죠?」

회원들도 설마 하는 반응을 보였다.

「아닙니다. 죽이는 것으로 설정했습니다. 그리고 죽인다면 권총이 되어야 하지 않을까 생각하고 있습니다만⋯⋯」

「제가 의견 하나 내도 될까요?」

회원들의 시선이 모두 피아노 옆으로 옮겨 갔다. 커튼이 만들어
낸 그림자 안에서 천천히 모습을 드러낸 건 나도향이었다.

「이야기의 흐름상 김영진이 오기호를 죽일 때는 분명 오기호의
권총을 빼앗아서 죽이는 설정이 되어야 하겠지요? 한국에서 권총
을 소지한 사람이라면 경찰밖에는 없을 테니까요. 그렇다면 권총
은 분명 스미스 앤 웨슨의 엠텐(M10) 밀리터리 폴리스 시리즈일 거
예요. 리볼버는 여섯 발, 4인치 뉴트로 배럴 타입이 보편적이죠. 한
국 경찰은 여전히 그걸 지급하는 걸로 알고 있어요. 고장도 잘 안 나
고, 연속 사격에도 좋고, 38구경 탄알을 사용하니까 적합한 파괴력
도 가지고 있죠. 그리고 리볼버는 격발 시 연기도 살짝 나 주고, 화
약 냄새가 짙게 나서 정말 총 좀 쏜 분위기가 날 거예요. 엠서티식스
(M36)는 총신이 보다 짧아서 보기엔 좋지만 아무래도 장식용이라는
인식이 좀 있어요. 정확도도 좀 떨어지겠죠. 그런데 만약에 영진이
미친 척했던 것이고, 기호를 죽이려고 계획한 거였다면, 전 주저하
지 않고 브라우닝 엠나인틴더블제로(M1900)를 추천하겠습니다. 그
이유는 저보다는 도마가 잘 알고 있을 거예요.」

회원들의 시선은 자연스럽게 도마에게로 옮겨 갔다.

「그거야 안중근 장군께서 이토 히로부미를 저격한 총이 바로 브
라우닝 엠나인틴더블제로였으니까요. 그리고 그건 1차 세계대전을
촉발한 권총이기도 해요. 그래서 브라우닝 엠나인틴더블제로를 약
자가 강자를 상대할 때 사용하는 '신의 번개'라고도 합니다. 브라우

닝은 벨기에 파브리케 나시오날레, 줄여서 에프엔(FN)에서 만들고, 일곱 발 탄창을 갖는 슬라이딩식 자동 권총이에요. 하지만 안중근 장군처럼 약실에 한 발을 장전해 놓고 탄창을 가득 채워 넣으면 신속하게 여덟 발을 당길 수 있는 거죠. 제 주변 사람들은 지겹도록 들으셨겠지만, 안중근 장군이 발사한 일곱 발 중 허공을 가른 건 한 발도 없었어요. 이토 히로부미에게 세 발, 그중 두 발이 폐를 관통해서 사망에 이르게 했고요, 나머지는 만약을 위해서 주변 수행원들에게 발사했어요. 모두 명중되었죠. 마지막 한 발은 행동의 당당함과 떳떳함을 보여 주기 위해 남겼다고 하셨대요. 탄은 7.65밀리, 그러니까 32구경을 사용합니다.」

회원들은 감탄의 고개를 끄덕이고 있었다.

「그건 몰랐어요. 권총에 그런 의미가 있을지는 말이죠. 좋은 정본데요? 전 사실 별생각 없이 그냥 권총 소품을 준비해 놓으라고만 했거든요.」

나 감독의 눈빛이 빛나고 있었다.

「브라우닝은 작고 예뻐요. 하지만 우리 한국 경찰들이 소지할 만한 권총은 아닙니다. 그리고 브라우닝은 일곱 발, 스미스 앤 웨슨의 엠텐은 여섯 발을 지켜 주셔야 해요. 아무래도 총알을 다 퍼부을 거아녜요. 이런저런 상황 없이 그냥 저한테 쓸 만한 권총을 추천해 달라면 전 두말할 것 없이 시그 자우어 피투헌드레드피프티(P250)를 추천하겠지만 말이죠.」

회원들은 도항의 해박한 지식에 감탄했다.

「저희들보다 많이 알고 있는데요?」

홍 형사가 몸을 기울여 낮은 목소리로 속삭였다.

「듣고 보니 아까 말씀하신, 경찰이 사용한다는 권총 모델로 소품을 주문해야겠습니다. 정말 중요한 충고였습니다. 그러고 보니 또 한 가지 숙제가 남는군요.」

나 감독은 마이크를 내리고 난처한 표정을 지었다.

「아닙니다. 좀 더 생각해 보고 말씀드리도록 하겠습니다. 이만 토론회를……」

나 감독은 서둘러 회의를 마치려고 하고 있었다.

「혹시 교산이 출연하기로 했던 역할 때문이오?」

안두희가 허리를 꼿꼿이 세운 채로 얘기했다.

「네, 그렇습니다. 이미 몇 장면을 찍기도 했고, 피날레에도 중요한 역할이 있어서……」

나 감독은 아까와는 달리 그리 자신 있는 모습이 아니었다.

「내가 하겠네.」

「네? 선생님께서는 한사코……」

놀란 목소리의 끝이 갈라져 있었다.

「상황이 변하지 않았나. 내 친구 교산의 마무리를 내가 하도록 해주시게. 어떻게 해야 하는지 알려 주게나. 그럼, 난 미안하지만 먼저 들어가겠네.」

「알겠습니다. 정말 감사합니다. 선생님 정말 감사합니다. 회원 여러분, 우리 안두희 선생님께 감사의 박수를 부탁드립니다.」

안두희는 아무런 표정 변화 없이 중절모만 들었다가 다시 눌러썼다. 그리고 천천히 계단을 향해 걸어갔다. 몇 명의 사람들이 안두희를 수행한 것은 두말할 나위 없었다.

「들으셨죠? 지난번 교산 선생님과 촬영했던 분들은 재촬영이 있을 예정이니 준비해 주시면 감사하겠습니다. 일정은 내일 오전 중으로 게시하겠습니다. 오늘 수고 많으셨습니다. 이 밖에도 영화에 도움을 주실 분들은 언제든지 전화 주시면 감사하겠습니다. 이것으로 영화 〈개와 고양이〉 토론회를 마치도록 하겠습니다.」

회원들은 박수를 치면서도 자기가 앉았던 의자와 테이블을 정리하기 시작했다. 테이블 밑을 들여다보고 창문을 하나씩 닫아 나갔다. 몇 명은 채플과 주방으로 들어가 입을 댄 잔과 그릇을 설거지했고, 뒷마당에 있던 재떨이를 비워 냈다. 서 형사는 멀뚱히 서 있는 바텐더에게 다가갔다.

「오늘 수고 많이 하셨습니다. 커피 한 잔 더 드릴까요?」

「아닙니다. 오히려 수사에 많은 도움이 되었습니다. 다른 회원들을 더 뵙고 싶은데요. 연락처를 좀 받아 갈 수 있을까요?」

「물론이죠. 그런데 굳이 전화하실 필요도 없습니다. 아마도 내일부터 토요일까지는 모두 영화 촬영장으로 나오지 않을까 싶습니다. 마지막 몇 장면들을 남겨 두고 있거든요. 최종 피날레는 토요일에 촬영할 거랍니다.」

「그래요? 그런데 저 여자분은 권총에 대해 군대 다녀온 남자들보다 더 해박한 거 같던데요?」

서 형사가 피아노를 열심히 닦고 있는 도향을 가리켰다.

「아, 도향이요? 권총뿐만이 아니에요. 보온 밥솥부터 자동차나 열탕기까지 기계에 대해서는 아주 박사랍니다. 얼마 전까지 한국 사람이 아니고 중국분이셨다고 말씀드렸지요? 한국에서 있었던 국제펜클럽 모임에 함께 참석하셨다가 남편분이 불의의 객이 되셨지요. 한국 어디에다 남편분의 뼈를 묻으시면서 도향도 한국에 그냥 눌러앉아 귀화하셨고요. 아 참! 질문이 그게 아니었지요? 글쎄, 제가 이렇습니다. 도향 원래 직업이 가전제품이나 기계류의 사용 설명서에 일러스트를 그려 넣고 설명을 다는 일이었다고 하더라고요. 그러니 기계엔 훤할 수밖에요. 군함이나 천체망원경 얘길 들으면 시간 가는 줄 모른다니까요. 사용 설명서만 가지고 피아노를 배운 거라면 믿으시겠어요?」

「정말요?」

서 형사 자신도 모르게 놀라움의 감탄사가 새어 나왔다.

「못 믿는 눈치시네요?」

낭랑한 목소리였다. 어느새 도향이 서 형사 옆에 서 있었다.

「제 얘길 하시는 거 맞죠?」

도향이 걸레를 내려놓으면서 바텐더와 서 형사를 번갈아 가며 쳐다봤다.

「아, 미안, 미안. 형사분들이 도향이 여자면서 어떻게나 권총에 대해 해박한지 놀랐다고 하시기에……」

「괜찮아요. 형사님들이 묻고 다니는 거야 당연한 거잖아요. 그런데 저 사실이에요. 설명서만 보고 피아노 배웠어요. 피아노 학원 갈 형편이 아녔거든요. 그리고 전 설명서로 배우는 게 제일 편하고 좋아요. 뭐, 좀 어설프긴 하죠.」

「미안합니다. 뒤에서 얘기하는 게 아닌데. 그런데 저희 형사란 거 아셨어요?」

「당연하죠. 아마 클럽 회원들 다 알고 있을걸요. 이마에 씌어 있잖아요. 그건 그렇고요, 부탁 하나 드려도 될까요?」

「네? 그게 뭔데요?」

서 형사는 갑작스러운 상황에 당황스러웠다.

「가지고 계시면 권총 좀 보여 주실 수 있으세요? 함부로 보여 줄 수 있는 건 아니라고 알고 있지만……」

잠시 생각을 하던 서 형사는 시원하게 대답했다.

「그러죠.」

서 형사는 어깨에 걸려 있던 토트백에 손을 넣고 한참을 휘젓더니만, 작은 손가방 같은 걸 꺼내 들었다. 손가방에서 권총을 꺼내 이리저리 확인해 보고 도향에게 건넸다. 민간인에게 권총을 보여 준다는 건 상상도 할 수 없는 일이었지만 지금은 약간의 환심을 사는 것도 필요할 것 같았다. 서 형사는 평소 권총을 늘 소지하자는 쪽이었다. 여형사라는 핸디캡을 보완할 수도 있고, 어지간한 범인들은 실탄 없는 권총만으로도 육탄전 없이 꼬리를 내리게 할 수도 있기 때문이었다. 매일 경찰서에 확인을 받아야 하는 번거로움은 있었지만 그럴 만한 가치는 충분했다.

「여기 이 자리에서만 잠깐 보셔야 합니다. 장전된 총알은 없고요, 안전합니다.」

「와! 실제로는 처음 봅니다. 스미스 앤 웨슨의 엠서티식스(M36)네요?」

「정확합니다. 전 엠텐(M10)보다 가볍고 연습에 따라서 정확도도 꽤 나올 수 있어서 선호하는 편입니다.」

「관리도 정말 잘 돼 있네요.」

「언제 사용할지 모르니까요.」

「탄알은 어떻게 관리하세요?」

「전 클립으로 가지고 있습니다. 한 번에 신속하게 장전할 수 있어서죠. 한 발은 공포탄, 다섯 발은 실탄으로. 하지만 그건 보여 드릴 수 없습니다. 이해해 주세요.」

「물론이에요. 이렇게 만져 본 것만으로도 너무 기뻐요. 저도 실제로 본 건 처음이거든요. 오히려 베레타나 콜트 같은 건 중국에서 본 적 있는데요, 엠서티식스(M36)는 정말 처음이에요. 보여 주셔서 감사합니다.」

도향은 예의 바르게 다시 서 형사에게 권총을 돌려줬다.

「제가 자동화기 쪽으로도 관심이 정말 많아요. 혹시 자문이 필요하시면 연락 주세요. 피아노 연주가 필요하셔도 연락 주시고요. 남편이 남긴 유산만으론 턱없이 부족하거든요. 그래서 뭐라도 해서 벌어야 해요. 그럼 또 뵙겠습니다. 바텐더님 먼저 가 볼게요. 안녕히 계세요.」

명랑한 도향은 손을 제 치마에 닦고는 데크로 향하는 문을 열고 사라졌다.

「참 겸손하시네요. 말은 우리 홍 형사보다도 잘하는 것 같은데요.」

옆에 있던 바텐더가 겸연쩍게 웃었지만 홍 형사는 아까부터 바텐더의 위아래를 훑어보고만 있을 뿐 얘기엔 별로 집중하지 않는 것 같았다.

*

　서 형사는 늦은 저녁 식사를 남편과 아들, 딸이 지켜보는 가운데 혼자 해야 했다. 남편은 분명 식사가 끝나기 무섭게 제 부탁을 확인해 보려고 할 것이고, 두 토끼들은 엄마에게 달려들어 품에 안기려고 할 것이다. 서 형사는 시간을 끌고 있었다. 어쩔 수 없이 우물쭈물 한 숟갈을 더 뜨려는데 기다리던 최고 볼륨의 벨이 사정없이 울렸다.

　「앗! 서장님이다. 어떻게 하지? 어떻게 하지? 잠시만 조용!」

　서 형사는 입술에 손가락을 가져다 댔다. 남편과 아이들은 숨도 참고 있는 듯 보였다.

　「충성! 서 효자 경감입니다. 무슨 일이십니까? 네, 네! 네? 알겠습니다. 지금요? 네, 알겠습니다. 바로 가겠습니다.」

　전화를 끊은 서 형사가 아직 큰 눈을 굴리고 있었다.

　「자기야, 나 잠깐 요 앞에 나갔다 올게. 서장님이 집 앞까지 와서 기다리고 계신대. 우리 귀염둥이들 조금만 기다려. 엄마 잠깐 나갔다가 올게.」

　「엄마 혼나?」

　딸이 물었다.

　「아니야. 혼나는 거 아니야. 그냥 얘기만 하는 거야.」

　서 형사는 서둘러 토트백을 어깨에 메고 현관을 나섰다. 뒤에서는 남편이 잠깐이면 되는데 왜 백은 메고 가느냐며 짜증을 내고 있는 참이었다.

'그럴 이유가 다 있지, 이 양반아!'

*

아파트 단지 중앙. 꺼진 분수대 앞에는 동대문경찰서의 남태우 서장이 나와서 투덜거리고 있었다.

「아니, 야밤에 전화해서 수갑을 빌려 달라는 건 또 뭐야?」

「쓰실 일도 없으시잖아요?」

서 형사가 도리어 화를 냈다.

「힘들었어?」

남 서장은 슬그머니 수갑을 건네면서 오히려 눈치를 살폈다.

「돌아가는 상황이 그렇잖아요. 사건은 꼬일 대로 꼬였다는 냄새가 코를 찌르지, 혹시 또 모르죠? 나이가 찰 대로 찬, 진급을 앞둔 여형사를 바깥으로 내돌리는 건지도요? 혹시나 이번 기회에 떨어져나갈까 하고 말예요. 안 그래요?」

「무슨 소리야? 수사 능력으로 치면 대한민국에 서 형사 따라갈 사람 어디 있다고?」

「진심이세요? 솔직히 말씀해 보세요. 보낸 거예요? 부른 거예요?」

「물론 불러서 보낸 거지! 차성수 치안감님 알지? 그분 부탁이었어. 예전에 아시던 분한테서 유능한 수사 반장을 한 사람 붙여 달라고 부탁받으셨다나 봐.」

「그게 전부예요?」

「당연하지!」

「서장님도 참 순진하시다! 누가 형사 추천해 달라고 하는데 여형사를 추천해요? 그쪽에선 골탕 먹이는 줄 알 거 아녜요.」

「실망시킨 적 없잖아!」

「아, 몰라요. 이번엔 좀 느낌이 이상해요. 쥐 꼬린 줄 알고 밟았는데 으르렁거리는 소리가 예사롭지 않다고요.」

「나도 걱정이 돼서 좀 귀찮게 캐물으니까 부탁하시는 분이 예전에 중앙정부에서 일하셨던 분이라고만 얘기하시더라고. 아무래도 뒤가 좀 묵직한 분이 아닐까 싶어. 눈치를 보니까 그 정도로만 알고 계신 것 같더라고. 그분 성격에 뒤가 켕기는 일이라고 생각됐으면 아마도 거절하지 않았을까 싶은데, 서 형사가 보니까 좀 어때?」

「정밀부검 결과가 나와 봐야 알겠지만 고약한 냄새가 나더라고요. 범인도 매우 영리하고 대범한 녀석이에요. 잡을 테면 잡아 봐라 하는 식의……」

「사고사일 가능성은 없고?」

「아마도요.」

「정밀부검 결과는 모레 나올 거라던데.」

「네? 적어도 일주일은 걸릴 줄 알았는데 무슨 수로 사흘 만에 나온대요?」

「사체는 군에서 다루고 있다고 들었어. 아마 그쪽에도 부탁을 넣은 것 같아. 고인의 연줄인지 아니면 남은 사람의 영향력 때문인지는 모르겠지만, 소문나지 않게 조용히 그리고 분명하게 처리하고 싶어 하는 것만은 틀림없어 보여.」

「…….」

「뭐, 쉽게 생각할 수도 있겠지. 예전에 영향력을 행사하던 고위직 간부의 지인이 의문의 죽음을 맞이했다. 사고사일 수도 있겠지만 만약 살인 사건이라면 범인을 빨리 잡을 요량에 부탁을 좀 넣어서 유능한 형사를 초빙했다. 뭐, 이런 식일 수도 있잖아?」

「아시잖아요? 안 좋은 예감은 적중한다는 거. 어쨌든 알겠어요. 제가 언제 경찰 욕먹인 적 있나요? 수갑은 다음 주에 돌려 드릴게요. 먼저 들어가겠습니다.」

서 형사는 제멋대로 남 서장에게 경례를 붙인 후 제 아파트로 뛰어 들어갔다.

사건 발생 나흘째

6월 29일(水)

눈을 뜨자마자 서 형사는 폐가부터 찾았다. 어제만 해도 클럽하우스의 경계가 생각보다 넓다는 것 말고는 특별할 것 없다고 생각했었다. 하지만 너무나도 생생하고 어지러운 꿈 한 토막이 그녀를 폐가의 정원으로 이끌었다. 나비. 평소의 그녀였다면 아름다운 나비 생각에 하루 종일 취할 수 있었겠지만, 이번 나비의 비행은 어깨를 처지게 하는 우울함이 깃들어 있었다. 바람에 둥실 떠다니는 두 마리 나비의 맥 빠지는 날갯짓 때문이었을까? 싸우는 듯 사랑을 나누는 듯 엉키었다가 다시 떨어지는 것의 반복. 분명한 느낌은 제 힘이 아닌 바람에 실려 떠다니고 있었다는 것뿐이었다. 서 형사는 양치질 도중 폐가의 나비를 떠올리고 차 키를 움켜쥐었다.

꿈결에 본 것 같은 나비 무리가 폐가 주변에서 바쁜 날갯짓을 하고 있었다. 나비를 한참 바라보고 있자니 그 너머로 클럽하우스가 생각보다 가깝게 다가와 있다는 것을 알게 되었다. 하지만 클럽에선

이 폐가가 쉽게 보이지 않을 것 같았다. 숲도 숲이겠거니와 폐가는 창이 없는 클럽하우스의 객실 모퉁이에 면해 있었다. 홀 창문으로 내다본 광경에선 분명 폐가를 발견하지 못했었다.

꿈속의 나비를 찾으려 하는 자신이 우스워 실소가 흘러나왔다. 하지만 헛걸음만은 아니리라. 복잡한 실타래를 걷어 내고 차가운 머리로 수사를 시작할 수 있는 곳으로 나비가 이끈 것일지도 몰랐다.

문수의 추리가 내내 신경을 건드렸다. 백범 김구의 암살일, 6월 26일 일요일. 암살 시간과 일치하는 사망 추정 시간. 그리고 백범 김구의 휘호로 유명한 경구 '불수호난행'과 그의 암살자와 동명이인인 옆방 301호의 안두희. 우연이기 힘들어 보였다. 외부인이 함부로 출입하기 어려운 클럽 페르소나의 분위기를 생각해 보면 더욱 그랬다. 문수의 추리에 사건을 꿰어 보기로 했다.

서 형사는 수첩을 꺼냈다. 추정 가능한 경우의 수를 열거해 보기로 했다. 그 경우의 수가 키워드가 되고, 키워드가 한 줄로 서는 순간, 범행 동기와 함께 범인은 윤곽을 드러낼 것이리라.

범인은 6월 26일 일요일 안두희를 살해하기 위해 오랫동안 계획을 세웠으나, 하루 전 25일 토요일 안두희가 갑자기 자리를 비우자, 당일 허균을 살해한 후 안두희에게는 다음 범행을 예고하는 경고성 경구를 남겼다고 큰 가닥을 잡아 볼 수 있다. 어쩌면 범행을 용이하게 하기 위해 안두희와 허균을 의도적으로 떨어뜨린 것일 수도 있다. 하지만 그렇다면 허균을 안두희에게서 떼어 놓고 안두희를 먼저 살해해야 하지 않았을까? 문수의 말처럼 6월 26일 일요일이 백범 김구의 암살일이라 택한 것이고, 살해 시각도 일치시키려 했다면,

안두희를 살해해야 하지 않았는가 말이다. 애초에 안두희를 범행 대상으로 삼았다고 보는 것이 타당해 보인다. 그리고 안두희의 갑작스러운 외출은 범인이 예상치 못한 것으로 봐야 할 것이다. 그리고 경구 '불수호난행'은 안두희를 향한 경고이거나 두 번째 범행을 위해 시간을 벌 목적으로 생각할 수 있을 것이다.

또한 바텐더의 말처럼 허균이 낮 시간 동안 방해받고 싶지 않다고 했다는 것으로 짐작컨대 범인과 사전 약속이 있었다고 보아야 할 것이다. 어떤 구실을 달았으며 자신을 밝혔는지도 명확하지 않지만 분명 다른 사람에겐 알리지 말아 달라는 조건을 달았을 것이다. 이 약속이 토요일 낮, 안두희가 자리를 비운 이후에 이루어졌다는 사실이 밝혀진다면 애초의 범행 대상이 안두희였음은 더욱 명확해질 것이다. 안두희의 외출을 확인한 이후 변경됐다고 볼 수 있기 때문이다. 이 대목에서 범행은 오랜 시간 계획된 것이며 범인이 내부인이라는 심증은 더욱 굳어진다.

그리고 119 구급 대원이 확인해 준 테이블 위 흔적은 물기 있는 와인 잔의 자국일 가능성이 컸다. 어쩌면 약물을 탄 와인을 마시게 한 후 범행을 시도하려 했을지도 모른다. 사망자는 연로한 노구였지만 젊은 사람도 쉽게 제압할 수 없을 만큼 건장했고, 살해에 성공한다고 해도 가해자에게 적지 않은 흔적을 남길 수 있었기 때문이다. 그리고 범행 후엔 의도적으로 흔적을 남겼다. 립스틱으로 써 내려간 '불수호난행'. 내용을 떠나 립스틱을 사용했다는 건 흔적이 경고성 메시지일 가능성에 더 무게를 실어 준다. 범인은 정말 여자일까? 여자라 생각되길 바라는 걸까? 안두희가 그렇게 생각해 주길 바라는 걸까? 그렇다면 와인 잔도 놔두고 가는 편이 더 낫지 않았을까? 와인 잔에 있어서는 안 될 흔적이 남아 버린 걸까? 아니면 단순히 수사망을 뚫고 나가려는 트릭일 뿐일까? 잡히지 않으려 했다면 아무런 흔적을 남기지 않는 것이 더 좋을 거라고 생각하지 못했을까? 아니면 절대 잡히지 않을 거라는, 혹은 자신의 식견을 뽐내고 싶은 자만심 때문이었을까?

사체의 체온 하강으로 미루어 보아 피해자의 사망 추정 시간은 정오쯤. 바텐더의 진술대로라면 범인은 범행 후 7, 8시간가량 현장에 남아 있었다고 봐야 할 것이다. 수동으로 작동하는 턴테이블로 이난영의 〈고향〉을 듣기 위해서는 36분 29초가 필요하다. 그렇다면 범인은 적어도 바텐더가 현장을 발견하기 40분 전까지 현장에 있었다는 얘기가 된다. 범인이 알리바이를 조작하기 위해 어떤 트릭을 썼을 경우도 무시할 수 없지만 가능성은 적어 보였다. 자신의 이름을 책임지고 존재를 확인하기 위해 정신없이 분주한 클럽 속성상, 클럽 내에서의 알리바이는 그날 '있었다'와 '없었다' 정도만이 필요할 테니까. 서가에서 책을 고르거나 테이블에서 자신만의 세계에 빠져 있는 사람들이 어떻게 자신의 알리바이를 입증할 수 있으며, 또 다른 사람의 알리바이는 어떻게 확인시켜 줄 수 있겠는가? 범인은 알리바이를 위한 조작이 필요하지 않다는 사실을 잘 알고 있었을 것이다. 회원들이 촬영 현장으로 떠날 즈음 그 무리에 끼거나 어딘가로 사라지면 충분하다는 사실도 능히 알고 있었을 것이다. 그렇다면 범인은 위험을 무릅쓰고도 현장에 남아 자신의 범행을 음미했던 건지도 모른다. 사건을 은폐하기 위한 작업이 있었다 해도, 방 안에서 뭔가를 찾으려 했다고 해도, 너무나 오랜 시간이 아닐 수 없었다. 군이 촬영 현장으로 사람들이 이동하는 시간까지 기다릴 필요는 없었을 것이다. 3층은 방해하지 말아 달라는 허균뿐이었으니 회원들이 그 층에서 어슬렁거릴 만한 상황도 되지 못했다. 더 나아가 오랫동안 기다리고 또 준비했던 범행을 저지르고도 음미해야 하는 지경이라면, 이 폐가도 한 번쯤은 범인에게 인큐베이터와 같은 장소가 되었을지 모를 일이었다. 이 시점부터 외부인에 의한 우발적 범행의 경우는 완전히 제외해야 하는 것은 물론 강렬하고 섬뜩한 범행 동기가 도사리고 있으리란 가설을 쫓아야 한다.

수첩을 덮고 폐가의 이곳저곳을 서성였다. 오래되어 색 바랜 벽지지만 몇몇 네모반듯하게 오려 낸 곳들을 제외하고는 곰팡이도 슬지 않고 대체로 깨끗하게 달라붙어 있었다. 그 흔한 거미줄도 보이지 않았다. 별다른 단서를 얻지 못한 채 천장의 전등을 막연하게 올려다보았다. 누군가의 단란한 가정을 불 밝혀 주었을 전등이 한없이 처량하게 느껴졌다.

*

「안녕하셨어요?」

막 청소를 끝낸 클럽은 갓 내린 커피 향기로 가득했다.

「아! 나오셨어요? 그렇잖아도 방금 전에 선생님께서 당부하셨습니다. 오시면 바로 연락 달라고 말이죠.」

바텐더는 선반의 잔들을 마른 수건으로 닦고 있었다.

「네, 그럼 부탁드리겠습니다.」

바텐더는 인터폰으로 몇 마디를 주고받더니, 송화구를 막은 채 작은 목소리로 서 형사에게 물었다.

「선생님께서 인터뷰 마치고 식사하고 가시라고 저보고 미리 준비하라고 하시네요. 선생님은 드시지 않을 겁니다. 촬영 준비를 하신다고 했거든요. 형사님을 위해 준비하라고만 하신 겁니다. 드시고 가실 거죠?」

「저야 고맙죠. 그렇지 않아도 아침을 건너뛰고 왔거든요. 그런데 저…… 염치없지만 홍 형사도 좀 있으면 올지 모르는데……」

바텐더는 대답 대신 문제없다는 듯 고개를 끄덕였다.

「그러시겠답니다. 조금 후에 도착할 다른 형사 몫까지 2인분 준비하겠습니다. 그럼 지금 올라가셔도 좋다고 말씀드리겠습니다.」

301호는 신발을 벗고 들어가는 구조라 원목 무늬가 선명한 마룻바닥이 담담한 분위기를 만들었다. 현관에서도 방 전체를 한 번에 볼 수 있었고, 남향의 창문은 더 많은 햇빛을 끌어들였다. 안두희는 양복을 차려입고 정중하게 서 형사를 맞이했다. 테이블엔 이미 차가 마련되어 있었다.

「제 방은 회원들이 자주 찾질 않거든요. 커피밖에 준비된 것이 없지만 괜찮겠습니까?」

웃음기 없는 표정이었지만 사람을 편하게 할 줄 아는 매너가 스며 있었다.

「네, 시간 내 주셔서 감사합니다. 누구보다도 사망자와 막역하셨다고 들었습니다. 많이 힘드시겠지만 잠시 시간 내 주시면 서둘러

진행하도록 하겠습니다.」

서 형사는 수첩을 꺼내는 대신 녹음기를 꺼내면서 동의를 구했다.

「그러시죠.」

안두희는 소파에 깊숙이 앉는 자세로 허리를 꼿꼿이 폈다.

「돌아가신 허균 씨와는 막역한 친구 사이라고 들었습니다. 허균 씨와의 관계를 좀 더 자세하게 말씀해 주실 수 있을까요?」

안두희는 한 모금의 커피를 마시는 동안 생각에 잠기는가 싶더니 차분히 이야기를 꺼냈다.

「제 안식구 먼저 가던 날 누구보다 많이 울어 주고 슬퍼했던 친구가 바로 교산이었습니다. 우린 70년대 중반에 사회에서 처음 만났습니다. 안국양행이라는 무역회사였죠. 당시 무역회사는 인기가 좋았지요. 무역으로 목돈을 만져 보겠다는 청년들이 많았던 때였으니까요. 교산은 육사를 졸업하고 군 복무까지 마친 상태로 스카우트된 전도유망한 재원이었습니다. 부러운 점을 많이 가진 친구였습니다. 그리고 여러 가지로 저와는 사정이 달랐죠. 전 벌써 애가 둘이나 딸린 가장이었지만 교산은 가족이 없었어요. 교산은 어렸을 적 부모님을 모두 여의고 고모님 손에서 자랐는데, 그분마저도 사회에 나올 즈음 병으로 돌아가셨거든요. 우린 그 뒤로 금방 친해졌습니다. 저희 집에 와서 아이들과 놀아도 주고, 또 제 안식구의 좋은 말벗도 되어 주었죠. 출장도 함께 다니고 퇴근 후나 명절에도 늘 함께했으니 그야말로 가족이나 다름없었습니다. 그러다 보니 언제부턴가 퇴직후가 걱정되더군요. 언젠가는 떨어질 날이 있지 않을까 하는 불안감 같은 거였지요. 그러던 중에 좋은 조건에 이 클럽하우스를 인수할 기회가 생긴 겁니다. 교산은 머리가 보통 명석한 사람이 아니었어요. 이 클럽 역시 교산의 아이디어였습니다. 전혀 예상치 못한 방향으로 운영되었지만 저희는 그나마 다행스럽게 생각했습니다.」

「예기치 못한 방향으로 운영되었다는 건?」

「아, 원래 이렇게까지 잘될 거라고는 생각하지 못했던 거죠. 교산이 제 이름을 가지고 늘 농담 반 진담 반으로 했던 소리였는데, 이렇게 큰 반향을 얻을 줄 몰랐던 겁니다. 그냥 우리끼린 적적하니까 사람들 모아서 재미 삼아 모임을 만들자고 했던 건데 말이죠.」

「조금 더 자세한 말씀 부탁드릴게요.」

「그러지요. 며칠 더 저희 회원들 만나 보시면 아시겠지만, 저희 클럽 회원들이 밖에서는 그리 붙임성 있는 사람들이 아닙니다. 자기들이 소속되어 있는 사회에서는 눈에 띄지 않고 있는 듯 없는 듯 지내는 사람들이라는 거죠. 좋게 말해서 그렇다는 겁니다. 얘기를 들어 보면 자신들 인생에서 이름이 가져다주는 불이익은 흡사 악몽과 같다고 말하곤 합니다. 어떤 사람들은 같은 이름으로 무리에서 인기를 끌기도 하겠지만, 저희 회원들은 그런 성격을 가진 사람이 단 한 사람도 없습니다. 아마도 그런 사람이 가입했더라면 오히려 못 견디고 뛰쳐나갔을 겁니다.」

「왜죠?」

「최영이라는 사람이 있다고 쳐 봅시다. 대개의 사람은 최영이 고려의 장군이라는 사실 하나만을 겨우 알고 있을 테죠. 그래서 자신을 '장군님'이라고 부르라고 하는 정도의 트인 성격을 뽐냈을 겁니다. 그 사람에겐 그게 끝인 거예요. 누군가 '최영 장군님'이라고 부른다면 그 사람은 그걸로 만족하고 다른 이야기를 하고 싶어 할 것이 틀림없을 겁니다. 그런데 저희 회원들은 절대 그렇게 끝나는 법이 없거든요. 자신의 이름과 자신을 엮어 줄 것이 아무것도 없다는 사실을 본인들이 너무나 민감하게 받아들여서 그렇습니다. 사실 아무런 것도 없어도 되는데 그렇지 못하는 거죠. 그래서 그 간극을 학구열로 메우는 거예요. 자기 이름에 대해서만큼은 누구보다 많이 알아야 한다고 생각하는 거고, 그 대가로 클럽 내에서는 그 인물처럼 대우받고 있다고 생각하는 겁니다. 이 클럽 내에서만 유효한 거지만 말이죠. 좋은 비유인지 모르겠지만 보통의 사람들은 이름이라는 이정표 아래에 모인 후에는 어느 방향으로든 가는 것이 당연하다고 생각할 겁니다. 하지만 저희 회원들은 그 이정표 아래에서 이름만 바라보며 한 발자국도 옮기려 하지 않을 거란 말이죠. 그러니 색깔이 다른 사람이 나갈 수밖에요.」

「그렇군요. 그렇다면 허균 씨의 다른 대인 관계에 대해서도 알고 계신 것이 있나요? 혹시 그중에 허균 씨와 사이가 좋지 않았던 분이 있을까요?」

「몇 년 동안 클럽 밖에서 사적으로 누굴 만나는 걸 본 적이 없습니다. 그럴 필요도 못 느꼈겠죠. 여기가 그 친구에겐 하나의 완전한 사회였으니까요. 회원들이 가족이고 친구였습니다. 그리고 사이도 무척이나 좋았죠. 다들 교산을 좋아했습니다. 꼰대처럼 간섭하거나, 거절한다거나, 못 하게 하는 법이 없었으니까요. 매너 좋게 자기 의견을 피력할 뿐이었죠. 유일하게 귀찮게 하는 사람이 있다면 바텐더였겠죠. 밥 달라, 뭐 가져와라 하는 것처럼 말이죠. 그것밖에 더 있겠습니까?」

「그렇군요.」

자칫 아무것도 건질 게 없는 인터뷰가 되어 가는 것이 아닐까 하던 차에, 안두희가 서 형사의 눈치를 살피고 있다는 느낌이 전해졌다. 서 형사는 실수를 가장해 녹음기를 꺼트리면서 혼잣말처럼 퉁명스러운 불평을 터트렸다.

「죄송합니다. 아마추어처럼 허둥대네요.」

토트백에서 노트를 꺼내면서 지나가는 투로 질문 하나를 던졌다.

「클럽하우스가 사망자 허균 씨 소유로 되어 있던데요, 이젠 어떻게 되나요? 가족도 없고, 친지도 없고. 그럼 가장 가까운 안두희 선생님 앞으로 옮겨지게 되나요?」

「아, 그게…… 그렇잖아도 드릴 말씀이 있는데, 잠시 실례하겠습니다.」

안두희는 인터폰 옆으로 가 수화기를 들었다.

『안두힙니다. 혹시 저는 점심 식사를 거르겠다고 얘기했었나요? 촬영 준비를 먼저 해야 한다고…… 아, 그렇군요. 알겠습니다. 혹시 제가 빠트리고 얘기하지 않았나 싶어서요. 네, 알았습니다. 준비 잘 부탁드립니다.』

만족한 표정에서 인터폰의 목적이 다른 곳에 있지 않았을까 하는 의심이 들었다. 그 의문은 그리 오래가지 않았다.

「이 말씀을 제가 드려야 하나 고민했는데, 역시 말씀드리는 편이 낫겠다는 생각이 드는군요. 사실 요즘 두려운 마음에 잠을 이루지 못하고 있답니다. 교산과 저는 이 클럽을 세우는 데 거의 반반씩 출자했습니다. 하지만 교산은 전 재산을 다 내놓은 반면, 저는 가족도 부양하고 또, 아들이 병원을 열 때 조금 가져다 쓴 것도 있고 해서 법적으로 교산 앞으로 하는 것에 동의를 했죠. 뭐, 전부 교산의 것이라고 해도 전 아무런 불만이 없습니다. 제 것이 모두 그 친구 것이기도 하니까요. 게다가 전 든든한 아들이 둘이나 있는걸요. 아무려면 어떻겠습니까? 그런데 얼마 전에 아주 이상한 이야기를 들었습니다. 교산이 죽으면 이 클럽이 바텐더 앞으로 옮겨 가도록 유언을 작성했다는 겁니다. 말할 수 없이 이상했습니다. 사십 년을 함께한, 그것도 절반의 투자를 담당한 친구에게가 아니라 비슷한 연배의 바텐더에게 상속을 하다니요? 그것도 상의 없이 말이죠. 젊은 친구에게 클럽의 미래를 맡기는 차원이었다면 이렇게까지 의아하지도 않았을 겁니다. 게다가 바텐더는 회원도 아니거든요. 만약 제 입장이었다면 당연히 교산 앞으로 했겠지요. 섭섭하다는 생각보다는 오히려 뭔가 있구나 하는 생각이 들더군요. 혹시 약점이라도 잡혀 그러는지 이런저런 생각 끝에 교산과 대화를 해 보려고 기회를 보고 있었습니다. 그런데 그만 이번 일이 벌어진 겁니다. 자꾸 이상한 쪽으로 생각이 들어서 저도 제가 원망스럽습니다만, 바텐더가 하필 요즘 돈이 필요하다는 소식을 들었습니다. 둘째 아들이 곧 결혼을 한다지요. 그리고 오랜 세월을 저희와 함께했으면서 왜 회원이 되지 않으려는지도 도통 이해가 되지 않습니다. 개명을 해야 하는 것도 아니고 정정화라는 독립운동가도 계시는데 말이죠. 제가 이런 말까지 한다고 해서 저를 너무 이상한 사람으로 보시지 않았으면 합니다. 제 속에 있던 말을 남김없이 꺼내 놓아야 혹시 모를 그 친구의 억울함이 해

소되지 않을까 해서 그런 겁니다. 저도 친구에게 변이 생긴 다음 날 경찰서로 전화를 해서 자초지종을 물어보았습니다. 바텐더가 현장에 제일 먼저 왔다고 하더군요. 게다가 비누를 밟고 넘어진 걸로 신고했다고 들었습니다. 하필 제가 없던 그날 바텐더는 다른 회원들에게 교산을 방해하지 말라고 했답니다. 다른 회원들 중 아무도 그 소릴 직접 들은 사람은 없는데도 말입니다. 이러니 제가 의심을 갖지 않을 수 있겠습니까? 전 욕실에 남겨진 그 글이 만약을 위해 범행을 클럽 회원들에게 전가하기 위한 것이 아닌가 싶기도 합니다. 자신은 회원이 아니니까 말이죠. 그리고 그거 아십니까? 이 건물의 원소유자가 바로 바텐더였습니다. 얼마나 다시 찾고 싶었겠습니까? 본인은 정작 사업 실패로 날렸지만 말이죠. 저희가 아니었으면 꼼짝없이 철창에 살았을 사람입니다. 전 여태 이해가 되지 않아요. 이 건물을 바텐더에게 상속한 것부터 말이죠. 혹시 재물 때문에 저지른 일이라면 저한테도 해코지할 수 있는 거 아니겠습니까? 저는 요즘 통 잠을 잘 수가 없습니다.」

안두희는 고개를 돌리고 눈가를 훔쳤다.

「바텐더가 이곳 소유자였다는 건 처음 듣는 얘긴데요?」

서 형사는 몰랐던 사실을 들은 양 다소 놀란 기색을 담아 물었다.

「그러실 겁니다. 아마 회원들 아무도 모를 겁니다. 저희가 클럽을 창립하려고 클럽하우스를 찾고 있을 때쯤 바텐더는 자신이 운영하던 염직공장을 처분해야 했습니다. 제가 들은 얘기로는 원래 하청 업체였는데 자신이 직접 해외에 수출을 하는 회사로 키워 보려고 했다더군요. 과욕이 화를 부른 거지요. 저희가 매입하지 않았다면 아마도 가족 모두 거리로 나앉았을 게 틀림없을 겁니다. 만약에, 만약에 말이죠. 범인이 바텐더라면 정말 나쁜 사람인 겁니다. 어려울 때 클럽에 받아 준 것도 교산이거든요. 월급으로 남은 빚 갚게 하고, 가족들 끼니도 클럽에서 가져다 나를 수 있게 해 주었죠. 교산은 그런 사람이었습니다. 정말로 가슴이 메어집니다. 하여간 교산 방에 아무렇지도 않게 들락거릴 수 있는 사람은 바텐더밖에 없습니다. 교산 등 뒤로 걸어가서 목을 조른다고 하더라도 아무런 의심을 받지 않을 사람은 바텐더밖에 없습니다.」

「네, 잘 알겠습니다. 저희들도 신경 써서 조사하도록 하겠습니다. 그런데 4층 방은 왜 비워 둔 채로 있는 거죠?」

「교산 생각이었어요. 저는 가끔 회원들이 이용하고 싶으면 이용하게 할 생각이었습니다. 저희처럼 상주하는 건 아니더라도 말이죠. 그런데 저희 초창기 멤버 하나가 그 방에서 먼저 우리들 곁을 떠났어요. 암이었습니다. 그때만 해도 의료 기술이 그리 좋지 않았던 때였으니까요. 그때부터 이렇게 비워 두게 된 겁니다. 저는 그냥 공부방으로 만들거나 창고로 만들자고 해도 교산이 그냥 두었으면 했던 겁니다.」

「토요일, 그러니까 25일 검진차 병원에 입원하셨다고 들었습니다. 몸에 이상이 있으셔서 가신 건가요? 아니면 정기적인 검사였나요? 아무래도 옆방에 계신 분이라서 안 물어볼 수가 없네요. 죄송합니다. 토요일과 일요일 행적에 대해 알려 주시면 감사하겠습니다.」

「죄송할 것 없습니다. 저야 확실하게 말씀드릴 수 있으니까요. 어디가 불편한 것은 아니고요, 정기적인 검진이라고 보시면 됩니다.

뭐, 날짜를 딱 잡아 놓고 하는 건 아닙니다만, 아들 녀석이 병원을 운영하고 있어서 가끔 제 아비가 생각이 나면 이렇게 불쑥 앰뷸런스를 보내서 저를 실어 가곤 한답니다. 괜찮다고 안 간다고 했더니 녀석이 끝내 고집을 피우지 뭡니까. 그래서 별 수 없이 구급차를 타게 된 거죠. 그때 교산에게도 함께 가자고 그랬는데 잘 다녀오라고만 하더군요. 지금 생각해 보면 너무 안타까워요. 그때 완곡하게 함께 가자고 했더라면 비명에 가진 않았을 텐데 말입니다. 전 병원에 입원해서 가족들 병문안을 받고, 검진도 받았습니다. 그리고 어제 저녁에 퇴원해서 바로 여기로 온 겁니다. 아들 녀석 내외가 가지 말라고 말렸지만, 제가 아니면 교산에겐 아무도 없지 않습니까? 그래서 바로 온 거지요.」

서 형사는 메모하던 노트를 토트백에 다시 넣었다.

「그렇군요. 말씀 잘 들었습니다. 참 복잡한 듯 단순하고, 단순한 듯 복잡한 사건이네요. 아직 정밀부검 결과가 나오지 않았으니까 그 어떤 결과도 단정하긴 힘듭니다. 사고사일 확률도 꽤 높은 걸로 알고 있으니까요. 어쨌든 감사합니다. 그리고 식사 감사히 잘 먹고 가겠습니다. 쉬세요.」

서 형사는 스니커즈를 꺾어 신으면서 목례로 감사를 표했다.

「수사 잘 부탁드리겠습니다. 교산에게 억울한 일이 남지 않기를 바랍니다. 언제든지 궁금한 것이 있으시면 답해 드리도록 하겠습니다. 수고하셨습니다.」

문이 닫히는 순간까지 안두희는 허리를 굽혀 깍듯하게 배웅했다. 그런데 닫히려던 문이 다시 활짝 열렸다.

「선생님, 죄송합니다. 선생님 말씀을 곱씹다가 이해되지 않는 부분이 있어서요. 아까 바텐더는 개명을 할 필요가 없다고 하셨는데, 그럼 선생님은 개명하신 건가요?」

「아, 아닙니다. 본명입니다.」

「그럼 혹시 허균 씨는요?」

「…….」

잠시 생각을 하던 안두희는 어쩔 수 없다는 투로 대답했다.

「사실, 그 친구는 본명이 아닙니다. 본명은 허태수입니다. 조금 정상적이지 않은 방법으로 개명을 했다고 들었습니다. 말단 공무원한테 돈을 좀 쥐여 준 거죠. 기름 친 가죽이 부드러운 법 아니겠습니까? 그 친구 의지가 워낙 강해서 말릴 수도 없었습니다. 지금은 꿈도 못 꿀 일이지만, 그땐 돈만 좀 여유 있게 쥐여 주면 허태수란 과거도 깨끗하게 지울 수 있었던 때니까요. 자세히는 잘 모르겠습니다. 어느 날 자기가 알아서 하겠다고 나가더니 허균이 되어서 돌아왔어요. 아마도 클럽을 만들 계획을 하면서 자신의 개명도 계산했던 게 아닌가 싶을 뿐입니다.」

「혹시 다른 회원들 중에서 개명한 사람은 없을까요?」

「아마도 그럴 수 있다면 벌써 평범한 이름으로 바꾸지 않았을까 싶네요. 개명이 그리 간단한 일이 아닙니다. 개명해서 클럽에 가입한 경우는 없습니다. 채플잎 씨라고 있는데, 그 친구는 채플린으로 활동하고 있습니다. 하지만 그 친구 호적엔 여전히 채플잎으로 되어 있어요. 감독 겸 주연배우를 맡고 있는 제이슨 밀러도 춘사 나운규로 불리고 있지만 그냥 별명처럼 불리는 것뿐이고요. 도향은 귀화

하면서 이름을 그렇게 지은 거죠. 원래는 자오웨이였다고 하더군요.
그 정돕니다.」

「아, 그렇군요. 저도 본명입니다. 서효자. 실례가 많았습니다.」

문을 살며시 닫고 돌아서면서 서 형사는 휴대전화의 녹음 버튼을
해제했다. 방에 들어서면서 눌러 놨던 버튼이었다. 층을 내려오는
서 형사의 발엔 여전히 스니커즈가 꾸겨져 있었다.

*

1층 홀은 이미 점심 손님으로 빈 테이블을 찾기 힘들었다. 한 사
람이 테이블을 차지하고 앉아 식사를 하는 모습은 이 클럽에선 그
리 낯선 풍경도 아니었다. 시내에서 차를 몰아 20여 분을 달려서는
혼자 식사를 하고 돌아가는 것이었다. 테이블은 들어찼지만 대화 소
리는 실종된 점심시간인 것이다. 절벽에 위태롭게 걸쳐 있는 어느
수도원의 식당과 다르지 않을 것 같았다. 다른 회원의 주문과 식사
준비는 모두 주방 아주머니에게 일임한 채 바텐더는 유난히 하얀
천이 씌워져 있는 테이블 옆에 꼿꼿이 서 있었다. 서 형사가 다가오
자 부드럽게 의자를 뒤로 뺐다. 세련된 매너만큼 표정도 사뭇 진지
한 것이어서 제복을 입은 남자의 다른 면모를 보는 듯했다.

「홍 형사님에게서 전화가 왔습니다. 서 형사님이 전화를 받지
않더라고요. 십 분 정도면 도착한다고 했습니다. 어떻게, 먼저 식사
를 하시겠습니까?」

「홍 형사 오면 함께 할게요. 그 전에 먼저 물이라도 마실 수 있을

까요?」

「물론입니다.」

바텐더는 곧 유리잔과 주전자가 올려진 쟁반을 들고 돌아와 여전히 진지한 표정으로 물을 따랐다. 그러고는 아까와 같은 포즈로 옆에 계속 서 있었다.

「바텐더님, 계속 계실 거예요?」

「불편하십니까? 안두희 선생님께서 특별히 잘 모시라고 하셨습니다. 불편해하지 마시고 뭐든 필요한 거 있으시면 말씀하세요.」

「그럼 뭐 하나만 여쭤 볼게요. 혹시 허균 씨 돌아가신 후에 바텐더님 어떻게 되실 거라고 들으신 거 있으세요?」

「네? 저요? 저 말입니까? 왜 그런…… 무슨 말씀이 있으셨나요? 혹시 저를 자른답니까?」

기품 있던 자세는 갑자기 무너져 내렸다.

「아, 아닙니다. 놀라지 마세요. 아무런 얘기도 없었습니다. 다만 클럽 소유자가 허균 씨였으니까 앞으론 어떻게 될까 해서 여쭤 본 겁니다. 괜히 놀라게 해 드렸다면 죄송합니다.」

「아, 그렇군요. 아직 그런 문제는 생각하지도 못했습니다.」

「바텐더님, 저희 그냥 준비해 주세요. 조금 식어도 괜찮아요. 그리고 저희끼리 할 얘기가 있으니 옆에 서 계시지 않아도 됩니다. 부탁드리겠습니다.」

「아, 알겠습니다. 바로 준비해 드리도록 하겠습니다.」

잠시 후 홍 형사가 헐레벌떡 들어왔다. 홍 형사에게 포커페이스까지는 무리라고 하더라도 수사 진행 정도를 표시 내고 다니지 말라고 하고 싶었지만 이번에도 그냥 두기로 했다. 홍 형사의 이마엔 뭔가 알아냈다는 의미의 파란불이 켜져 있었다.

「오래 기다리셨습니까? 아까 식사 얘기를 듣고 군침이 돌아서 혼났습니다.」

홍 형사는 자기가 들고 온 수사 내용을 뜸 들이고 싶은 것 같았다. 물어보지 않으면 자기가 더 답답해할 거면서.

「뭣 좀 알아낸 거 있어? 표정이 좋은데!」

「물론이죠. 그런데 식사는 아직 덜 된 모양이네요?」

'요것 봐라!'

잠시 장단을 맞춰 주는 것도 좋을 것 같았다.

「뭔데? 뜸 들이지 말고 빨리 말해 봐. 바텐더님 곧 오실 거야. 어서.」

그때 마침 주방에서 바텐더가 카트를 끌고 다가왔다.

「식사 준비하도록 하겠습니다.」

바텐더는 다시 아까의 품위 있는 모습으로 돌아가 있었다. 홍 형사는 서 형사의 표정을 보면서 장난기 어린 흐뭇한 미소를 띠었다. 서 형사가 살짝 달아오르는 표정으로 답해 주었다. 홍 형사는 마흔이 넘은, 경험 많은 강력계 여형사를 놀릴 수 없다는 소릴 듣지 못한 것이 틀림없었다. 홍 형사는 그런 상황도 모르고 바텐더에게 이것저것을 묻고 있었다.

「아까 이 음식 이름이 뭐라고 하셨죠? 영어라서 금방 잊어버리네요.」

「피시 앤 칩스입니다. 영국에서 어부들이 즐겨 먹던 음식이라죠.」

「영국이요? 영국 요리는 또 처음 먹어 보는 거 같은데요. 그냥 홍차랑 치즈 정도를 좋아한다고만 알고 있었는데. 주방 아주머니 솜씨가 국제적인데요?」

「사실 이 음식만큼은 제가 만듭니다. 제가 예전에 영국에 잠시 있었던 적이 있거든요. 그때 즐겨 먹던 거였습니다. 싸고 양도 많고 영양도 풍부하니까요.」

「영국은 무슨 일로 가셨던 거예요?」

서 형사가 끼어들었다.

「제가 예전에 염직 일을 한 적이 있었어요. 다 날려 먹었지만 말이죠. 그때 사업을 좀 크게 하고 싶어서 영국엘 갔었던 거예요. 기술도 배우고 판로도 개척할까 했었죠. 그런데 쉽지 않았어요. 돈만 까먹고 돌아왔습니다.」

서 형사는 뭔가를 더 물어보려고 하다가 그만 묻기로 했다. 오히려 조금 나중에 다른 질문과 섞는 것이 더 좋겠다고 판단했다.

「아! 너무 맛있겠네요. 잘 먹겠습니다.」

「맛있게 드십시오. 다 드시면 차를 내오도록 하겠습니다.」

바텐더가 돌아가자 홍 형사는 잘 튀겨 낸 대구와 감자튀김에 집중하려 했다. 그런데 분위기가 이상하다고 느꼈는지 고개를 살짝 쳐들었다. 그곳엔 무표정한 서 형사가 노려보고 있었다.

「꺼내 봐.」

나지막했지만 차가웠다.

「아, 네.」

홍 형사는 포크를 놓칠 뻔했다.

「먹으면서.」

「아, 네. 죄송합니다. 실은 과학수사팀에 의뢰한 결과가 나왔다고 해서 갔다 오는 길입니다. 필적 감정은 힘들지만 오른손잡이가 쓴 건 분명해 보인답니다. 그런데 사망자는 왼손잡이였다고 하더라고요. 그러니 피해자가 쓴 것이 아니라면 범인이 남긴 거라는 얘긴 거죠. 그리고 그거 립스틱이 맞다고 하던데요?」

「어이, 홍 형사. 나도 여자라고. 내가 그런 걸 모를 리 있겠어?」

「아, 죄송합니다. 그런 뜻이 아니라…… 하여간 립스틱은 분명한데 좀 특이한 점이 있습니다.」

「특이한 점?」

「네. 요즘 립스틱은 아니라고 했는데……」

홍 형사는 태블릿 PC를 켰다.

「금지 색소가 포함된 립스틱이랍니다. 정확한 제품까지는 알아내기 힘들지만, 금지 색소인 적색 213호가 포함된 제품이라고 했습니다.」

「언제부터 금지된 색소라고는 얘기 안 하고?」

「그게 89년 5월에 당시 보사부에서 발암물질이 포함되어 있다고 해서 금지시키긴 했는데, 재고는 팔도록 했나 봐요. 연말까지 팔다가 뉴스에 보도된 적도 있었다고 합니다. 그러니까 90년 초까지는 팔리지 않았을까 싶은데요.」

「적어도 이십 년이 넘은 립스틱이다. 그리고 또?」

「말씀하신 와인 잔을 조사했답니다. 반응물질은커녕 최근에 사용한 흔적도 없다고 하던데요……」

「하던데?」

「선반을 자세히 보니 잔 두 개가 비고 없더랍니다. 분광기로 들여다봤답니다. 두 잔의 흔적만 있고 없더랍니다. 아마도 분광기로 보면 먼지가 쌓인 곳과 그렇지 않은 곳이 구분되나 보죠?」

「그리고?」

「그리고…… 그게 단데요.」

'아이고!'

「아! 하나 더 있습니다. 오늘 촬영이 있을 예정입니다. 무신정권 사람들을 비롯해서 다른 회원들도 많이 몰려들 예정이랍니다. 허균 씨 출연 장면을 대체할 장면을 촬영할 거라고 하니까 안두희 씨도 그곳으로 나오지 않을까 싶다고 하네요.」

「누가 그래?」

「박문수 씨가요.」

말문이 막혔지만 식어 가는 음식을 두고 뭐라 할 마음이 생기지 않았다.

「전화로 과학수사팀에 협조 요청해 놔. 테이블 주위로 20cm마다 바닥 카펫 샘플 채취해서 와인 성분이 있는지 찾아보라고 말이야.」

「네, 알겠습니다.」

식사를 하면서 그간의 단서와 생각들을 정리하고 싶었지만, 그것도 뜻대로 되진 않았다. 홍 형사는 대구튀김과 감자튀김을 씹을 때 천둥 같은 소릴 냈고, 가끔 신음 소리 같은 것도 섞여 나왔다.

'와사삭! 흐음, 와사삭!'

*

　촬영장은 구도심 한복판의 재개발 지역 꼭대기였다. 세트장 촬영을 제외한 나머지 야외 촬영 대부분을 이곳에서 진행한다. 사납게 융기한 쌈짓땅. 철거를 앞둔 재개발 지역은 이미 대형 마트와 프랜차이즈로 무장한 무표정의 건물들이 턱밑까지 몰려든 그 한복판에 까치발로 간신히 버티고 있었다. 군데군데 허물어진 골목은 실감 나는 촬영 세트장 그 자체였다. 체념인지 한가로움인지 모를 적막함이 볕을 쬐고 있었다.

　아마도 이곳이 시의 마지막 달동네일지 모른다는 생각이 들었다. 행정 당국의 얘기로는 이젠 아무도 살고 있지 않다고 했지만, 가로등조차 들어오지 않는 동네엔 가끔 배달 오토바이가 질주했다. 일부 철거된 곳 때문에 시야는 트였지만 넉넉함이나 여유와는 거리가 멀었다.

　촬영을 목전에 두고 있는 터라 감독이나 다른 누구에게도 인터뷰를 요청하기 쉽지 않았다. 물론 무엇보다도 사건 수사가 우선이었지만, 이 혼란을 헤집고 강행하는 건 수사에 도움이 될 것 같지도 않았다. 우선 조감독 옆에서 촬영을 지켜보기로 했다. 영화를 촬영하는 동안 나운규라는 이름을 허락받은, 주연이자 감독인 제이슨 밀러. 그는 조감독에게 몇 가지를 지시한 후 포커스 안으로 들어갔다. 달려가는 그의 뒷주머니엔 무전기 안테나가 삐죽이 튀어나와 있었다. 홍 형사는 촬영 현장에 나온 회원들을 확인한 후 그들의 알리바이를 확인하기 위해 일찌감치 자리를 떴다.

촬영 직전의 현장은 비장한 분위기마저 감돌았다. 허균이 생전에 촬영했던 부분을 다시 찍는, 그래서 지체할 수 없이 촬영을 끝마쳐야 하는 이유도 있었지만 내용 역시 그리 가볍지 않기 때문이다. 철거를 막아야 하는 쪽과 강행하려는 편이 한바탕 부딪치는 격렬한 내용이 촬영될 예정이었다. 조감독은 배우들의 감정을 끌어올리기 위해 두 그룹은 당분간 촬영 전후로 접촉을 금하고 있다고 설명했다. 붉은 머리띠를 두른 이들은 쇠심줄 같은 스크럼을 짰고, 철거반 조끼의 사내들은 스스로 얼차려로 깡다구를 끌어내고 있었다. 제작비는 그런대로 충분한 편이지만 배우들의 분장과 의상은 모두 회원들 스스로가 준비했다. 아마도 자신들이 자청한 일이었으리라.

철거를 막는 그룹의 맨 앞에는 주인공 김영진의 여동생이며 여자 주인공인 김영희와 그의 애인이며 김영진의 친구인 윤현구가 긴장한 모습으로 대기하고 있었다. 두 사람 모두 온라인 회원으로, 준회원이었다. 이번 역할을 통해 정회원을 기대하고 있는 눈치라고 했다. 그리고 그 뒤로 동네 주민 역할을 맡은 배우들은 전문 단역배우들을 섭외한 것이라고 했다. 조감독이 데려온 사람들이었다. 아무래도 클럽 회원들의 연령 분포가 듬성듬성한 것도 이유가 되겠지만, 전문 단역배우가 오히려 이런 비장한 대목에서 더욱 필요하다고 이유를 설명했다. 반대로 강제 철거를 강행해야 하는 쪽은 모두 클럽 회원들이었다. 그러고 보니 맨 앞에 무신정권 페르소나인 정중부와 최충헌, 이의민 등이 보였다. 이들은 모두 〈一心〉이라는 문구가 새겨진 조끼를 유니폼처럼 입고, 손에는 하나같이 각목을 쥐고 있었다. 그리고 그 옆으로 부패 경찰 오기호가 비밀경찰처럼 멜빵식 권총 홀스터를 걸치고 있었는데, 포클레인 기사인 전봉준 씨가 그 역할을 맡고 있었다. 클럽하우스의 진입로를 정비한 사람이 바로 그이며, 그전엔 비만 오면 골이 패어 진창이 되기 일쑤였다고 했다. 전봉준 씨가 오기호 배역을 따낸 것은 전적으로 허균의 추천이었다고 했다. 젊은 시절 연기자가 꿈이었던 사실을 허균 씨가 알게 된 이후 강력하게 밀었던 것이었는데, 오기호의 비열하고 잔인한 캐릭터가 전봉준 씨의 처진 눈매로 조금 퇴색되어 보였다. 하지만 감독은 물론 다른 전문 스태프들도 전봉준 씨의 연기력과 상황 설정 능력을 어느 정도 인정하고 있다고 했다. 재미있는 건 문수가 벌써부터 현장에 와 있는 걸 보고 기록을 남기고 있나 보다 했는데, 자세히 들여다보니 배우처럼 분장을 하고 있는 것이었다. 조감독은 그녀가 촬영 기록을 남기기도 하면서 극 중에서도 기자의 역할을 하고 있다고 했다. 별생각 없이 흘렸던 그녀의 왼팔 완장에 〈보도〉라고 쓰여 있었다. 문수는 아까부터 서 형사에게 빈 플래시를 터트려 자신의 존재를 알리고 있었다.

분장을 마친 안두희가 촬영장에 나타나자 모든 연기자와 스태프들이 스탠바이에 들어갔다. 〈노벨전파사〉 간판이 갸우뚱 걸려 있는 가게를 남성 연기자 분장실로 사용하고 있는 것 같았다.

먼저 근거리 장면부터 촬영에 들어갔다. 철거 용역 무리 앞에서 실성한 영진이 제 가족을 향해 욕설을 던지고, 그 뒤에서 부패 경찰 오기호와 악덕 지주인 천가(千哥)가 비열하게 웃는 장면이었다. 특별한 대사는 없었다. 영진은 욕인지 뭔지 모를 악을 쓰면서 이따금씩 뒤돌아 기호에게 만족스러운 웃음을 보이는 것이 전부였다. 감독이자 주연배우인 나운규는 자신의 연기가 못마땅했는지 스스로 NG를 여러 번 낸 후에야 겨우 오케이 사인을 냈다. 한 번엔 좀 민망했겠지 싶었다. 변변한 대사는 없었지만 매우 중요한 장면이라는 건 금방 알 수 있었다. 무엇보다도 영진이 실성한 사람이라는 걸 관객에게 잘 표현해야 하고, 그 실성이 안타까움으로 이어져야 하는 대목이었다. 그 깊이가 바로 빼앗으려는 자와 지키려는 자의 간극을 그대로 상징할 수 있기 때문이다. 그래서 악덕 지주 천가와 부패 경찰 오기호 그리고 실성한 영진의 배치(비탈길 위에서부터 아래로)는 매우 상징적으로 비춰졌다. 토론회 때 양귀비가 제안한 아이디어가 바로 이 대목이구나 싶었다.

그 다음은 철거를 막는 동네 주민들 앞에서 영희와 현구가 실성한 영진을 보며 안타까워하는 장면이었다. 악으로 깡으로 막아 내도 모자랄 판에 철거반 앞엔 자신의 오빠가, 친구가 앞장서 있는 상황은 이미 싸움의 결판을 알 수 있는 표현의 핵심이 되었다. 영희와 현구의 뒤에 서 있는 단역배우들은 이런 연기 경험이 여러 번 있는 듯 보였다. 마치 철거 위기에 있는 자신의 무허가 보금자리를 지키려는 사람들처럼 핏대를 세우고 있었다. 이렇다 할 대사는 없었지만 카메라가 배우 앞으로 다가서고 물러나기를 반복했다. 카메라에 잡히지 않을 다른 배우들도 극도의 긴장감으로 극에 몰입하고 있었다. 배우들에게서 나오는 아우라가 달동네 재개발 지역에 작은 섬을 만들었다. 감독의 오케이 사인이 떨어지자 모두들 박수로 긴장감을 떨어내려 했지만, 결국 몇몇 배우들은 울음을 터뜨리고 말았다. 조감독은 20분의 휴식을 지시하면서 멀리 가지 말고 의상과 분장을 조심하라고 당부했다. 안두희와 몇몇 배우들은 다시 자신들의 분장실로 들어 갔고, 나운규 감독은 잰걸음으로 서 형사에게 다가왔다.

「형사님이시죠? 어제 클럽에서 뵀습니다. 기다리게 해서 죄송합 니다. 제이슨 밀럽니다. 지금은 춘사 나운규로 불리고 있습니다.」

「재밌게 봤습니다. 서효자 형삽니다.」

「교산 선생님 돌아가신 거, 샤워 중에 비누를 밟고 그렇게 되셨다 고 들었는데, 아닌가 봐요?」

「아직 확실하진 않습니다. 가능성은 다 있어요. 그런데 미국 국적 이라고 하시던데 한국말 잘하시네요?」

「여덟 살에 입양된 거라서 말은 할 줄 알고 간 겁니다. 그리고 양 부모님께서도 한국말 잊지 말라고 꾸준히 이민 온 한국분들과 교류 할 수 있도록 해 주셨고요. 덕분에 무리 없이 이렇게 고국에서 영화 도 찍을 수 있게 되었죠.」

「얘기 좀 나눌 수 있을까요? 절차를 밟아 오라고 하시면 그렇게 할 수도 있습니다만…….」

「아닙니다. 그러실 필요 없어요.」

「고맙습니다. 사건 당일 클럽에서 감독님을 본 사람이 있다고 해 서 몇 가지 여쭤 보려고 합니다. 그리고 클럽 활동은 물론이고 영화 촬영에 있어서도 사망자 허균 씨의 영향력이 상당하다고 들어서 사 망 당시의 정황을 알고 싶거든요.」

「아, 네. 좋습니다. 물어보세요.」

나 감독은 팔짱을 끼면서 상냥하게 대답했다. 서 형사는 몰래 휴대 전화의 녹음 버튼을 누르고는 예쁘장한 표지의 수첩을 꺼내 들었다.

「고맙습니다. 그럼 몇 가지 여쭤 볼게요. 지난 26일 일요일에 클럽에 계셨다고 하던데, 혹시 몇 시쯤에 무슨 일로 클럽에 가셨는지 말씀해 주실 수 있을까요?」

「네, 기억하고 있습니다. 클럽에 도착한 건 오후 7시 10분에서 20분쯤 사이일 거예요. 30분에 저희 영화에 출연하는 회원들과 클럽에서 만나기로 했었거든요. 그날 저녁 식사를 현장에서 제공하기 어려워서 클럽에서 만나자고 했습니다. 어둑해질 무렵이니까 분장이나 의상 착용도 클럽에서 모두 마치고 갈 겸 해서 그렇게 했던 겁니다. 지금 여긴 전기도 모두 끊긴 상태거든요. 전문 배우들이나 스태프들이야 자기들이 어떻게든 알아서 하니까 상관없지만요. 그래서 40분쯤 클럽을 떠났습니다. 제 승합차와 조감독 승합차로 이동했습니다. 그게 다예요.」

「그러면 감독님은 어디에서 오시는 길이었습니까?」

「저는 낮 내내 여기 촬영 현장에 있었죠. 파이널 신을 촬영할 장소를 물색하고 있었거든요. 숙소에서 아침 겸 점심을 먹고 나서 바로 이곳으로 나와 있었습니다.」

「다른 사람과 함께 계셨나요?」

「글쎄요, 조감독은 조감독대로 자신이 맡은 장면을 찍을 장소를 물색하느라 몇 번 마주친 것 같지만, 함께했다고는 말하기 힘들겠군요. 제 알리바이 때문에 그러시는 거라면 어떻게 확인받을 수 있을까요? 좀 곤란하지 싶은데요.」

「그전에 한국은 한 번도 방문해 본 적 없으세요? 친부모님을 만난다거나 하는 이유로요?」

「전혀요. 전 별로 친부모님을 만나고 싶은 생각 없어요. 부모님의 자리가 비어 있다고 생각한 적이 없어서 그런가 봐요. 어릴 적 기억도 거의 없다시피 하거든요. 부모님 말씀으로는 많이 아픈 상태로 입양되었다고 그러더라고요. 그래서 그런가 봐요. 그리고 사실 한국이 어디에 있는지도 몰랐어요. 궁금하지도 않았고요. 좀 이상한가요?」

「아, 아닙니다. 잘 알겠습니다. 그러면 이번 영화와 허균 씨와의 인연을 말씀해 주시겠어요?」

「네. 작년에 제가 졸업한 대학 사무실에서 연락을 하나 받았어요. 한국에서 영화를 찍을 수 있는 기회가 있다는 거였어요. 한국 입양아 출신 감독을 찾는다고 했습니다. 제작비도 넉넉하고 한국도 다녀갈 수 있어서 정말 좋은 기회라고 생각했어요. 나운규 감독의 〈아리랑〉에 대해 자료를 조사해서 포맷에 맞춰 기획서를 제출했죠. 몇 주후에 통과됐다는 소식을 듣고는 바로 한국으로 온 거였습니다. 공동 후원으로 되어 있는 남양주시에 와서 교산 선생님을 처음 만났어요. 담당자 얘기로는 여러 가지 장소 협찬 등의 행정적인 지원은 시에서 하지만, 자금을 지원하는 건 교산 선생님이라고 했습니다. 그때 함께 동석한 변호사와 정식 계약서를 작성했습니다. 벌써 여기 온 지가 일 년이 다 되어 갑니다. 이번 영화를 들고 가서 학교 연구원으로 들어갈 생각입니다. 학교와는 꾸준히 이메일로 정보를 주고받고 있고요.」

「지금 숙소는 어디예요? 클럽에 있고 싶다고 했다던데요?」

「네, 처음엔 클럽 객실을 쓸 수 있는 줄 알았어요. 빈방이 있다고 들었거든요. 그런데 안 된다고 하시더라고요. 그래서 지금 공릉동

게스트하우스에 있습니다. 거기도 싸고 편하더라고요. 시간 나면 서울 여기저기도 구경할 수 있고요. 조감독도 거기에서 우연히 만났어요. 러시아어를 아주 잘해서 일거리 없을 때는 여행 가이드를 한다고 하더라고요. 그래서 바로 고용했습니다. 계약 조건엔 클럽 회원들을 최대한 고용하라고 되어 있지만 조감독이나 촬영감독과 음향감독 정도는 전문 스태프를 써야 하는 게 당연한 거 아니겠어요?」

「그렇군요. 마지막 장면까지 다 찍으시면……」

서 형사의 말이 채 끝나기 전에 나 감독의 무전기에서 잡음 섞인 목소리가 흘러나왔다.

『감독님, 준비시킬까요?』

나 감독이 서 형사의 대답을 기다렸다.

「하나만 더요. 이번 영화가 끝나면 바로 돌아가실 건가요?」

「모처럼 온 거니까 좀 더 있어야 하지 않겠어요? 영화 반응도 보고 또 다른 영화 기회가 올지도 모르니까요. 또 물어보실 거라도……」

「아, 됐습니다. 다음에 또 뵐게요. 오늘은 이만하죠. 마저 보고 가도 되죠?」

「물론입니다. 천천히 보시다가 가세요. 먼저 가 보겠습니다.」

『네, 준비시키세요. 카메라감독이랑 조감독 자리 잡으면 바로 연락 주세요.』

나운규 감독은 여유 있는 걸음으로 다시 현장에 복귀했다. 갑자기 머쓱해진 서 형사는 시나리오를 훑어보았다. 시나리오 중간엔 새로 출력한 종이가 한두 장 끼어들어 있었다. 원본과 대조해 보니 허균을 대신해 천가(千哥) 역엔 안두희가 등장인물로 수정되어 있었고, 지난 촬영의 보완 사항이 덧붙여져 있었다.

🎬 102 강제 철거(평내동 산53-1. 재개발구역 센터 4)

천가(千哥)는 조폭을 앞세워 철거를 강행하려 한다. 조폭들은 시와 업무 체결한 용역 업체의 유니폼을 입고 있다. 이번엔 성공을 확신한다. 고위직 경찰인 기호가 직접 작전을 지휘할 것이고, 무엇보다도 기호가 데려온 영진이 있기 때문이다. 영진은 지난번 철거 계획을 무산시킨 영희의 친오빠이며 현구의 친구이다. 영진은 정신착란에 빠진 미치광이이기 때문에 누구의 말이든 믿고 따른다. 기호는 영진에게 귓속말로 속삭인다. "나쁜 사람들이 우리 것을 빼앗으려고 해. 막아야 하지 않겠어? 도와줄 거지?" 영진은 기호가 준 철거반 완장과 빈 권총을 휘두르며 동생과 주민들을 향해 욕설을 내뱉는다. "이 새끼들아! 돌아가라! 돌아가!" 영희와 현구는 난감한 상황에 직면한다. 이 틈을 타 조폭 철거반은 주민들에게 무자비한 몽둥이를 휘두른다. 한바탕 폭풍우가 휘몰아친 폐허에서 영진 혼자 계속 욕설을 내뱉고 있다.

> 등장인물

김영진(나운규): 주인공. 민주화 투쟁 때의 머리 부상으로 정신착란에 빠짐.
• 철거반원들과 같은 조끼에 노란색 완장. 말쑥한 헤어와 복장에 신경 쓸 것.

- 오기호의 권총 홀스터(멜빵)를 착용하고 빈 권총을 빼어 들어 주민들을 위협함.
- 천가가 그 광경을 보고 괜찮겠냐는 표정으로 오기호에게 묻고, 오기호 고개를 끄덕여 괜찮다고 안심시킨다.
- 이 장면을 통해 영진이 미쳤음을 표현하고, 관객들에겐 안타까움으로 전달되도록 함.

오기호(전봉준): 부패 경찰. 천가(千哥)의 양아들. 공권력을 상징하는 극악의 인물. 영진의 동생 영희를 짝사랑. 짝사랑의 실연이 그를 더욱 비열한 사람으로 만듦.
- 작은 키를 커버하고 비열한 성격을 강조할 수 있도록 긴 가죽 장화와 모자를 착용.
- 영진에게 빈 권총을 건네며 비열하면서도 기만하는 표정 연기.
- 의붓아버지 천가를 제외한 다른 모든 사람에게 위압적인 자세.

김영희(나혜석): 김영진의 여동생. 공장 일로 오빠를 대학에 보내고 가족을 부양한 강인한 여성상. 강제 철거에 저항하는 주민들의 대표. 오빠 친구인 현구와 사랑에 빠짐.
- 가난하지만 지적인 분위기가 풍기는 의상. 지난 촬영 의상(흰 블라우스) 변경 요망.
- 구타당하는 장면과 영진이 실성한 장면을 느린 화면으로 오

버랩할 예정이므로 염두에 두고 연기할 것.

- 영희는 머리에 붉은 띠를 두르지 않고 팔에 두르는 것이 좋겠음.

윤현구(장영실): 김영진의 대학 친구. 부잣집 아들이며 김영희를 사랑함. 진로와 사랑 사이에서 갈등. 정의와 사랑 vs 불의와 성공. 나약하고 객관적인 시선을 상징.

- 차량 섭외(스포티한 외제차).

천가(안두희): 악덕 지주. 건설회사 회장. 상인회 후원회장. 시민 방범대 회장. 의상과 분장에 신경 쓸 것.

- 굳이 어색한 표정 연기를 할 필요 없이 시선 처리만으로도 충분할 것 같음. 비열한 웃음보다는 무표정, 무신경이 나을 것 같음. 전화 통화 내용으로 성격 묘사.
- 차량 섭외(중형 외제차).

강제 철거반(정중부, 이의민, 최충헌, 남일고등학교 레슬링부): 조폭들.

- 프로페셔널. 조폭. 무자비함.
- 학생들 소년티가 나지 않도록 분장에 신경 쓸 것. 간단한 표정 연기와 액션에 대해 철저히 교육할 것.
- 클럽 회원들은 철거반 중에서도 정예 주먹들이라는 인상을 심어 줄 수 있도록 할 것.

달동네 주민들(전문 단역배우들): 철거에 반대하는 주민들.

- 폭행당하는 주민 연기 유경험자를 앞에 세우고, 다른 배우들에게 지도해 줄 것을 요청.
- 폭력에 맞서면서도 영희의 알 수 없는 소극적 자세를 비난함.
- 조감독이 의상과 분장을 반드시 확인할 것(지난번 카메라감독이 모니터링 시 주민이 찬 명품 시계 지적함).

간단한 시나리오와 메모만 봐도 가슴이 답답해져 왔다. 그리고 이전 촬영에서 지적된 실수와 오류를 수정하려는 노력도 엿볼 수 있었다. 조감독은 2층 양옥 옥상으로 여러 스태프들과 이동 중이었다. 서 형사가 스태프 무리에 합류하려고 하는데 문자메시지가 한 통 도착했다.

최충헌 씨 촬영 중간에 빠진답니다.
밀착 감시해 보세요. 여긴 제가 있겠습니다.

문수에게서 온 것이었다. 아마도 범행을 저지를 만큼 폭력적인 사람이라고 판단한 모양이었다. 서 형사 역시 같은 분쟁을 놓고도 대화로 해결할 사람과 폭력으로 해결하려는 사람은 엄연히 다르다고 생각해 왔었다. 게다가 무신정권의 페르소나들은 클럽 내에서도 또 다른 조직이 아닐까 생각했다. 그래서 최충헌이나 정중부, 이의민이 클럽 밖에서 자신들의 사적인 관계를 어떻게 영위하는지가 궁금하기도 했다. 하지만 바로 가고 싶지 않았다. 명색이 경찰대학을 졸업한 강력계 형사로, 형사 경험으로 도배를 해도 모자라지 않을 판에 겨우 이십 대 사진사의 추리대로 움직이는 느낌을 지울 수 없었기 때문이다. 가야 하는 이유가 타당한 만큼 더 가기 싫었다. 촬영 현장을 둘러보았다. 더 이상 수사에 도움이 될 만한 것도 떠오르지 않았다.

'젠장, 맥 빠지네!'

차를 세워 놓은 언덕 아래에 다 내려왔을 때쯤, 사람들의 '와!' 하는 함성과 폭죽 소리가 동시에 등 뒤에서 들려왔다.

*

최충헌이 차를 타고 출발하는 것을 확인한 후 천천히 그 뒤를 밟았다. 충헌은 직장으로 곧장 향하는 것 같았다. 서 형사는 몇 분의 차이를 두고 〈영광공업사〉를 그대로 지나치면서 충헌의 차가 앞에 주차되어 있는 걸 확인했다. 적당한 거리에서 유턴한 후에 멀찍이 떨어진 반대편 편의점 앞에 차를 댔다.

충헌은 삼십 대 후반의 공업사 기술자였다. 도착한 지 불과 십 분여 안팎일 텐데 벌써 작업복으로 갈아입고 철재를 잘라 내고 있었다. 작업복을 입지 않은 노인이 충헌 앞에 서서 뭐라고 얘기를 하고 있었지만, 충헌은 아무런 대꾸도 없이 일에 몰두할 뿐이었다. 오히려 원형 톱날에서 생긴 불꽃이 대답을 대신하는 것 같았다. 그런 반응이 익숙한지 노인은 그렇게 혼자 떠들다가는 안으로 들어갔다. 그렇게 충헌은 한동안 철재 자르는 일에만 몰두했고, 그때마다 붉은 불꽃이 분수처럼 뿜어져 나왔다. 마스크 손잡이를 쪼그리고 앉은 무룰에 끼우고는 두 손으로 능숙하게 쇳조각을 다뤘다. 그동안 안쪽에 있던 다른 기술자들이 나와 담배를 피우거나 음료수를 마시면서 수다를 떨었지만 말을 섞지는 않았다. 다른 기술자들은 충헌의 작업을 흘깃흘깃 훔쳐보는 폼이 그의 기술에 탄복하는 것 같았다. 충헌이 상당한 기술을 가지고 있는 것은 아닐까 싶었다. 다른 기술자들과는 달리 딱 한 번 허리를 펴고는 담배를 꺼내 물었다. 그러고는 다시 청사진으로 된 도면을 뚫어져라 바라봤다. 이때에도 노인이 나와 뭐라고 말을 했지만 충헌은 단 한마디의 대꾸도 하지 않았다. 노인은 다시 들어갔다. 이번엔 용접기를 꺼내 들었다. 파란 용접 불꽃이 춤을 출 때마다 쇳조각들은 조금씩 형태를 드러냈다. 어떤 용도인지는 마지막에 페인트를 칠할 때까지도 알 수 없었지만, 처음부터 마지막 뒷정리까지 혼자서 해낸 것이었다. 호이스트를 이용해 물건을 트럭에 싣고는 아무 말도 없이 훌쩍 떠난 뒤를 노인이 무표정으로 바라보았다.

클럽 회원들의 알리바이를 조사하던 홍 형사도 〈영광공업사〉를 찾았다. 가게 앞으로 나온 노인에게 정황을 설명하고는 필요한 대답을 듣는 것 같았다. 다른 기술자들을 불러 대답을 듣기도 하고, 선반 위에 있던 수첩을 뒤져 이런저런 내용들을 확인하기도 했다. 몇 번의 확인이 있은 후에 홍 형사는 인사를 꾸벅하고는 길 저만치에 있는 서 형사의 차에 올라탔다.

「수고했어. 뭣 좀 건진 거 있었어?」

홍 형사의 표정이 그리 밝지 않았다.

「방금 알아본 최충헌 씨까지 해서 대부분 당일 행적에 대해 조사하긴 했는데……」

「했는데?」

「대부분 조사했긴 했는데…… 뭐랄까요……」

「차근히 얘기해 봐. 어땠는데 그래?」

「알리바이가 확인된 것 같기도 하고 아닌 것 같기도 하고 좀 애매한데요.」

「무슨 소리야?」

「방금 전에 들어갔다 나온 최충헌 씨의 직장도 그래요. 사장님께 최충헌 씨 일요일에 나와서 일했느냐고 물으니까 아마도 그랬을 거라고만 해요. 일요일에 굉장히 바빠서 모든 직원들이 나왔으니까 분명 최충헌 씨도 나왔을 거라고만 그래요. 그래서 기억나는 거 없냐고 물었거든요. 점심을 함께 먹었다든지 어디 배달을 나갔다든지 뭐 그런 거요. 그런데 다른 직원들도 보긴 한 것 같은데 몇 시에 나와서 몇 시에 들어간지는 아무도 모른다는 거예요. 자초지종을 다시 얘기하고 좀 더 자세한 걸 생각해 봐 달라고 했더니 사장님이 수첩을 확인하면서 작업한 양으로 일한 시간을 가늠하는 거예요. '아마도 그 친구 속도로도 대여섯 시간은 일했겠군.' 하더라고요. 언제부터 언제까지가 아니고요. 오늘 조사한 사람들 모두가 다 이런 식이었어요. 심지어 덕진공고 관리실에 근무하는 정중부 씨는 이름을 아는 사람들도 별로 없더라고요. '정가 이름이 중부였어?' 하질 않나. 집에서는 그날 학교 출근했다고 했거든요. 결국 가족이나 직장 동료들이 알리바이를 확실하게 증명해 줄 수 있는 사람은 거의 없었어요. 사람을 기억하는 것이 아니라 그 사람이 남겼을 흔적을 뒤적이고 있으니 말예요. 함께 있었는지 없었는지를 시원하게 대답하지 못하는 거예요. 무슨 유령들도 아니고 말이죠. 어떡하죠?」

이미 방금 전에 본 것에 대한 부연 설명일 뿐이었다. 클럽 내에서는 인정받는 페르소나가 있었지만 울타리를 벗어나면 그냥 배경에 묻히고 마는 사람들이었다.

「일단 차량을 소유한 사람들을 추리고 당일 도로변 CCTV를 하나씩 확인해 가면서 알리바이를 추론하자고. 최충헌 씨의 경우 집에서 나갔다고 한 시간의 CCTV를 살피고, 직장에서 일을 마치고 나갔을 시간의 CCTV를 확인해서 일치하면 알리바이를 확인한 걸로 하는 거지. 오전 10시 반 정도까지는 피해자 허균 씨가 살아 있었다고 가정할 수 있으니까, 그 시간부터 오후 1시 30분까지 CCTV에서 확인되는 사람들은 일단 제외하도록 하자고.」

「그 방법이 더 낫겠습니다. 속 시원하게. 아주 답답해 혼났어요. 다들 물어보면 되묻기나 하고, 같은 직장 사람들인데도 기억을 더듬어서 얘기하기나 하고 말이죠. 어떤 사람은 한참을 설명해 줘야 했다니까요. 이름 들으면 한 번에 기억날 거라고 당연히 생각했었는데 말이죠.」

「홍 형사, 오늘 수고 좀 더 해 줘야겠어. 은근히 피곤한 작업이 될 거야. 난 도와주기 힘들 거 같아. 바텐더를 집 앞에서 한 번 더 만날 생각이거든.」

그때 서 형사 앞에 낯익은 얼굴이 지나갔다. 청년 김구였다.

「홍 형사, 먼저 들어가서 수고 좀 해 줘. 나는 저 친구랑 얘기 좀 해 봐야겠어.」

서 형사는 차에서 내려 길 반대편에서 거리를 두고 김구를 따라 갔다. 김구는 위아래가 하나로 붙은 작업복을 입고 길을 걷고 있었다. 김구가 향하는 곳엔 자동차 정비소가 여러 개 모여 있었다. 서 형사가 길을 건너려는 순간 김구는 갑자기 골목 입구에서 걸음을 우뚝 멈추어 섰다. 그 골목 안쪽에서 작은 시비가 벌어지고 있는 것을 알아챈 것이다. 교복을 입은 몇몇이 한 아이를 둘러싸 담벼락에 몰아세우고 있었다. 서 형사는 잠시 지켜보기로 했다. 김구는 모퉁이에 숨어 잠시 망설이고 있는 것 같았다. 김구는 길가를 더듬어 뒹굴고 있는 돌멩이를 집어 들었다. 서 형사는 사고가 나기 전에 자신이 나서야겠다고 생각했지만 예상과 달리 김구는 벽을 향해 고개만 숙이고 있을 뿐 미동도 하지 않았다. 서 형사가 작은 시비 속으로 뛰어들었다.

　「이놈 시키들! 어디서 작은 아이를 괴롭히고 있어!」

　아줌마의 헐렁한 호령에도 앳된 아이들은 순식간에 혼비백산 흩어졌다. 가슴팍을 내어 주던 녀석까지도 무리에 섞여 사라지고 말았다.

　「또 한 번 내 눈에 띄어 봐!」

　서 형사는 사라진 아이들 꽁무니에 대고 엄포를 놓았다. 손을 비비며 모퉁이를 돌아서자 김구는 여전히 그 자리에 굳어 있었다. 돌멩이를 움켜쥔 주먹으로 벽을 쳐 댔는지 살갗이 벗겨져 피가 흐르고 있었다. 서 형사는 천천히 다가가서 쥐고 있던 돌멩이를 빼냈다.

　「자책하지 말아요. 대개는 폭력보다 욕 몇 마디가 더 요긴할 때가 있어요. 쟤네들 아줌마 보고도 도망가잖아요. 정 달려들려고 하면

싸우지 말고 도망가는 게 더 현명한 거고요. 난 오히려 그게 더 용기 있는 행동이라고 생각해요. 알겠죠?」

청년 김구는 숙인 고개로 겨우 알아볼 수 있을 만큼만 끄덕이고 있었다.

*

바텐더는 재래시장으로 들어가는 길목 2층 상가 건물에 살고 있었다. 월드컵을 즈음해서 약간의 대출을 끼고 매입한 것이라는 얘길 문수에게 전해 들었다. 바텐더의 표현으로는 죽을 때까지 살 집이라고 한다. 아마도 젊은 시절에 쌓았던 부를 하루아침에 날려 버린 후 우여곡절 끝에 마련한 것이라 제 몸 누일 수 있는 작은 보금자리지만 절실하게 다가왔으리. 2층엔 자신들 노부부와 큰아들 내외가 함께 살고, 옥탑엔 손주들 독립된 방 한 칸 만들어 놨다고 자랑했다는 걸 봐도 그렇다. 그리고 1층 건어물 가게와는 사이가 좋아서 가끔 월세 대신 말린 오징어와 멸치를 받고 있다고도 덧붙였다. 건어물 가게에서 사용하는 것으로 보이는 좁은 평상에 바텐더가 미리 나와 있었다.

「아, 죄송해요. 퇴근하셨는데도 귀찮게 해 드리네요.」

「아닙니다. 형사님들이 이렇게 애쓰시는데 제가 뭘요.」

바텐더가 자리에서 일어나 서 형사를 맞이하는데 2층에서 얼굴이 하나, 옥상에서 얼굴이 둘 튀어나왔다. 여형사를 구경하려는 건지, 제 시아버지 혹은 할아버지가 누굴 만나는지 궁금해서 내다보는 건지는 알 수 없었다. 하지만 눈이 마주치자 먼저 가볍게 목례로 인사를 했고, 옥상에서는 다짜고짜 손을 흔들어 주었다.

「오늘 좀 일찍 퇴근하신다고 해서 댁으로 찾아뵙겠다고 했습니다. 그리고 클럽 바깥에서 말씀 나누는 게 더 나을 것 같아서…….」

「아, 네…….」

바텐더는 긴장하고 있었다.

「돌려 말씀드리지 않을게요. 혹시 클럽하우스 상속에 대해 들으신 바가 있으신가요?」

「상속이요? 글쎄요…….」

「혹시 허균 씨 돌아가시면 클럽하우스를 비롯해 근처 폐가나 땅을 모두 정정화 씨께 상속한다는 얘기 들어 보신 적 없으세요?」

「네?」

바텐더는 상당히 놀란 기색이었다.

「역시 처음 듣는 얘기신가요?」

「혹시 무슨 소문 같은 걸 말씀하시는 건가요?」

「소문이요?」

「네. 올 초에 그런 말도 안 되는 얘기를 들은 적은 있습니다만…….」

「누구에게서요?」

「제 재종손이 시청 앞 법률사무소에 근무한답니다. 어느 날 그 녀석이 저한테 조용히 와서 그러더군요. 교산 선생님 돌아가시면 클럽을 물려받을지도 모르니 건강하게 오래 사시라고요. 그래서 제가 녀석의 대갈통을 한 대 갈겨 줬었죠. 어디 그딴 소리가 다 있냐고요.」

「그런데 만약 그 얘기가 사실이라면요? 이유는 뭘까요? 죄송합니다만, 사실 좀처럼 이해가 되지 않는 얘기이거든요. 안두희 씨도 전혀 상의가 안 된 내용이라고 하시더군요. 하지만 저희가 조사한 바로는 방금 말씀드린, 전해 들었던 내용이 사실인 것 같거든요. 선생님도 지인을 통해서 전해 들으셨다면 다른 누군가도 이 내용을 조금은 알고 있지 않을까 싶은데요? 그렇다면 그 사람은 선생님을 용의자로 생각하고 있지 않을까요? 지금까지 저희들이 알아본 바로는 가장 범행 동기처럼 보이는 것이기도 하고요. 혹시 저희들에게 말씀하지 않은 것 중에 허균 씨에 관해서나 다른 주변 사람들에 관해서 특이하거나 이상한 점은 없었나요? 뭐라도 좋습니다.」

이야기를 듣고 있는 바텐더는 심하게 떨고 있었다. 그 떨림은 본인도 물론 알고 있으리라고 생각될 정도였다.

「전 정말 교산 선생님을 죽이지 않았습니다. 뭐라고 설명드려야 할지 모르겠습니다.」

「뭐라도 좋으니 조금이라도 이상한 점이 있으면 환기해 보세요. 평소 평판이 좋으셨던 분이니까 갑자기 쌀쌀맞아졌다든지 아님 누군가를 만나러 나가셨다거나……」

바텐더는 두 손을 마주 잡고 간절하게 비비고 있었다.

「사실…… 아주 조금 이상한 점이……」

서 형사는 바텐더를 처음 만났을 때를 떠올렸다. 현장을 나서는 뒷모습에서 희미한 찌꺼기가 녹지 않고 가라앉아 있다는 느낌을 받았다. 그 의혹이 강한 자극으로 다시 결정을 이루는 듯했다.

「말씀해 보세요. 뭐라도 좋습니다. 저희가 판단할 거니까요.」

「사실, 방해받지 않았으면 좋겠다고 하신 것이 이번이 처음은 아니었습니다. 그 전에도 몇 번 있었습니다. 다만 그땐 평일이라서 회원들에게 따로 말할 필요가 없었을 뿐이었죠. 보통 선생님을 찾아뵈려면 저한테 먼저 인터폰을 넣어 달라고 하거든요. 선생님은 그 흔한 휴대폰도 없으셨답니다. 그런데 한두 달 전부터 가끔 그런 부탁을 하셨어요. 그래서 이번에도 그런 부탁으로 알고 있었던 거죠.」

「별로 이상한 부탁이 아니잖아요. 방해받지 않고 낮잠을 자려고 했을 수도 있잖아요. 혹시 다른 이유가 있었으리라 생각하시는 건가요?」

「정확히는 잘 모릅니다만 이상한 느낌을 받긴 했었습니다.」

「어떤?」

「3주 전이었어요. 일부러 보려고 했던 건 아니고요. 3층 창고에서 볼일을 보고 나오려는데 회원 한 분이 선생님 방으로 들어가는 걸 봤습니다.」

「왜 말리지 않으셨나요?」

「그게, 너무 뜻밖의 분이라서 저도 잠시 어쩔 줄 몰라서 그랬던 것 같습니다.」

「누구였나요?」

「양귀비 씨였어요.」

「혼자였나요? 바로 쫓겨 나오진 않으시고요?」

「……네. 저녁 10시가 다 되어서 나오는 걸 봤습니다. 그때에도 하루 종일 음악을 틀어 놓으셨던 것 같습니다. 그래서 이번에도 양귀비 씨와 약속이 되어 있었던 건 아닐까 생각을 했던 거죠. 물론 저 혼자의 생각일 뿐입니다.」

「어제오늘 양귀비 씨 보셨나요?」

「……일요일에 뵌 이후로 클럽에 나오지 않으셨어요.」

서 형사의 눈앞에 환영(幻影)이 펼쳐진다. 닫혀 있던 302호의 문이 천천히 열린다. 가구의 삐걱거림이 심하게 거슬린다. 갑자기 습한 내음이 달콤한 향기에 섞여 코를 찌른다. 침대에 누워 쾌락에 몸을 비트는 노구는 다름 아닌 허균. 눈은 감고 있지만 그는 분명 살아 있다. 상위를 점유한 벌거벗은 여인의 등짝은 팽팽한 활처럼 당겨져 있다. 퀘스천 마크. 소용돌이. 바람 부는 보리밭. 그 소리. 잘록이 쥔 미끈한 파스타 다발. 화살은 쏘아질 듯 쏘아질 듯 위태롭게 미뤄지고 있다. 땀에 전 가터벨트와 검은 스타킹은 허균의 몸에 붉은 반점을 찍어 낸다. 달콤한 시럽 같은 체액이 허균의 몸 위로, 붉은 반점 위로 흘러나온다. 춤사위가 격해질수록 허균의 몸도 따라 반응한다. 바람의 방향이 바뀐다. 소리로 알 수 있다. 갑자기 허균의 눈이 번쩍 떠진다. 이번 경련은 좀 전의 것과는 다른 것이다. 고통의 몸부림. 나체는 두 손으로 허균의 목을 쥔다. 춤은 더 빨라진다. 노구도 따라 뒤틀린다. 더, 더, 점점 더. 다시 한 번 바람의 방향이 바뀐다. 소리로 알 수 있다. 여인이 뒤를 돌아본다. 그녀의 눈과 입은 끝없는 어둠처럼 깊고 검다.

서 형사는 짧고 습한 한숨을 토해 냈다.

「왜 이 사실을 지금 말씀하시나요? 사건을 해결하는 데 큰 단서가 될 수도 있는데 말이죠.」

「만나 보시면 아시겠지만, 양귀비 씨는 체구가 작은 아가씹니다.

선생님을 어떻게 했을 거라고는 상상조차 하지 못하는 거예요. 그리고 저는 교산 선생님께 여자 회원들과의 어떤 불미스러운 구설수라도 생긴다면 누가 되지나 않을까 싶어서……」

「네. 그럴 수 있죠. 하여간 잘 알겠습니다.」

「혹시 제가 얘기한 걸 모르게……」

「약속드릴 수는 없습니다. 하지만 가능하다면 그렇게 하도록 해보겠습니다. 그런데 왜 허균 씨가 선생님께 클럽을 상속했다고 생각하십니까? 더군다나 클럽 회원도 아닌데 말이죠.」

바텐더는 마치 자신이 불충한 상상을 하고 있다고 생각한 것처럼 미간을 찌푸렸다.

「전혀 모르겠습니다. 언젠가 당신이 죽으면 클럽에 계속 나올 건지는 물으셨던 적이 있었습니다.」

「그래서 뭐라 하셨나요?」

「당연히 농담인 줄 알았죠. 그래서 농담으로 받았어요. 삭신이 쑤시는 게 제가 먼저 갈 것 같다고 말예요. 그리고 전 그 질문을 다시 염직공장을 하고 싶냐고 물으신 걸로 생각했어요. 워낙 크게 망해서요. 전 정말 선생님 아니었으면 가족들이랑 함께 거리로 나앉았을 겁니다. 그렇게 고마우신 분인데……」

바텐더는 울음을 참을 수 없었던 모양이었다. 노구의 어깨가 들썩거리는 것을 그대로 볼 수가 없었다. 2층 창문에 아들처럼 보이는 사람과 며느리처럼 보이는 사람이 그 광경을 내려다보고 있었다. 옥상의 아이들도 턱을 괴고 조심스레 바라보고 있었다. 건어물 가게 옆 계단에서 할머니 한 분이 쟁반에 요구르트를 받쳐 들고 내려왔다. 요구르트는 서 형사에게 내밀고 남편에겐 자신의 속바지 춤에서 흰 명주 손수건을 꺼내 건넸다. 서 형사는 휴대전화의 녹음 버튼을 누르려다 뭔가에 머리를 맞은 듯 놀라고 말았다.

'이러고 있을 때가 아니잖아!'

「어쨌든 허균 씨 죽음은 안타깝게 되었습니다. 제가 괜한 말을 꺼내서…… 내일 클럽 나오시죠? 그럼 내일 뵙겠습니다. 쉬세요.」

한 번에 요구르트를 쭉 빨아 마시고는 자리에서 일어섰다. 등짝으로 떨어지는 아이들 인사에 손을 흔들어 답하는 동시에 시장통을 빠져나왔다.

*

서 형사는 차를 느슨한 길 한쪽에 아무렇게나 세우고는 사정없이 달렸다. 그 탓에 신발이 한 번 공중으로 날아오르기도 했지만 잽싸게 낚아챘다. 벗겨진 신발 한 짝을 손에 쥐고는 그대로 건물로 들어갔다.

초저녁 마트엔 아주머니들이 긴 줄을 서고 있었다. 서 형사는 그 긴 줄의 꼬리를 잡아 섰다.

「제가 늦진 않았죠?」

「하하, 좀 늦어도 괜찮아요. 설마 좀 늦었다고 쿠폰 모아 오신 분을 내쫓기야 하겠습니까? 게다가 오늘이 마지막 날인데요.」

「호호, 저도 오늘이 마지막이라서 부랴부랴 달려온 거예요. 이것 보세요. 글쎄 이렇게 왔다니까요?」

서 형사는 손에 들고 있는 스니커즈 한 짝을 호기 좋게 보여 줬다. 옆에 있던 아주머니들이 고개를 끄덕이며 깔깔깔 웃었다. 다들 기분이 좋아 보였다. 카운터 뒤로 아주머니들을 설레게 할 만한 꽤나 충동적인 문구의 현수막이 걸려 있었다.

쿠폰 30장을 모아 오세요! ○○○ 명품 손지갑을 드립니다!

오늘이 이벤트의 마지막 날이며 마감 시간을 15분 넘기고 있었다.
「자, 이제 경품을 드릴 시간입니다!」
줄을 서고 있던 아주머니들이 환호성을 터트렸다. 장을 보러 왔던 다른 아주머니들의 표정은 부러움과 '정말?' 하는 호기심으로 가득 차 있었다.
종업원에게 쿠폰 30장만 보여 주면 바로 경품을 받을 수 있었다. 서 형사는 조심스레 토트백에서 수첩을 확인했다. 다행히 양장의 가죽 커버 수첩이 손에 잡혔다. 손으로 표지를 쓰윽 문지르니 볼록한 부분이 느껴졌다. 자신 있게 쿠폰을 내밀었다. 청년은 씩씩한 목소리로 「감사합니다!」를 외치면서 잘 포장된 명품 손지갑을 내밀었다. 서 형사는 구름 위를 걷고 있는 것 같았다. 고가의 명품 백은 아니지만 평소 제 돈 주고 사기 어려운 브랜드의 손지갑이었다. 알뜰한 살림(당장 필요 없는 것도 몇 개 사긴 했지만)으로 장만한 것 같아서 으쓱한 기분까지 들었다. 당장 남편과 아이들에게 날아가 자랑하고 싶었다.
「아줌마, 저기요, 한 장이 비는데요?」

그레고리안 성가에 헤비메탈 샤우팅 같은 불협화음이 끼어들었다.

「그럴 리가요?」

「제가 세어 보니까 한 장이 비는데요. 다시 한 번 확인해 보시죠.」

청년이 눈앞에서 보란 듯이 세어 준 쿠폰은 모두 29장이었다. 두 번을 세어도, 세 번을 세어도 30장에서 한 장이 모자랐다. 수첩의 날개는 물론이고 모든 페이지를 일일이 들여다보아도 쿠폰은 보이지 않았다. 아무리 물어도 지금 사는 물건은 쿠폰을 줄 수 없다는 대답만 돌아왔다. 옆에 서 있던 아주머니들도 입을 삐죽 내밀면서 쫑알쫑알 빈정대는 얘기들을 늘어놨다.

「29장은 분명 30장이 아닌 거지.」

「누군 그럴 줄 몰라서 매일 마트 온 건가?」

「알면서 생떼 쓰는 거 아냐?」

서 형사는 아득해져 가는 정신을 가다듬었다. 분명 토트백 어딘가에 쿠폰이 한 장 떨어져 있는 것이 틀림없었다. 젊은 청년이 쿠폰을 세던 판매대를 차지했다. 청년은 서 형사의 기세에 눌려 자기도 모르게 판매대를 빼앗기고 만 것이다. 다른 판매원들이나 직접 경품을 건네주던 마트 사장, 빈정대던 아줌마들 모두 서 형사의 토트백을 주시했다. 이제 부끄러운 것은 아무것도 아니었다. 쿠폰을 찾지 못하면 우스운 등짝을 저 여우 같은 여편네들에게 보여 줘야 할 것이 분명했다. 토트백에서 양장의 수첩과 휴대전화를 꺼냈다. 물론 꺼낼 때마다 수첩이나 휴대전화의 이곳저곳을 면면이 확인했다. 입으로 바람을 불어 혹시 습기에 들러붙었을지도 모를 상황을 체크했다. 속이 훤히 들여다보이는 파우치를 꺼냈다. 일회용 칫솔과 치약, BB크림과 진홍색 립스틱이 정갈하게 들어 있었다. 눈으로만 확인해도 바로 알 수 있는 것이었다. 다음엔 수갑이 나왔다. 수갑은 한 번에 보기에도 아무것도 숨길 수 없는 구조였으니, 서 형사에겐 아무런 관심도 끌 수 없는 것이었다. 수갑이 스테인리스 판매대에 떨어지면서 '철컹' 하는 소리를 냈다. 마트 사장과 아줌마들은 서로 번갈아 가며 얼굴을 쳐다볼 뿐이었다. 이번엔 권총이 나왔다. 서 형사는 지푸라기라도 잡아 보겠다는 심정으로 리볼버의 약실을 열어 보고는 실린더를 한번 휙 돌려 보았다. 실망스럽게도 역시나 빈 채였다. 권총도 역시 판매대에 떨어지면서 '철컹' 소리를 냈다. 아주머니 한둘이 제 손으로 입을 막아 눌렀다. 여섯 발 총알이 한 번에 박혀 있는 클립 두 개와 작은 시집 한 권 그리고 여분의 생리대까지 모두 꺼냈지만 쿠폰은 어디에도 보이질 않았다. 끝으로 토트백을 뒤집어 먼지를 '후' 하고 불었지만 모두 허사였다. 부끄러움은 갑자기 몰려들었다. 등 뒤로 수다스러운 여편네들의 조롱을 받아야만 할 생각에 화가 머리끝까지 치밀어 오르는 것 같았다. 그 기분이 표정에 반영되었을까? 아주머니 한 분이 위로의 말을 건넸다.

「거짓말할 사람처럼 보이진 않는데…….」

「그래요, 29장이면 거의 다 모은 거지. 그치?」

「설마 29장 모아 놓고 한 장 더 모으지 않았을까…….」

「사사오입이란 말도 있잖아요.」

어느새 마트 사장이 고급 포장지가 둘러진 손지갑을 내밀었다.

「사장님, 아니에요. 저 집에 떨어뜨리고 온 거 같아요. 찾아오면 안 될까요? 제 말 믿어 주세요. 정말이에요. 제가 이거 보고 딱 권총 지갑 하면 좋겠다고 생각했거든요. 정말이에요. 믿어 주세요.」

　괜한 얘기를 한 것 같다는 생각이 영 가시질 않았다. 싫다는데도 떠넘기다시피 한 손지갑을 받아 들고서야 겨우 마트를 나설 수 있었다.

Club PERSONA

사건 발생 닷새째

6월 30일(木)

「여보, 알람 켜 놨어요? 좀 꺼요.」

기술 선생님은 대꾸 없이 부스스 일어났다가 스르륵 침대 속으로 다시 빨려 들어갔다. 그러나 거슬리는 소리는 사그라지지 않았다.

「알람 끈 거 아녔어요?」

「알람 소리 아니던데.」

「그럼 뭔데……」

침대 옆 콘솔 서랍에서 진동이 느껴졌다. 낯선 전화번호가 표시되어 있었다.

'이 시간에?'

『누구세요?』

『저 박문수예요. 너무 이른 시간이죠? 죄송해요.』

『아니, 이 시간에 어쩐 일이에요. 무슨 급한 일 있으세요?』

『네, 어젯밤에 한숨도 못 잤습니다. 잠시 내려와 주실 수 있나요?』

『네? 어디로요?』

『저, 지금 댁 앞에 와 있어요.』

서 형사는 길게 묻지 않았다. 급한 대로 경찰대학 마크가 크게 박힌 운동복에 몸을 끼어 넣고는 아파트 현관 앞으로 달려갔다. 새로 온 경비 아저씨는 아직도 남편이 경찰인 걸로 알고 있다. 문수는 커다란 카메라를 가로질러 메고 있었다.

「무슨 급한 일이에요? 아직 다들 한밤중이지만 잠시 들어가시죠?」

「아니에요. 실례인 줄 알면서도 급히 말씀드려야 할 것 같아서 찾아왔습니다. 괜찮으시면 잠시 여기에서 말씀드릴게요.」

「네, 그러죠.」

「제가 도서관에서 말씀드린 얘기 기억하시죠? 범인이 아마도 교산 선생님을 죽이고 경고의 메시지를 남긴 것 같다고요. 그리고 어쩌면 안두희 선생님을 죽이겠다고 예고한 걸지도 모른다고 했었죠?」

「그랬었죠. 하지만 그건 어디까지나……」

「안두희 선생님의 입원이 일상적인, 그러니까 하필이면 교산 선생님 돌아가시기 전날에 우연히 일어난 것이 아니라면 그건 어떻게 생각하세요?」

「…….」

「말씀드렸던 이 사건에서의 여러 가지 기막힌 우연, 기억하시죠? 범인이 6월 26일 일요일 정오를 기다려 살해한 사람이 안두희 선생님이어야 하는데…… 죄송합니다. 제 말뜻은…… 어쨌든 마지막 단추 하나가 어긋나게 채워져 있는 모습이라는 거죠. 이상하지 않으세요?」

「그렇잖아도 병원엔 한번 가 보려고 했어요.」

「그래서 제가 어제 바텐더님께 여쭤 봤어요. 혹시 안두희 선생님 아드님 병원에서 요 근래 전화를 했거나 받은 게 없느냐고. 그런데 없었다지 뭡니까. 곧잘 아버지 건강에 대해 묻곤 했었다던데. 이상하지 않으세요? 자기 아버지를 병원으로 모시면서 전화 한 통 없이 불쑥 차를 보냈다는 게요.」

「안두희 씨에게 직접 했을 수도 있지 않을까요?」

문수는 나이답지 않게 혀를 끌끌 찼다.

「건강 어떠시냐고 하면 다들 괜찮다고 하시잖아요. 그래서 옆에서 지켜보는 바텐더님께 안부를 여쭤 보곤 했던 거고요. 앰뷸런스 헛걸음하게 하지 않으려면 적어도 바텐더님께는 전화를 했을 텐데요.」

「……」

「여태 그 의문부호가 가시지 않는 거예요. 그래서 홍창수 형사에게 전화를 걸어 클럽으로 좀 나와 달라고 부탁드렸죠.」

「급한 일이 있다고 그러면서?」

「네.」

문수는 낯을 붉히지도 미안해하지도 않았다. 오히려 눈에 잔뜩 힘을 주고는 머릿속에 뭔가 영상을 떠올리고 있는 것 같았다.

「바로 나오던가요?」

「네. 아직 퇴근 전이라고 하시면서…… 자초지종을 말씀드리고 병원으로 전화를 걸어 봐 달라고 했어요. 입원실을 운영하니까 분명 당직을 서는 간호사가 있을 것 같아서요.」

「걸었더니?」

「6월 25일 토요일, 클럽으로부터 원장님과 통화하고 싶다던 전화를 받은 사람 좀 바꿔 달라고 했어요. 넘겨짚은 거죠.」

「그랬더니?」

「마침 전화받았던 간호사가 자리에 없다고 그러더라고요. 전 깜짝 놀랐어요. 결국 누군가가 병원으로 전화를 했다는 거 아녜요. 그래서 통화라도 할 수 있게 해 달라고 그랬더니 조금 있다가 그 간호사한테서 전화가 온 거예요. 다시 물었죠. 클럽에서 걸려 온 전화를 받은 사람이 맞느냐고. 자신이 맞다는 거예요. 전화 내용을 다시 물어봤어요. 회장님이 편찮아 보여서 걱정되어 전화드린 거라고 했다는 거예요. 병원에선 회장님으로 통하시더라고요. 그러면서 클럽에서 전화 온 걸 비밀로 해 주셨으면 좋겠다고 했대요. 놀랍죠? 제 생각이 맞다면 이 사람이 범인일 거예요. 교산 선생님과 안두희 선생님을 떼어 놓은 거라고요. 그래서 원장님을 바꿔 줬느냐고 물었더니 그랬대요. 옆에서 들어 보니까 원장님도 어디가 편찮아 보이냐, 지금 계시느냐고만 묻고는 바로 구급차를 보낸 거라고 하더라고요.」

「휴대전화로 건 거라면……」

「병원 전화에 수신 전화번호가 기록으로 남는다고 하더라고요. 그래서 확인해 달랬더니 아쉽게도 채플 전화번호였어요. 사무실 말고도 채플 카운터 위에 아무나 막 쓰는 전화기가 하나 있거든요. 그리고 제가 목소리가 어땠냐고 물었거든요. 남자였는지 여자였는지 말이에요.」

「어땠대요?」

서 형사는 자신도 모르게 침을 꿀꺽 삼키고 말았다.

「모르겠대요.」

「네? 어떻게 목소리가 남자인지 여자인지도 모를 수 있어요?」

「자기도 질문을 듣고 곰곰이 생각해 보는 눈치더라고요. 그런데도 역시 모르겠대요. 클럽이 피아노 소리로 시끄러운 데다가 목소리를 죽이고 말해서 남자인지 여자인지 아리송하다고 하더라고요. 여자가 남자 목소리 내는 것 같기도 하고, 그 반대인 것 같기도 했대요. 꼭 하나를 골라야 한다면 자신은 남자를 고르겠다고 했어요.」

「들으면서 이상하고 의심스러울 수도 있었을 텐데요?」

「그냥 비밀로 해 달라는 대목에서 그럴 수도 있겠다, 했다는 거예요.」

「정리해 보면, 남자인지 여자인지 확실치 않은 누군가가 25일 병원으로 전화를 해서 안두희 선생님을 데려가 달라고 한 거군요. 자신이 방해받지 않고 허균 씨를 살해할 수 있도록 말이죠.」

「어쩌면 두 분을 떼어 놓고 안두희 선생님을 살해하려고 했다가 예기치 않게 일이 틀어져서 교산 선생님을 살해한 것으로 볼 수도 있겠죠. 이렇게 공들이고 있다는 건 분명 끝까지 가겠다는 걸 의미하진 않을까요?」

「끝까지?」

「네. 끝까지. 서 형사님, 그래서 시간이 없어요. 오늘 한번 가 봐야 해요. 저 오늘 일 하루 쉴 생각으로 나온 거예요.」

「어딜 간다는 거예요? 병원이요?」

「네.」

'이 아가씨가 정말!'

「아니, 박문수 씨는 그러시면 안 돼요. 형사를 사칭하는 거라고요. 게다가 알고 싶은 건 다 알았고, 가 봐야 달라질 것도 없지 않아요?」

「원장이나 간호사를 만나 직접 들어 보는 것도 좋을 것 같고요, 혹시 직접 물어보면 다른 얘기를 들을 수 있지 않을까 싶기도 하고요. 그리고 뭔가……」

「어쨌거나 안 됩니다.」

「그러면 홍 형사님이랑 함께 가면 괜찮아요? 함께 가면 허락해 주시는 거예요? 병원 탐문에서 어쩌면 또 다른 단서가 나올지도 몰라요. 어차피 한번 가 보신다고 했잖아요. 허락해 주세요.」

「…….」

문수의 추론은 진실에 한 발 더 접근할 수 있는 것처럼 보였다. 하지만 문수 역시 클럽 회원으로서 용의 선상에서 완전하게 제외할 이렇다 할 확증도 없었고, 게다가 자신의 흔적을 경찰의 도움으로 하나씩 지워 가는 것이라면 대단한 낭패가 아닐 수 없었다.

「서 형사님, 혹시 제가 아직 용의자라서 망설이시는 거예요?」

서 형사는 뜨끔했다.

「저, 사실 그날 말예요. 6월 26일 일요일이요. 알리바이 있어요. 그냥 용의자가 한번 되고 싶어서 거짓말했던 거였어요. 3년 전부터 일요일마다 시내에 있는 웨딩홀에서 웨딩 사진 찍어요. 그날 웨딩홀에 있었던 직원들이나 CCTV가 확인해 줄 수 있을 거예요. 보통 오전 9시 반부터 오후 5시까지 있는데, 저 없으면 웨딩 사진 못 찍어서 30분도 비우기 힘들 정도예요. 밥도 갈비탕에 말아서 후루룩 마셔야 한다고요. 전화 한 통이면 확인하실 수 있어요. 이젠 됐죠? 허락해 주실 거죠?」

「갑자기 그 소린 뭐예요. 아니에요. 애초에 박문수 씬 용의자와는 거리가 멀다고요. 다만 민간인이 자꾸 형사들 수사에 끼어들어서 그런 거예요. 오해 마세요.」

「그러면 허락해 주세요. 홍 형사님이랑 함께 갈게요. 그냥 수사에 도움이 되고 싶어서 그래요. 교산 선생님을 해친 범인을 잡는 데 저도 도움이 되고 싶어요. 네?」

서 형사는 잠시 곰곰이 생각하더니 아파트 주차장에 메아리가 남을 정도로 소리쳤다.

「홍 형사, 이제 나와!」

주차장 입구에 세워진 돌 조각상 뒤에서 홍 형사가 머쓱하게 걸어 나왔다. 어쩔 줄 몰라 쭈뼛거리더니 서 형사 앞으로 냉큼 뛰어왔다.

「죄송합니다. 그게 아니고요 사실 속아서 따라왔습니다. 도착하니까 그제야 털어놓더라고요.」

어떻게 속았는지는 물어보고 싶지도 않았다.

「형사가 돼 봐 가지고…… 됐어! 박문수 씨랑 병원 함께 다녀와. 그리고 돌아오는 길에 전화국에 들러서 병원에 걸었던 전화 앞뒤에 어떤 번호로 전화가 오갔는지도 알아보고. 혹시 통화 전후에 누가 전화기를 잡고 있었는지 알아볼 수도 있잖아. 그리고 간 김에 안두희 씨 휴대전화 통화 내역도 한번 조사해 봐. 영장 발부받는 거 잊지 말고.」

「아, 알겠습니다. 그리고 어제 CCTV로 일요일 알리바이 조사해 봤는데요, 당일 클럽에 있던 사람들 중에 용의 선상에서 확실하게 제외할 만한 사람은 이완용 씨와 송병준 씨인 것 같습니다. 두 분 모두 정오 전후로 고속도로 위에 있었고요, 클럽 앞 대로로 진입했을 때는 오후 네 시경을 넘기고 있었습니다.」

옆에 있던 문수는 '정오'라는 대목에서 눈을 반짝하고 떴다.

「수고했어. 난 오늘 정밀부검 결과 나온다고 해서 경찰서로 바로 갈 거야. 그리고 내가 어제 부탁한 거 얘기해 놨어?」

「안국양행이요? 네, 정보과에 요청해 놨습니다. 정보과 정진수 형사를 찾아가시면 자료 넘겨줄 겁니다. 아, 그리고 이거……」

홍 형사가 양복 상의에서 우편물을 하나 꺼내 주었다.

「어제 오후에 저희 경찰서로 우편물이 하나 와 있었습니다. 서 형사님 앞으로 온 거라 열어 보지 않고 가져왔습니다.」

이미 여러 번 사용한 것 같은 오래된 봉투엔 사무용 라벨기로 찍어 낸 영문자가 수신인과 발신인을 알려 주고 있었다.

TO

DETECTIVE SEO HYO JA

FROM

CLUB PERSONA

'클럽 페르소나가 나한테?'

내용물은 손바닥만 한 기괴한 그림이었다. 어린아이가 크레용으로 그린 것 같은 삐뚤빼뚤한 선으로 사람 하나가 그려져 있었는데, 어른인지 아이인지, 남자인지 여자인지도 명확하지 않았다. 치마를 입은 것 같지만 수염이 거뭇거뭇했고, 입술이 붉었지만 넥타이를 매고 있었다. 종이 역시 캔버스나 도화지는 분명 아닌 것 같았고 대충 네모 크기로 오려 낸 것이었다. 퀴퀴한 냄새만이 오래된 것임을 알려 주고 있었다. 그때 문수가 뒤에서 그림 위로 고개를 디밀었다.

'앗, 깜짝이야!'

그렇지 않아도 알 수 없는 괴기스러움에 소름이 돋아나고 있는 터에 문수의 갑작스러운 출현은 서 형사를 적지 않게 놀라게 만들었다.

「아, 뭐예요? 깜짝 놀라게!」

문수의 표정은 그림보다 더 괴기스러웠다. 가늘게 뜬 눈으로 그림을 가리키며 한 마디 했다.

「범인을 그린 거 같아요.」

「네? 뭐라고요?」

「남자면서 여자이기도 하잖아요. 그 목소리 주인처럼.」

「나 참, 그렇게 단정하지 마세요. 그러지 말고 가려거든 어서 다녀오세요. 가기 전에 그 표정 좀 어떻게 하고 가요!」

*

예상치 못한 일은 경찰서에서도 서 형사를 기다리고 있었다. 서 형사를 기다리는 건 부검 감정서가 아니라 부검 소견을 전달하기 위해 나온 두 명의 군 관계자였다. 군에서 나온 사람들은 한 시간째 아무런 연락 없이 서 형사를 기다리고 있었다. 방 앞에는 남녀 두 명의 군인들이 서 있었다.

「사건을 담당하고 있는 서효자 경감입니다.」

「저는 부검을 맡았던 군의관 정수호 중령, 이쪽은 법무관 최태식 소령입니다.」

장교들은 모두 사복을 입고 있었다.

「만나서 반갑습니다. 그런데 부검 감정서만 보내는 것이 아니라, 이렇게 직접 가지고 나오시는 건 처음인데요. 군에서는 원래 이렇게 하나요?」

「아닙니다. 저희만 나왔습니다.」

「저희만 나오다니요? 원래는 더 많은 분들이 나오신다는 말씀이 세요?」

「그게 아니라 부검 감정서는 없다는 말씀입니다.」

「네? 부검 감정서 없이 나오셨다고요? 그럼 왜?」

「경감님께서 질문하시는 것에 대답을 드리려고 나왔습니다.」

깐깐해 보이는 법무관이 끼어들었다.

「저희는 애초에 비공식 부검이라는 전제가 있었습니다. 이유는 모르지만 알아도 알려 드릴 수 없습니다. 그리고 보고서를 비롯한 아무런 결과물도 남기지 말라는 명령이 있었습니다. 저희들과의 질 의응답 역시 녹취할 수 없습니다. 그래서 잠시 휴대전화와 가방을 저희 요원들에게 맡겨 주시면 감사하겠습니다. 저희 여성 대원이 잠시 경감님 휴대품을 점검할 수 있도록 허락해 주시면 바로 질의응답에 들어가도록 하겠습니다.」

'이거 어떻게 돌아가는 거야?'

위압감에 비례하는 사건의 위중함이 무겁게 다가왔다. 서 형사는 토트백에서 휴대전화를 살짝 꺼내다가 요원에게 발각되고 말았다. 그래서 그런지 몸수색을 더욱 철저하게 했다. 다 끝났다는 보고가 전달되자 방 안에는 군의관과 법무관 그리고 서 형사만이 남게 되었다.

「노트 정도는 괜찮겠죠? 제 노트가 법정 증거가 될 리도 없잖아요. 그것마저 안 된다면 부검 소견을 듣는 건 제 쪽에서 거절하겠습니다.」

군의관은 법무관을 쳐다봤다. 법무관이 고개를 끄덕였다. 여성 대원이 토트백에서 노트와 필기구를 꺼내 전해 줬다.

「시작하시죠.」

「부검 감정서가 없으면 용의자를 잡는다 하더라도 재판에 도움이 될 수 없는데, 알고 계시죠?」

「사체는 다시 경찰에게 인계할 예정입니다. 신속한 정밀부검 결과가 필요해서 저희 쪽으로 넘어왔다는 정도로만 알고 있습니다. 법적 효력 없는 단순한 도움 정도로 생각해 주시면 될 겁니다.」

「그런 건가요? 그렇다면 우선 사인부터 말씀해 주시죠.」

「손에 의한 목 눌림 질식사입니다. 다른 말로 하면 경부압박 질식사라고도 합니다.」

「손에 의한 목 눌림 질식사라면 목 졸려 죽었다는 말씀이신가요?」

「네, 그렇습니다. 흔히 액사라고 하죠. 잘 아시겠지만 목 눌림에 의한 질식사라고 하면 손과 같은 어떤 수단에 의해서 목이 졸려 사망했을 때 쓰는 법의학적 용어입니다. 겉으로 보기엔 목조름의 흔적이 크지 않았습니다만, 안면부 울혈 및 결막 내 점상출혈이 발견되었습니다. 목 부위를 절개해서 한 겹씩 자세히 보니까 하부 구조에서 꽉 눌리면서 온 출혈이 안에서 보인 겁니다. 사체의 목 내부 점막에 나타나는 극심한 출혈과 기도 내 점막의 손상으로 미루어 저흰 명백한 액사, 그러니까 손에 의한 목 눌림 질식사라고 보고 있습니다.」

「목 졸려 죽었다. 즉, 타살 가능성을 말씀하시는 거죠?」

「액사는 자살이 불가능합니다.」

「혹시 남은 흔적으로 가해자가 남자인지 여자인지를 알 수 있을까요?」

「보통의 경우에는 몸싸움으로 상처도 많이 나고 특히 조흔이라고 하는 반월형의 손톱자국이 목 주위에 남게 마련인데, 이번 경우엔 DNA를 남기지 않은 점으로 보아 수건이나 스카프를 대고 있던 것이 아닌가 싶습니다. 물론 추정입니다. 사망자의 손톱 밑이나 몸 전체를 샅샅이 조사했지만 어떤 DNA도 발견하지 못했습니다. 아마도 사망 직후 물로 씻긴 듯도 보입니다. 하지만 액흔으로 추정컨대 손의 크기는 남자 손으로 보이고 그 힘도 남자일 가능성이 크다고 말씀드릴 수 있습니다. 피살자는 건강상의 아무런 문제도 없었고, 오히려 나이에 비해 매우 잘 단련되어 있는 상태였습니다. 여자의 힘으로 제압하기엔 조금 무리가 있지 않을까 생각합니다.」

「다른 사람의 도움을 받았을 수도 있지 않을까요?」

「물론 가능성은 충분히 있습니다.」

「다른 상처나 뭐 비슷한 것도 없었습니까?」

「뒤통수의 함몰되어 찢어진 상처에 혈흔이 있습니다. 넘어지면서 부딪혀 생긴 것이라기보다는 둔기에 의한 가격으로 보는 것이 더 타당해 보입니다. 대조할 만한 어떤 것도 없어서 추정할 수밖에 없는 상황이지만 함몰 부위가 정수리에 가까워 넘어졌다고 보기엔 어렵지 않을까 싶은 겁니다. 하지만 그 상처가 사망에 이르게 하지 않은 건 분명해 보입니다.」

「기절했을까요?」

「판단하기 어렵습니다.」

「혹시 알코올이라든지 독극물 같은 건 발견되지 않았나요?」

「발견되지 않았습니다.」

「사망 추정 시각은 언제인가요?」

「낮 12시 30분경입니다. 검안의가 잰 직장 온도로 사망 시각을 추정하는 것이 이번 경우엔 가장 정확할 거라 생각합니다. 실내 온도는 물론이고 욕조 바닥에 고여 있던 물도 시신의 체온 하강에는 큰 영향을 주지 않았을 것으로 판단했습니다. 그리고 방이 좁아서 피살된 정확한 위치를 단정하긴 힘들지만 욕조가 아닐까 판단하고 있습니다.」

「혹시 성관계를 한 흔적 같은 건 없었나요?」

「없었습니다.」

「사체는 어떤 절차로 인계되나요?」

「말씀드릴 수 없습니다.」

마지막 대답은 법무관이 대신 했다. 결국 정밀부검 소견만을 가지고 수사에 참고나 하라는 거였다. 재판을 위해서는 다시 부검을 해야 하는 상황이 되었다. 하지만 타살, 그것도 목을 졸라 죽인 것만은 명확해졌다.

짤막한 부검 소견에 반해 정보과의 정진수 형사는 안국양행에 대한 꽤나 두툼한 보고서를 안겨 주었다. 허균과 안두희가 함께 근무했던 회사였다. 그리고 과학수사팀의 바닥 카펫 검사 결과도 들려줬다. 카펫에서 와인 성분이 검출되었지만 그 외에는 다른 어떤 독성도 발견되지 않았다는 것이었다. 한 가지 특이 사항은 와인 성분이 넓은 범위에서 검출된다는 것이다. 그리고 그 부분을 표시해 보니 와인 잔을 쓰러트려 흘린 것이 아니라 쳐서 흩뜨린 것 같다고 조심스레 전했다.

*

홍 형사와 문수는 〈굿모닝종합병원〉 앞 커피숍에서 커피를 홀짝이고 있었다.

「아니, 잠도 제대로 못 잔 사람을 불러내 재촉하더니 지금은 느긋하게 커피나 마시자는 건 또 뭡니까? 범인은 오리무중인데, 다음 살인도 이미 예고됐다면서요?」

홍 형사는 쿠키를 커피에 찍어 입 안 가득 구겨 넣으면서 알 수 없다는 불평을 늘어놓았다. 불평엔 쿠키도 묻어 나왔다.

「커피도 마시면서 적당히 타이밍도 맞추면 좋잖아요. 헤헤헤.」

문수는 능글맞게 반달 웃음을 보여 줬다.

「타이밍이요? 어차피 오늘 병원 방문하겠다고 전화상으로 얘기해서 다들 알고 있을 텐데요 뭘.」

「경찰이 방문한다는 건 분명 알고 있겠죠. 그리고 그 사실이 안두희 선생님에게도 전달되었을 게 틀림없어요. 그러니 더욱더 때를 봐야 한다는 거예요.」

「그냥 들어가서 25일 토요일에 받았던 전화 내용과 느낌을 물어보면 되는 건데 굳이…… 혹시 병원 내에 범인이 있다고 생각하시는 건가요?」

문수는 대답 대신 손목시계를 들여다보았다.

「11시 40분…… 땡! 자, 이제 들어가시죠.」

*

안내 데스크에서 간호사 둘이 홍 형사와 문수를 맞이했다. 그중 한 사람이 25일에 전화를 받았던 간호사였다. 홍 형사가 경찰 신분을 밝히자마자 문수가 나서서 통화 중에 했던 질문을 재차 물어보았다. 통화 내용이 어떤 것이었는지, 역시 남자인지 여자인지 확실하지 않은지 정도였다. 질문이 같았으니 대답도 통화 때와 마찬가지였다. 일요일 낮부터 월요일까지 당직을 섰던 간호사가 누구인지 물으니 주사실로 들어서는 호리호리한 간호사를 가리켰다. 별다른 질문 없이 원장과 면담이 가능한지를 묻고는 원장실로 안내받았다. 원장과도 기왕의 질문을 던지고 또 비슷한 대답을 들었다. 아버지가 편찮으시다는 전화여서 이런저런 생각할 것 없이 구급차를 보냈다는 것과 역시 전화 사정이 좋지 않아서인지 성별은 특별히 구분되어 떠오르는 것이 없다고 했다. 건강 검진 결과 몸무게가 좀 감소된 것과 오랫동안 가지고 있는 경미한 천식 증상 이외에는 그다지 큰 문제가 없었다고 했다. 홍 형사와 문수는 매우 사무적인 면담을 뒤로한 채 서둘러 원장실을 나왔다.

「협조 감사했습니다. 저흰 이만 가 보겠습니다. 아 참, 저희가 요 앞에서 커피를 마셨더니 쿠폰을 주더라고요. 스탬프 두 개를 받았으니 나머지 여덟 개만 받으면 한 잔 공짭니다. 저흰 필요 없으니 남기고 가겠습니다. 수고하세요.」

문수는 그 호리호리한 간호사에게 쿠폰을 쥐여 주고는 바로 병원을 나섰다. 문수는 홍 형사를 계단실로 이끌었다. 두 층을 내려가서 멈춰 섰다.

「아니, 겨우 이걸 물으려고 오자고 졸랐던 거예요? 어제 전화로 다 물어봤던 거잖아요. 그리고 계단실엔 또 왜요?」

「잠시만 기다려 보세요. 이리로 내려올 거예요.」

「네?」

문수는 조용히 입에 손가락을 가져다 댔다. 계단실의 문이 열리는 소리가 들리고 잠시 후에 간호사가 인기척을 냈다.

「여기, 아랩니다.」

경직된 표정의 간호사가 머뭇거리며 계단을 내려왔다. 문수가 간호사를 벽에 기대어 세웠다. 자리를 배려한 것 같지만 위압적으로 느껴질 수도 있었다.

「짧게 묻겠습니다. 저흰 간호사님이 무슨 대답을 할지 알고 있어요. 그래서 아까는 아무런 말도 묻지 않은 겁니다. 기회를 드리겠습니다. 실수하지 않을 기회를요. 딱 한 가지만 묻겠어요. 26일 일요일 저녁에 원장님 아버님, 그러니까 회장님이 외출을 하셨죠? 얼마 동안이었죠?」

간호사는 마주 잡은 손에 힘을 주고 있었다. 눈동자는 많은 생각을 담고 있다고 얘기하고 있었다. 그녀는 미리 준비한 대답 역시 꺼내지 못했다.

「저희가 영장 발급받아서 CCTV 검토해 보면 확인할 수 있지만, 아직 그럴 계획은 없습니다. 그건 아마도 수색 영장이 될 수 있으니까요. 그러면 환자들에게도 별로 좋지 않은 일이 될 거예요. 그리고 정식으로 취조하는 것도 아니니까 엄밀하게 말하면 '누구'에게 묻는 형식이 아니라 이겁니다. 단지 사실이 뭔지 알고 싶어서 묻는 거예요. 영장을 받아 오면 저희 경찰서로……」

「네, 맞아요.」

간호사는 기어들어 가는 목소리로 겨우 대답했다.

「정말, 제가 대답한 게 아닌 걸로 하실 거죠?」

「나중에 밝혀야 할 일이 있다면 정식 영장을 발급받아서 CCTV 자료를 가져가도록 하겠습니다. 그땐 CCTV를 통해 알아낸 걸로 되지 않겠습니까?」

「네, 좋아요. 회장님 일요일 오후에 외출하셨었어요.」

문수와 홍 형사는 침을 꿀꺽 삼켰다.

「몇 시경이었죠?」

「오후 6시 반쯤이었을 거예요.」

「확실한가요?」

「그럴 겁니다. 저녁이 6시에 나오거든요. 식사를 마치고 조금 있다가 사라지셨으니까 그즈음일 겁니다. 제가 옷장을 보니까 평상복 대신 환자복이 걸려 있더라고요. 그리고 혹시나 해서 주차장을 내다봤더니 원장님 차가 보이지 않아서 외출하신 거라고 생각했어요.」

「몇 시에 돌아오셨나요?」

「11시가 다 되어서 돌아오셨습니다. 그때 저랑 복도에서 마주치셨어요. 답답해서 근처 커피숍에 다녀오셨다고 그러시더라고요.」

「원장님이 경찰들 오면 회장님 얌전히 병원에만 있었다고 하라고 시키셨죠?」

간호사는 대답하지 못하고 몸만 괴롭게 비틀었다. 문수가 말없이 가로막고 있던 계단을 내어 주자 간호사는 조용히 계단을 걸어 올라갔다. 간호사는 몇 계단을 올라가더니 뒤돌아 간절한 표정을 지었다. 문수는 말없이 고개를 끄떡였다.

「쿠폰은 잘게 찢어서 버리세요.」

그제야 간호사는 종종걸음으로 나머지 계단을 올라갔다.

「아니, 어떻게 알았어요?」

「뭘요?」

「안두희 씨가 병원을 나갔던 건 어떻게 알아챘냐고요? 클럽에서 병원으로 전화를 건 것도 짚어 내더니 말예요?」

「형사님도 아마 그 정도는 추리하고 계셨을 거라고 생각하는데요. 다만 저는 사건이 급박하게 돌아가고 있는 것 같아서 여기를 먼저 두드리는 것이 낫겠다고 생각한 것뿐이에요.」

「아니, 우리들이야 프로페셔널이니까…… 흠흠, 그나저나 안두희 씨가 외출한 건 어떻게 알았어요? 흠, 박문수 씨 생각이나 들어 봅시다.」

「그냥 짐작이었어요. 토요일엔 영문도 모르고 구급차에 올랐겠죠. 병원장인 아들은 아버지가 편찮으신 거 같다고 귀뜸한 클럽 전화를 받고 막무가내로 모셔 오라고 했을 테니까요. 그런데 병원에 와서 바로 검진해 보니까 그리 이상할 것도 없었겠죠. 그러면 당연히 병원으로 모신 배경을 서로 얘기하지 않았을까 생각한 거예요. 가장 절친한 친구가 죽었는데 그날 바로 와 보지 않는다? 갑자기 자신을 병원에 입원시킨 모종의 계획을 눈치채고도 가만히 있었을까요? 그렇지 않았을 거예요. 전 안두희 선생님이 클럽에 와서 교산 선생님의 죽음을 확인했을 거라 생각해요. 다만 왜 입을 꾹 다물고 있는지가 궁금할 뿐이죠. 그리고 범인의 메시지가 안두희 선생님에게 어떤 의미로든 전달되었다고 봐요. 여기저기 의문부호들이 산재하지만 제 생각엔 그래요.」

「박문수 씨도 나랑 비슷하게 생각했구나! 나름 형사다운 추린데요. 물론 살짝 다듬어야 하지만요. 그런데 개인적인 거 하나 물어봐도 돼요?」

「대답할 수 있는 거라면요.」

「박문수는 원래 암행해야 하는 거 아녜요? 박문수의 페르소나는 암행어사 아니냐고요. 그러려면 제 뒤에서 조심스럽게 추이를 지켜보고 추리로 이어 나가야 하는 거 아닌가요? 이렇게 형사를 뒤로 밀쳐놓고 앞에 나서서 탐문을 하는 건 좀 아니지 않나요?」

「기은 박문수는 현명한 어사는 맞지만 암행어사는 아니었어요.

그분이 암행어사라고 여겨진 건 현명한 어사로서의 일화가 구전되면서 민심이 반영된 거라고 생각해요. 순전히 백성들의 바람인 셈이죠. 적어도 암행했다는 기록은 남아 있지 않다고 하더라고요.」

「아, 그랬구나! 난 박문수 하면 암행어사만 떠올렸었는데…….」

「알았으니, 이젠 괜찮겠죠? 우리 배고프니까 길에서 어묵이나 하나 먹고 전화국으로 가요. 네?」

*

서 형사는 아까부터 시계를 들여다봤다. 양귀비와 식사 교대를 할 점원은 15분이나 지났지만 여전히 마트 앞에서 자판기 커피를 들고 수다를 떨고 있었다. 하지만 양귀비는 그저 묵묵히 물건 계산을 할 뿐이었다. 서 형사는 나서고 싶은 마음을 간신히 꾹꾹 누르고 있었다. 꿀밤을 주고 싶은 건 얄미운 여점원보다 오히려 그녀 쪽이었다. 하지만 나설 수 없었다. 그렇잖아도 외딴섬, 멀리멀리 흘러나와 어디에도 편입되지 않는 무인도가 될지도 모르니까.

20분을 넘긴 교대 직원은 아무런 사과도 없이 어물쩍 자리로 복귀했다. 그녀는 그제야 제 가방을 들고 일어섰다.

마트 뒤 작은 벤치는 그리 쾌적한 환경이 아니었다. 말라 버린 담쟁이덩굴은 아무런 그늘도 만들지 못했고, 벤치 주변엔 담배꽁초와 쓰레기들이 널려 있었다. 그래서인지 그곳은 1인용이 되어 있었다. 어쩌면 그녀가 만든 1인용 공간이 타인을 튕겨 내고 있는지도 모를 일이었다. 그녀는 가방에서 신문 다발을 꺼내 벤치에 깔고 도시락을 꺼냈다. 벌써 한 시간 넘게 기다린 탓에 혼자가 된 기회를 놓치고 싶지 않았지만, 서 형사는 조금만 더 시간을 주기로 했다. 차마 그 잠깐의 여유를 빼앗을 수는 없었다. 그녀의 식사는 10분도 채 걸리지 않았다. 서 형사가 토트백을 고쳐 메려는 순간, 옆으로 마트 유니폼을 입은 남자 직원 하나가 스쳐 지나갔다. 도시락을 가방에 다시 넣으려던 그녀가 그 남자를 발견하고는 온몸을 말아 방어하는 모양새를 취했다. 순식간에 그녀의 발은 신발을 신은 채 치마 속으로 들어갔고, 목과 머리는 최대한 다리 사이에 끼어 넣으려고 애를 쓰고 있었다. 흡사 아르마딜로처럼. 녀석은 양해는 고사하고 다짜고짜 옆에 앉자마자 팔을 그녀의 어깨에 걸치더니 제 몸의 무게를 그녀에게 실었다. 그리고 다른 한 손으로는 그녀의 몸을 탐욕스럽게 더듬으려 했다. 그녀는 눈을 질끈 감았지만 정작 반응한 쪽은 서 형사였다.

「귀비야! 양귀비 맞지? 한참 찾아다녔잖아. 왜 전화는 안 받아?」

양귀비는 고개만 들고 한참을 초점 맞추기에 열중했다. 녀석도 덩달아서 서 형사의 얼굴을 빤히 쳐다봤다.

「누구신지 모르겠지만, 자리 좀 비켜 주실래요? 저희끼리 얘기할 게 좀 있어서요.」

서 형사의 건조한 눈빛이 젊은 사내에게 떨어졌다. 하지만 녀석은 좀처럼 자리를 비켜 줄 생각이 없는 듯 보였다. 오히려 귀비의 어깨를 감싼 팔에 힘을 주는 것 같았다.

「안 꺼져! 대낮부터……」

서 형사가 손을 들어 올리자 사내는 눈이 튀어나올 것처럼 커진 것과 동시에 꽁무니를 빼고 사라졌다. 서 형사는 권총을 꺼내 녀석의 대갈통에 갖다 대지 않은 자신이 대견스러웠다. 몸은 여전히 말려 있지만 목을 쭉 뺀 귀비도 눈을 똥그랗게 뜨고 있었다.

「미안해요. 놀라셨죠? 잠시 얘기 좀 나눌 수 있을까요? 전 서효자 형사라고 합니다. 양귀비 씨 맞죠?」

「……네.」

놀란 두 다리를 겨우 치마에서 빼고 등받이에 등을 기대어 앉았다.

「저 남자, 누구예요?」

「…….」

「보아하니 원치 않는 관계인 거 같은데 뿌리치지도 못하는 거예요?」

「……모르겠어요. 왜 그러는지.」

고개를 떨구고 독백처럼 얘기하는 귀비의 두 팔에 크고 작은 멍자국과 긁힌 상처들이 눈에 띄었다.

「왜 찾아왔는지는 잘 알고 계시리라 생각합니다. 허균 씨 일에 대해 몇 가지 여쭤 볼 게 있습니다. 괜찮으시겠어요?」

「……네.」

「허균 씨 돌아가신 날 기억하시죠? 6월 26일 일요일. 그날 클럽 1층 홀에서 채풀잎 씨와 장시간 말씀 나누셨다고 들었습니다. 무슨 얘기였나요? 그날 일에 대해 말씀해 주실 수 있을까요?」

귀비는 모든 행동과 말을 한두 박자 더디게 옮겼다. 한 번 더 대답을 채근하려고 하면 그때 겨우 반응이 돌아왔다.

「……오전 11시 정도일 거예요. 도착한 시각이…… 풀잎이도 잠시 후에 도착하더군요. ……저녁 늦게 조사가 끝나고서야 돌아갔습니다.」

「미안합니다만 조금 크게 말씀해 주시겠어요?」

「네. ……오전 11시 정도에 도착했어요. ……풀잎이는 저보다 늦
게 도착했고요. ……늦게 조사가 끝나고 풀잎이 차로 함께 돌아갔습
니다.」

「풀잎 씨와 약속을 하셨던 건가요?」

「……아니에요. 그냥……」

「풀잎 씨는요?」

「……저녁에 촬영이 있다고……」

「그러면 풀잎 씨와 계속 함께 말씀을 나눴나요?」

「……아니요.」

「그럼요?」

「……풀잎이는 도중에 공연을 하기도 하고, 분장을 하기도 했어
요.」

「누가 그러던데요, 매우 심각하게 대화를 나누었다고요.」

「……그렇게 보였을 수도 있겠네요.」

「어떤 내용이었는지 말씀해 주실 수는 없나요?」

「……사적인 일이라서……」

「혹시 허균 씨 만나는 것과 연관이 있나요?」

「네?」

귀비의 표정이 대답을 대신했다.

「풀잎이가 그러던가요?」

「아니에요.」

「……풀잎이 말고는……」

「한두 달 전부터 허균 씨의 방을 은밀하게 출입했다고 하던데요?」

「……은밀하게…… 그렇게 보였을 수도 있겠죠. 떠들고 자랑할 건 아니었지만 그렇다고 은밀히는……」

「무슨 일이셨어요?」

「……사적인 일이라……」

「허균 씨랑 연인 관계였다는 의혹이 있던데요? 그렇게 이해해도 될까요?」

「아니에요. 절대.」

귀비는 당황스러운 표정을 감추지 못했다.

「아니라면?」

「저는 무슨 얘기를 들어도 상관없지만, 선생님을 욕보이게 하고 싶지는 않아요.」

「저희가 가지고 있는 단서가 아무래도 그쪽 방향으로 의혹을 갖게 하는 거라서요. 그렇다면 무슨 일로 낮부터 밤까지 허균 씨의 방에 계신 건가요? 아무래도……」

「……말씀드릴게요.」

마트 건물 2층에서 서 형사와 양귀비를 몰래 내려다보는 시선이 느껴졌다. 서 형사는 토트백에서 뭔가를 꺼내 그 눈을 향해 흔들었다. 수갑이었다. 귀비는 눈을 내리깔고 있어서 아무것도 눈치채지 못했다.

「사실 고민이 있어서 몇 달 전부터 선생님 방을 찾았어요. 풀잎이랑 얘기했던 내용도 그것이었습니다.」

「고민이라면?」

「……아까 그……」

「아! 아까 그 자식이요?」

귀비가 희미한 웃음을 보였다. 그러곤 힘없이 고개를 끄덕였다.

「허균 씨는 뭐라고 하시던가요?」

「……제 얘기를 끝까지 다 들으시고는 함께 걱정해 주셨어요. 그리고 해결책에 대해 차근히 얘기해 주셨죠.」

「어떤 해결책이 있었을까요?」

「……해결책이라는 건 없다는 해결책. 한 놈이라면 선생님께서 직접 해치워 주실 수 있다고 농담도 하셨어요. 그런데 그럴수록 그런 놈들이 자꾸 생겨날 거라고, 직접 이겨 내야 한다고 하셨어요.」

「어떻게, 좀 나아지던가요?」

「……글쎄요. 선생님과 얘길 나누면 마음이 편해지곤 했어요. 그리고 용기도 점차 생기는 것 같았죠. 그런데…… 제가 아는 선생님은 여자를 방으로 불러들여서 어떻게 하는 사람이 아니에요. 잘못 보신 거예요.」

「처음에 양귀비 씨가 허균 씨 객실로 직접 찾아가신 건가요? 고민 상담을 위해서요?」

「……아니에요. 풀잎이가 저 대신 털어놓았더라고요. 그래서 선생님께서 저랑 한번 얘기하고 싶다고 하셨고요. 한참 망설이다가 찾아뵌 거였어요.」

「한동안 계속 허균 씨 객실을 찾으셨을 테고, 그날도 그러면?」

「……그럴까 해서 바텐더님께 인터폰 좀 넣어 달라고 했더니, 낮에 혼자 있고 싶다고 하셨다길래 그냥 홀에 있었던 거죠.」

「혹시 허균 씨 객실에서 와인을 나눠 마신 적도 있으신가요?」

「그런 사이 아니에요.」

귀비는 처음으로 말에 악센트를 두었다.

「죄송합니다. 그러면 풀잎 씨와는 어떤 사이신가요? 풀잎 씨 클럽 가입 추천을 양귀비 씨가 하셨다고 들었는데요?」

「……어릴 적부터 알았어요. 옆집 살았거든요. 둘 다 말수가 적고 사람들과 잘 친해지지 못했어요. 부모님 모두 출근한 빈집 앞에서 함께 볕을 쬐고 있으면서도 서로 얘기하는 법이 없었으니까요. 클럽은 제가 먼저 가입했어요. 어머닌 돌아가시기 전까지 보험을 판매하셨어요. 보험을 팔아 볼 심산으로 절 클럽에 가입시키셨던 거죠. 입회 자격은 되니까요. 그런데 생각지도 않게 회원들이 보험도 가입해 주고 정말 잘 대해 줬어요. 진짜 양귀비한테나 할 정도로요. 어머니가 좋아하셨던 건 말할 것도 없죠. 실적도 쌓고 늘 걱정거리였던 저도 대인 관계란 걸 시작할 수 있었으니까요. 어머닌 돌아가시기 전, 이미 천국을 봤다고 하셨어요. 저를 욕하실지도 모르겠지만, 저는 어머니 돌아가신 슬픔을 금방 훌훌 털어 버릴 수 있었어요. 그즈음에 풀잎이를 이곳에 소개했죠. 처음엔 반대하는 회원들도 더러 있었어요. 이름이 똑같지 않고 또 억지라고 생각했던 거죠. 그런데 풀잎이가 제 얘기, 어쩌면 제 변한 모습을 보고는 너무 들어오고 싶어 했거든요. 풀잎이는 포기하지 않았어요. 그런 모습 처음이었죠. 그때 생각하면 지금도 눈물이 나요. 정말 사력을 다해서 의사를 표현한 거였거든요. 형사님은 잘 모르실 거예요. 그게 사실 살고 싶다는 얘기와 같은 표현이라는 걸요. 풀잎이는 틈만 나면 채플린 분장을 하고 이 근처를 배회하곤 했어요. 소개는 제가 했지만 풀잎이 힘으로 들어온 거나 다름없죠. 정회원이 되던 날 우리 둘은 얼마나 울었는지 몰라요. 저랑 풀잎이는 클럽에선 전혀 다른 사람으로 살았어요. 저도 그랬었는데, 얼마 전부터 예전에 죽어 없어진 줄 알았던 그 귀비가 다시 돌아온 거예요. ……용기가 바닥난 거라고요. 그래서 마지막으로 선생님을…… 그날은 그런 절 풀잎이가 위로해 준 거였어요.」

「그 팔의 상처는 언제부터 있던 건가요? 누가 그런 건가요?」

「……오늘 아침이요.」

「제가 DNA 채취를 해 가도 괜찮겠죠?」

귀비는 말없이 팔뚝을 내밀었다. 서 형사는 토트백에서 DNA 채취 키트를 하나 꺼내 들었다.

「양귀비 씨에게 잘못이 없다면 이 DNA가 양귀비 씨를 여러모로 자유롭게 해 드릴 겁니다.」

다시 팔뚝의 멍 자국을 카메라에 담았다.

「다시 클럽 나가실 건가요?」

「……글쎄요.」

「풀잎 씨 혼자서 허드렛일을 다 하시더라고요. 보기 좀 안쓰러워서 말씀드린 겁니다. 그리고 약속 하나 해 주실 수 있을까요?」

「네? ……뭔데요?」

「혹시, 저 가고 나서 누구였냐고 물어보면 말예요…….」

「……물어보면?」

「사촌 언니가 이 근처로 이사 와서 들른 거라고 얘기해 줄래요?」

귀비는 대답 대신 배시시 웃었다.

다시 업무에 복귀하는 귀비를 끈적거리는 눈빛이 뒤따랐다. 사내는 손님이 없을 때를 노려 귀비에게 튀어 가려고 하는 모양이었다. 하지만 그 전에 우악스러운 손이 사내의 손목을 낚아챘다. 사내는 그 힘에 이끌려 계단실로 빨려 들어갔다. 서 형사는 사내의 손목에 수갑을 채워 계단 난간에 매달았다. 순식간에 벌어진 일이었다.

「너, 이 자식! 순찰차 편에 열쇠 보낼 때까지 여기서 반성하고 있어. 아주 그냥! 내 동생 건드리면 병풍 뒤에서 향냄새 맡을 줄 알아! 아니꼬우면 신고해. 내가 경찰서장실 직통 번호 여기 써 주고 갈 테니까. 전화 걸어. 알았지? 그리고 입 벌려!」

서 형사는 방금 꺼낸 면봉을 들이밀었다.

*

서 형사는 클럽에 도착할 즈음 홍 형사의 전화를 받았다.

「지금 운전 중이라서, 이따가 다시 걸면 안 돼?」

「잠깐이면 됩니다. 전화국에 들어가면 전화를 못 받을 거 같아서요. 안두희 씨가 사건 당일 입원실에서 외출한 사실이 있습니다. 오후 6시 반경에 나가서 저녁 11시 정도에 들어왔다고 합니다. 간호사 얘기로는 차도 가지고 나갔었다고 합니다. 옆에 있는 박문수 씨는 안두희 씨가 클럽하우스에 다녀온 것 같다고 생각하던데요. 아니, 허균 씨가 사망한 것을 눈으로 확인했을지도 모른다고 그러네요.」

「어휴, 바꿔 줘!」

「전화 바꿨습니다.」

「그렇게 생각하는 근거는 뭐예요?」

「사십 년 지기잖아요. 그런 친구가 죽었는데 바로 찾아보지 않았다는 거고요. 그 말씀대로라면 일요일에 소식 듣고, 월요일에는 참고, 화요일 저녁에나 돌아왔단 건데, 말이 안 되는 얘기라고 생각합니다. 병원장 말로는 토요일 이런저런 검사 결과로는 건강상 아무런 문제가 없었다고 했거든요. 일요일 저녁 몰래 나갔다 왔다는 간호사의 말로 미루어 보건대, 무슨 이유에선지는 모르겠지만 저는 안두희 선생님이 현장에 와서 확인하고는 그냥 돌아갔다는 생각이 들어요.」

「심적 충격이 컸다고 생각할 수도 있지 않을까요?」

서 형사는 마음에도 없는 얘기를 꺼냈다. 서 형사 역시 안두희가 당일 현장을 다녀갔을 거라는 쪽에 심증이 있었지만, 문수의 의견을 좀 더 듣고 싶어졌다.

「전 그렇게 생각하지 않아요. 겉으로 보기와는 달리 안두희 선생님은 그런 분이 아니에요. 충격으로 주저앉는 나약한 분이 아니란 겁니다. 오히려 누구보다 빨리 달려와서 정황을 알아보고 수사를 촉구할 분에 가깝죠.」

「알겠어요. 홍 형사에게 전화국에서의 업무가 끝나는 대로 연락 달라고 말 좀 전해 주세요.」

확증은 없지만 심증만은 문수의 말에 동감했다. 안두희는 인터뷰 중에 '등 뒤로 걸어가서 목을 조른다고 하더라도'라고 했었다. 사체

를 봤을 가능성이 높다. 그리고 범인이 남긴 메시지는 안두희에게
온전히 전달되었으리라. 경구 '불수호난행'과 오래된 립스틱. 이십
년 전의 립스틱은 어쩌면 안두희가 가져갔을지 모른다. 그러나 새로
이 추가된 정황에도 불구하고 여전히 퍼즐은 서로 간의 관계를 명
쾌하게 보여 주지 않는다. 그렇다면 안두희는 왜 소리 없이 왔다가
허균이 피살된 사실을 알고서도 신고도 하지 않고 조용히 돌아갔던
것일까? 안두희에게 메시지의 의미는 무엇이었을까? 그리고 알 수
없는 그림은 누가 무슨 이유로 보낸 것일까? 아직 물증 하나 없는
가정일 뿐이지만 정황은 수사의 시작점이 더 거슬러 올라가야 한다
고 얘기하고 있었다. 립스틱의 나이만큼이나 오래전으로.

*

클럽은 한산했다. 바텐더는 보기만 해도 시원한 물을 내밀었다.
인사로 어제 본 손주들이 참 예쁘게 생겼더라고 하자, 싱거운 미소
와 가벼운 목례로만 대답했다. 아직도 자신과 클럽의 불확실한 미래
가 혼란스러운 모양이었다.

〈개와 고양이〉로 제목이 수정된 시나리오를 꺼내 앞으로의 촬영
일정을 체크했다. 금요일 저녁부터 토요일 새벽까지의 촬영만을 남
겨 두고 있었다. 서 형사가 수첩에 일정을 옮겨 적자 바텐더가 새로
운 일정을 하나 더 알려 줬다.

「오늘 저녁에도 몇몇 배우들과 스태프들이 모일 예정이랍니다.
마지막 체크를 한다고 하더라고요.」

「몇 시에 모인대요?」

「현관 게시판에는 저녁 8시라고 되어 있지만, 아마도 시간 있는 사람들은 6시쯤 우르르 몰려와서 밥부터 먹고 준비할 겁니다.」

「저, 바텐더님. 저번에 〈클럽 페르소나〉를 창립한 사람이 예닐곱 분 정도 된다고 하셨잖아요? 그분들 중에 허균과 안두희 씨를 제외한 다른 분들과는 연락이 되나요?」

「연락은요…… 거의 다 돌아가셨어요. 제가 오기 전에 한 분, 제가 들어오고 일 년이 채 되기 전에 세 분이 돌아가셨어요. 나머지 한 분도 시한부라고 들었는데, 그 뒤로는 소식을 잘 모르겠네요. 어디 호스피스에 가셨다고만 알고 있죠.」

「연세들이 많으셨던가요?」

「웬걸요. 당시로는 그리 많은 편이 아니었어요. 다들 두 분 선생님과 비슷한 연배셨지요. 불행하게도 몹쓸 병들이 있으셨더라고요. 병명은 다르지만……. 그땐 그런 시절 아니었겠습니까? 다들 자신이 병들어 가는지도 모르고 열심히 일만 하던 시절이었죠. 불행 중 다행인 건, 그분들이 다 돌아가시기 전에 회원들이 하나씩 가입하기 시작했다는 겁니다. 다행스러운 일이었죠. 몇몇 회원들은 그분들을 기억하고 있으니까요. 그렇지 않았다면 이곳은 벌써 무덤처럼 되었을지도 모를 일이죠.」

「그럼 클럽 창립 당시를 물어보려면 안두희 씨밖에는 없겠군요. 지금 계신가요?」

「아닙니다. 아침 드시고는 바로 출타하셨습니다.」

「어디 가신다고는 말씀 안 하시고요?」

「네. 여쭤 봐도 대답 없이 그냥 나가시더라고요. 그런데 댁이나 병원으로는 가시지 않은 것 같습니다. 방금 전에 병원에서 원장님께 전화가 왔었거든요. 휴대전화를 받지 않으신다고 하시면서 계시냐고 묻더라고요. ……아마도 바람 쐬러 나가셨을 거예요. 저 같아도 가만히 있지 못할 거 같은데 오죽하시겠어요.」

「그렇군요. 혹시 창립 멤버들 사진 같은 건 없나요? 모두 다 있는 걸로……」

「물론 있죠. 잠시 기다려 보세요. 계단실에 걸린 액자들 중에 이 클럽하우스로 입주해 오면서 찍은 사진이 있습니다.」

바텐더는 행주로 손을 닦고는 점잖은 걸음걸이로 계단을 올라갔다. 그런데 한참이 지나도록 아무런 소식도 없었다. 벌써 옥상까지 몇 번은 오르락내리락했을 만한 시간이었다. 서 형사가 계단을 올라가자 4층 계단실에 어쩔 줄 몰라 하는 바텐더가 서 있었다.

「왜 그러세요?」

「희한하네요. 분명 여기에 걸려 있었던 것 같은데……. 아니, 같은 데가 아니라 분명 여기 있었는데……. 4층 계단실엔 클럽 초창기 사진들을 걸어 두었거든요. 그런데 그 사진만 없어요. 그리고 사진 걸었던 자리에 못 빼낸 구멍도 메워져 있네요. 희한하네!」

「혹시 누가 보려고 가져간 건 아닐까요?」

「아닐 거예요. 그럴 것도 없어요. 클럽 도서관에도 책자로 있고, 몇몇 회원 개인 블로그에도 그 사진이 올라가 있는 걸 본 적이 있거든요. 안두희 선생님은 아마도 필름으로도 가지고 계실 텐데요. 하여간 희한하네요. 누가 깨뜨리고서 몰래 유리를 갈아 끼워 가져다

놓으려고 그런 것 같기도 하고요. 하여간 도서관에서 보여 드릴게
요. 죄송합니다.」

도서관에서도 바텐더는 똑같은 소릴 했다.

「희한하네! 정말 희한하네! 여기 여러 권 있는 걸 봤었는데…….」

바텐더는 사무실의 서랍을 모두 뒤집어 놓더니 결국 누군가에게
전화를 걸었다.

『기은! 날세. 바텐덜세. 전화 괜찮아? 다른 게 아니라 글쎄 클럽
창립 회원들 사진을 보려고 하는데, 계단실에 걸려 있던 것이나 도
서관에 꽂혀 있던 것들 모두 안 보이지 뭐야. 누가 다 들고 간 거처
럼 말이야. 그래서 기은한테 전화한 거야. 기은이 인터넷에 올려져
있는 곳을 알고 있을 것 같아서 말이지. ……그렇지. ……그렇지. 고
마워. ……아니, 형사님이 보고 싶다고 하셔서. ……오늘 저녁엔 들
르나? ……그래? 알았어. 고마워.』

바텐더는 문수에게 전화를 한 것 같았다.

「죄송합니다. 잠시만 기다려 주세요. 인터넷에서 확인할 수 있다
네요.」

사무실의 컴퓨터는 켜고 준비하는 데에도 한참이 걸렸다. 시간이
길어질수록 바텐더는 괜히 미안해 어쩔 줄 몰라 했다.

「찾았습니다. 자, 여기 보세요.」

바텐더는 사진을 확대해 화면 가득 채워 놓고 마우스를 건넸다.

「컬러사진이군요! 일곱 분. 전 창립 때 사진이라고 해서 괜히 흑
백사진을 상상했거든요.」

1988년 5월 14일. 사진 오른쪽 아래에 날짜가 표기되어 있고,

일곱 사람이 옆으로 비스듬히 서서 포즈를 취하고 있었다. 픽처 (picture)라고 하는 챙이 넓은 모자를 쓴, 키 큰 홍일점 한 분은 모자 와 어울리는 풍성한 원피스를 입고 있었다. 챙이 너무 넓어서 자신 의 얼굴은 물론이고 양옆 사람에게도 그늘이 질 정도였다. 바텐더의 말을 들어서인지 허균과 안두희를 제외한 나머지 회원들은 사진 속 에서도 파리해 보였다.

「그래도 컴퓨터로 보니까 확대할 수도 있고 좋네요. 바텐더님, 설 명 좀 부탁드릴까요?」

「저도 자세히는 모르고요. 이 여성분은 제가 클럽에 들어오기 전 에 돌아가셨다고 들었어요. 그리고 이분, 이분, 이분은 제가 들어온 90년도에 다 돌아가셨어요. 두 분은 암이었고요, 한 분은 간경화였 어요. 모두 제가 운전하고 업어서 병원에 모셔 갔던 터라 정확하게 기억하고 있습니다. 그리고 이분은 다음 해에 아시는 분이 있다고 해서 국군병원에 입원하셨는데, 나중엔 영 가망이 없었는지 호스피 슨가 하는 곳으로 옮기셨다고만 들었습니다.」

「어떻게 되셨다는 얘기는 못 들으시고요?」

「5, 6년 전까지도 살아 계시다고 듣긴 했었는데…… 벌써 여러 번 돌아가실 뻔했던 분이라 어떻게 되셨는지는 잘 모르겠습니다.」

「혹시 그 말씀은 누구에게 들으셨나요?」

「교산 선생님께 들었습니다. 오래 못 사실 것 같다고 하시면서 한 번 면회 갔다 오자고 하셨습니다. 선생님 시력이 갑자기 나빠지셨거 든요. 그래서 저보고 운전을 해 달라는 거였습니다.」

「그래서 다녀오셨나요?」

「아니요. 주방 아주머니에게 주소도 받고 갈 준비까지 마쳤는데, 무슨 일이었는지 그냥 가지 않았어요. 그래서 전 돌아가셨구나 하고 생각했지요.」

「주방 아주머니는 어떻게……」

「아, 그 호스피스를 추천한 분이 주방 아주머니였어요. 아주머니 동생분이 거기 수녀님으로 계셨거든요.」

「혹시 그 호스피스 이름이나 전화번호를 알려 주실 수 있을까요? 그리고 그분 성함도요.」

「가물가물하네요. 잠시만 기다려 보세요. 기억이 영……. 제가 명함을 받아 놓았을 텐데요……」

바텐더는 책상 서랍 안의 두툼한 수첩 여러 권을 훑었다.

「아! 여기 있네요. 성함은 홍경래[19] 씨고요, 호스피스는 성가롤로 병원이네요. 순천에 있는데요.」

바텐더는 손수 만든 것 같은 어느 수녀님의 명함을 건넸다.

순천 성가롤로병원

한희자 데오필라 수녀

061 - 720 - ○○○○

『성가롤로병원입니다.』

『수고하십니다. 저는 동대문경찰서의 서효자 경감이라고 하는데요, 환자 한 분을 찾고 있습니다. 홍경래란 분인데 아마 90년도 초반에 입원하셨을 겁니다.』

『잠시 기다려 보세요. ……여보세요? 그런 분은 안 계시는데요?』

『전후 몇 년 정도 범위를 넓혀서 찾아봐 주실 수 있을까요?』

『전체 데이터를 통틀어 검색한 겁니다. 그런 분 안 계시네요.』

『혹시, 돌아가신 걸 수도 있나요?』

『그건 아니에요. 돌아가셨거나 다른 곳으로 옮겼더라도 기록이 남아 있을 텐데요, 그렇지 않거든요.』

『아, 그렇군요. 고맙…… 저기요. 잠깐만요. 그럼 혹시 한희자 데오필라 수녀님은 계신가요?』

『원목실장 수녀님요? 돌려 드릴까요? 잠시 기다려 보세요.』

경쾌한 전화 연결음이 들려왔다.

『원목실 한희자 데오필라 수녑니다.』

『안녕하세요. 전 동대문경찰서의 서효자 경감이라고 합니다. 뭣 좀 여쭤 볼 게 있어서 전화드렸습니다.』

『네, 자매님. 말씀하세요.』

『제가 환자를 한 분 찾고 있는데요. 홍경래란 이름으로 원무과에 말씀드렸더니 자료에 나와 있지 않다고 하시더라고요. 혹시 남양주 클럽에 계시는 한희숙 씨가 소개한 환자분 기억하실까요? 생존해 계신지 궁금해서요.』

『아, 언니가 소개했던 분이요? 물론 건강하게 잘 계십니다. 성함은 홍진구 씨예요. 처음에 들어오실 때만 해도 길어야 한두 달이라고 했었는데, 홍 선생님 기도가 하늘에 닿았는지 지금까지도 건강하게 잘 견뎌 내고 계세요. 홍경래는 그분 예명인가요?』

『저흰 그분 성함이 홍경래라고만 알고 있었는데, 더 확인해 봐야겠습니다. 그건 그렇고, 그분 혹시 면회가 가능할까요?』

『물론이죠. 폐가 안 좋아서 말씀을 많이 하실 수는 없어요. 호흡이 정상인보다 많이 부족하시거든요. 말만 많이 시키지 않는다면 면회도 충분히 가능합니다. 오히려 사람을 많이 그리워하셔서 면회 오시면 반갑게 맞이하실 거예요. 병원에서도 기도를 열심히 하시는 분으로 유명하답니다.』

『네, 잘 알겠습니다. 말씀 고마웠습니다.』

*

홍 형사가 전한 소식은 그리 희망적이지 못했다. 전화국에서는 이렇다 할 단서를 찾지 못한 것이다. 의문의 전화 앞뒤로 전화를 사용한 사람은 모두 회원을 따라온 준회원들이었고, 자신의 앞뒤로 전화를 쓴 사람이 누구인지 전혀 기억해 내질 못한다는 것이다. 많이 흥분해 있었다고. 희박한 가능성이었기 때문에 그다지 기대할 바는 아니었지만, 단번에 용의자에게 다가설 수 있는 기회를 잃은 것 같아 기운이 빠져나가는 것 같았다. 그리고 안두희의 휴대전화엔 클럽 사무실에서 걸려 온 사건 사흘 전의 전화 한 통과 토요일 정오의 세 통이 전부였다. 사건 전날, 클럽에서 걸려 온 전화라? 인터폰이 있는데도 굳이 휴대전화로 건 이유는 뭘까? 어쩌면 먼저 걸었던 한 통은 약속을 위해서, 나중 세 통은 확인을 위해서가 아니었을까? 연거푸 세 통의 전화는 초조한 것이었으리라. 오랫동안 준비한 계획이 크게 틀어지고 있다는 걸 확인한 것일 수 있으니까. 그렇다면 더욱더 허균과의 약속은 안두희의 부재를 확인한 후 급조한 약속이라 볼 수 있었다. 하지만 단순히 우발적인 변수였을까? 그리고 일요일 오후 여섯 시부터 자정까지는 전원이 꺼져 있었다. 아마도 그 시간, 안두희는 클럽을 다녀갔으리라.

이제부터는 생존해 있는 창립 회원을 통해 사건 전체의 윤곽을 그려야 한다. 이번엔 서 형사 쪽에서 문수에게 홍 형사와 함께 순천으로 내려가 달라고 부탁했다. 경찰보다는 클럽 회원이 접근하는 데더 용이할 것 같아서였다. 문수에겐 과거에 허균과 대립각을 세웠거나 원한을 가진 사람이 있었는지, 클럽의 창립 당시 상황과 클럽의 소유권이 바텐더에게 상속되는 것에 대한 느낌을 물어보고 반응을잘 엿봐 달라고 주문했다. 그리고 홍 형사에겐 철저한 녹취를 당부했다. 잔인한 생각일지 몰라도 다음번 진술은 영영 하지 못할 수도있기 때문이다. 스태프와 배우들의 회동 전까지 약간의 시간이 있었다. 바텐더에게 양해를 구하고 사무실에서 안국양행의 보고서를 검토했다.

*

서 형사는 뭔가의 소리에 놀라 잠에서 깼다. 전화번호부처럼 두꺼운 보고서를 하나씩 검토하면서 여러 곳에 전화를 하는 통에 피곤이 몰려왔던 모양이다. 잠시 동안 앉아 있자니 아무런 소리도 들리지 않았다. 휴대전화는 배터리가 바닥나 있었다. 휴대전화를 충전기에 꽂고는 자세를 고쳐 잡았다. 잠들기 전 귀가 뜨거워질 정도로 계속된 남편과의 통화를 곱씹어 보았다.

안국양행은 무역상을 했기 때문에 보고서엔 수출입 품목과 물량, 단가 등이 빼곡했다. 대개 기계의 부품이라 전문 용어에 영어로 된 리스트는, 까만 건 글씨요 하얀 건 종이라고 하는 웃기지 않는 우스갯소리를 떠올리게 했다. 한참을 의미 없이 리스트를 읽어 내려가다가 'Lens diaphragm tube(for Camera)'라는 항목을 발견했다. 그나마 낯익은 단어가 눈에 번쩍 들어온 것이다. 목소리도 듣고 기술 선생의 조언도 얻을 겸 남편에게 전화를 걸었다. 남편은 잠시 후 그 부품이 카메라의 중요 부품인 '렌즈조리개경통'이라는 것과 카메라 내에서 담당하는 기능까지 세세하게 설명해 줬다. 서 형사가 그 부품을 디자인하고 제작한 곳이 남아시아의 브루나이라고 하자 남편은 연도를 물었다. '1982년'이라는 대답에 보고서 말미에 있는 해당 업체의 계약서나 상세한 사항을 팩스로 보내 달라고 했다. 다른 선생님에게 도움을 받았는지, 이번엔 제법 시간이 걸린 후에 대답이 돌아왔다. 서류상으로는 완벽하지만 이해할 수 없는 부분이 좀 있다고 했다. 무역 서류를 볼 줄 아는 선생님에게 문의했더니 '해당 업체에서 디자인하고 제작한 것이 맞다'고 했지만 남편의 견해로는 하이테크가 필요한 부품이라 브루나이와 같은 개발도상국에서 만들 수 있는 수준이 아니라는 것이었다. 우리나라도 90년대 중반에야 겨우 기술을 갖춘 정도였다고 덧붙였다. 서 형사는 해당 업체와 교역한 품목을 몇 개 더 보냈지만 돌아오는 대답은 똑같았다. 남편은 전화를 끊을 때까지 불평 없이 똑같은 작업을 반복해 주었다. 안국양행이 입주한 건물의 소유권 역시 매우 복잡했다. 이사가 너무도 빈번

했다. 일 년 정도 한곳에 머무른다 싶으면 건물 주인이 바뀌었다. 이사는 반경 1km 내에서만 이루어졌다. 어떤 곳은 100㎡ 정도의 규모에 315명이 근무하는 걸로 되어 있기도 했다. 휴대전화의 배터리에 파란 불이 들어오자마자 힘차게 벨이 울렸다. 벽시계는 벌써 저녁 7시 30분을 가리키고 있었고, 홍 형사는 세 시간 전 홍진구 씨를 만났던 얘기를 들려줬다.

*

세 시간 전. 병원에 도착한 두 사람은 먼저 원목실장 수녀님을 만났다. 수녀님은 자랑스럽게 홍진구 씨의 현재 건강 상태를 알려 줬다. COPD라고 하는 만성 폐쇄성 폐질환 말기에 심장까지 기능이 약해져 거의 산송장으로 들어온 경우였다고 했다. 폐와 심장이 특히 위중하다 뿐이지 다른 장기들도 거의 제 기능을 하고 있는 것이 없었으니, 살아 숨 쉬고 있는 것이 신기할 따름이었다고 당시를 회상했다. 비록 여전히 간호사들에게 정기적으로 가래 제거 도움을 받아야 하지만, 이십 년을 넘게 살 수 있도록 기적과 같이 건강을 회복한 것이니, 병원의 큰 성과이며 희망의 상징처럼 인식되고 있는 것 같았다. 홍진구 씨는 갓 입원한 환자들과 마음 편히 이야기를 나누는 봉사를 하고 있었다. 현재 1인실을 사용하게 된 것도 모두 그 덕분이라고 했다. 죽음에 직면해 잔뜩 겁을 집어먹고 있는 환자들에게 희망의 메시지를 전달하거나 삶의 의미를 나누는 것이 그리 쉬운 일은 아닐 것이다. 어쩌면 당연한 대가였다. 그런 홍진구 씨도 클럽 회원과 경찰의 방문에는 웃음기 싹 가신 표정으로 대할 수밖에 없었을 것이다.

「홍진구 선생님, 저는 남양주경찰서 홍창수 형사라고 합니다. 이쪽은 박문수 씨고, 클럽 페르소나의 회원입니다. 며칠 전에 클럽 창립 멤버인 허균 씨가 돌아가셨습니다. 그래서 몇 마디 여쭤 볼 게 있어서 찾아왔습니다.」

홍진구는 침대에 누워 있었다. 코에 호스를 차고 있었지만 병색은 찾아보기 힘들었다. 방 역시 병실이라기보다는 생활을 위한 숙소 같다는 느낌이 들었다. 상담 환자들에게 받은 듯한 편지들이 벽에 자랑스럽게 붙어 있었다.

「그러세요.」

오래된 탓이었을까? 슬퍼하는 느낌은 없었다. 다만 경직되어 경계하는 눈치였다. 눈을 맞추지 않으려는 느낌이 역력했다.

「클럽 창립 멤버셨다고 들었습니다. 그때 얘기를 좀 나눠 보려고 합니다.」

「삼십 년 가까운 얘기라 기억나는 게 있기나 할지 모르겠습니다.」

「창립 당시의 일을 기억나시는 대로 들려주셨으면 합니다. 창립의 계기라든가 누가 발의했다거나 하는 등의 얘기면 다 좋습니다.」

「뭐, 별거 있나요? 허균과 안두희가 아이디어를 냈지요. 안두희 이름이 김구 선생님 암살한 사람과 같다고 그러면서 구실을 만든 겁니다. 그냥 친목 모임이었지요. 나야 뭐 물주 있겠다, 그렇잖아도 하는 일도 딱히 없었고 해서 자주 드나든 정도였지요.」

문수가 홍 형사의 말을 끊고 대화에 불쑥 끼어들었다.

「홍진구 선생님. 교산, 아니 허균 선생님이 살해되신 겁니다. 그것도 계획적으로 말입니다. 아시겠어요?」

문수는 감정 없는 말 한 마디를 불쑥 던지고는 홍진구의 표정을 살폈다. 시선은 아예 벽 쪽에 고정되었다. 평정심을 유지하려고 안간힘을 쓰고 있는 것 같았다. 하지만 불현듯 일어나는 잔기침이 그 내면의 경기를 고자질하고 있었다. 문수는 홍진구의 기침이 사그라질 때를 기다렸다.

「아시다시피 저희 클럽 내에 외부인이 들어와서 무슨 일을 저지르는 것이 가당키나 한 일인가요? 분명 내부자의 소행일 겁니다. 그래서 선생님께 클럽의 시작에 대해 몇 마디 들으려고 먼 길을 온 겁니다. 그런데 너무하세요. 성의 없이 아무렇지도 않게 대답하시네요!」

문수는 원망스럽다는 듯이 머리를 감싸며 휙 돌아섰다. 그때 주머니에서 뭔가가 툭 떨어져 나왔고, 홍진구의 시선이 그쪽으로 쏠린 건 당연한 일이었다. 라이터가 박혀 있는 담뱃갑이었다. 홍진구의 시선이 담배에 꽂혀 움직일 줄 몰랐다. 홍진구는 상상만으로도 기침이 새어 나왔다. 몇 번은 격정적으로 기침이 나왔으니, 연기를 깊숙이 빨아들이는 상상을 하는 것이 아닐까 싶을 정도였다. 홍 형사가 재빨리 주워 다시 문수의 주머니에 넣으려는 걸 문수가 받아 쥐었다. 홍진구의 시선이 문수의 손에 머물렀다.

「선생님…… 선생님?」

「어, 뭔가?」

홍진구의 시선이 힘들게 문수의 얼굴로 옮겨 갔다.

「선생님. 저희는 분명 클럽의 시작에 석연치 않은 뭔가가 있다고 생각합니다. 선생님, 말씀해 주세요.」

홍진구의 눈동자가 한없이 흔들리고 있었다. 그리고 잠시 후에 말을 꺼냈다.

「말해 주면…… 그걸 줄 텐가?」

주먹으로 입을 막고 잔기침을 하는 홍진구의 눈빛이 탐욕스러웠다. 문수가 시간을 끌자 잔기침은 격정을 띠기 시작했고, 문수가 고개를 끄덕이자 고함 같은 기침이 튀어나왔다. 참을 수 없었는지 홍진구는 간호사를 호출해 기관지에 있는 가래를 빼내고 약을 받아먹었다. 간호사가 나가고 얼마가 지난 후에야 겨우 다시 평정이 찾아왔다.

「그래. 알고 싶은 게 뭔가?」

문수는 1인용 나무 의자를 끌어와 침대 옆에 앉아 눈높이를 맞췄다.

「클럽의 시작은 어땠나요? 어떻게 일곱 분 중에 네 분이 일 년 만에 병으로 돌아가실 수 있는 거죠?」

「그래, 알았네. 삼십 년 가까이 지났지만 내가 아는 사실, 말할 수 있는 얘기만 해야 하는 걸 이해하게.」

홍진구는 코에 꽂혀 있던 산소호흡기를 빼 천천히 목에 걸쳤다. 그러고는 숨을 고르며 얘기할 내용을 상기했다.

「우리는 전부터 조금씩은 알고 지내던 사이였지. 그러던 어느 날 허태수가 찾아온 거네. 허균의 본명이 허태수인 건 알고들 있지? 곧 퇴직하게 되었다고 하면서 뭔가 새롭게 시작하는 것이 있는데 도움을 줄 수 있느냐고 물었지. 그런데 사실 난 그때 아무것도 할 수 있는 게 없었어. 몸이 말이 아니었거든. 내 주변에선 날 거의 폐인 취급할 정도였지. 병원에 갈 돈도 없었고, 당장 일을 쉬면 가족들 먹여살릴 일이 까마득해서 마음대로 쉴 수도 없었다네. 이러다가 갑자기 가겠구나 하는 생각만 하고 살 때였지. 그런데 태수의 제안은 솔깃했었네. 사실 나는 제안의 내용보다는 대가에 더 끌렸었지만 말이야. 정기적인 진료는 물론이고 봉급도 준다는 거였어. 그리고 몇 년후에는 장기 의료 시설을 소개해 주겠다고도 했지. 전부터 태수는 믿을 만한 사람이라고 생각하던 차에 그 제안도 진실성이 담겨 있는 것 같아서 수락했지. 아니, 수락할 수밖에 없는 상황이었다고 해야겠지. 조건도 그리 어렵지 않았다네. 그래서 오히려 일말의 의구심이 생기긴 했지만 말이야. 요는 이름을 홍경래로 바꾸고, 역사 속의 인물 홍경래처럼 행동하면 된다는 거였어. 사실 그때 나로서는 말할 수 없이 괴상한 제안이라고 생각했지만, 마다할 수도 없었지. 태수가 왜 그런 모임을 만들었는지에 대해서도 별로 궁금해하질 않았었네. 내 모든 관심과 걱정은 내가 죽고 나서 가족들이 어떻게 살아갈까 하는 거였으니까. 내가 합류한 시점은 이미 다른 멤버들이 모두 들어온 후였더군. 다른 사람들은 안두희의 소개로 벌써부터 와 있었던 것 같았네. 한 번도 본 적은 없었지만 같은 회사에 몸담고 있었을 거라는 느낌은 있었지. 난 다른 사람들이 어떻게 하는지를 보고 그대로 흉내만 내면 됐으니까 차차 익숙해지더군. 처음엔 홍경래 역할을 연기하는 건 줄 알았는데, 그런 것도 아니었으니 말이야. 홍경래에 대해 공부하고 누군가 나한테 그 사람에 대해 물으면 대답해 주는 거였지. 홍경래의 대리인 역할이라고 해야 하나, 아니면 홍보 대사라고 해야 하나? 하여튼 그런 느낌이었어. 사실 그 전에는 전혀 아는 바 없었지만 나중엔 홍경래에 대해서 친근해지기까지 하더라고. 난 그렇게 일 년을 버텨 냈어. 더 어려운 임무도 했던 나니까 그쯤은 아무것도 아녔지. 그 일 년 동안에 다른 회원들이 먼저 저세상으로 떠난 거야. 그 친구들도 나처럼 클럽에 들어오기 전부터 중병을 앓고 있던 거 같았어. 사적인 대화는 거의 없었지만, 그건 분명해 보였어. 그런데 그 친구들 죽어 나갈 때 난 오히려 태수 그 친구에게 무한한 신뢰를 느꼈다네. 죽은 친구들에겐 아무 얘기 없이 그 앞으로 생명보험을 들었다가 가족들에게 고스란히 챙겨 주더란 말이지. 게다가 정성스레 장례까지 치러 주는 걸 보고서야 난 비로소 안심하게 되었다네. 그리고 다음 해부터 클럽에 사람들이 생각보다 많이 가입하는 걸 보고서 이곳으로 올 수 있었지. 그래서 보다시피 몸이 전보다 훨씬 건강해졌어. 내 큰아들 녀석에게도 일자리를 소개해 줘서 더없이 고맙기도 해. 이 정도지. 클럽의 시작은.」

「왜 그랬을까요? 돈이야 원래 많았다고 치더라도, 아무런 소득이 없는 일에 너무나 많은 대가를 지불한 거 아닌가요? 그런 이유에 대해 궁금해하거나 의심하지 않으셨나요?」

「그 친구 아마도 이상적인 사회를 꿈꿨던 거 같아. 본명은 허태수지만 그 친구 페르소나로 허균을 선택한 것만 봐도 알 수 있잖은가? 그 친군 클럽을 통해 율도국을 꿈꾼 거야. 가족이나 다른 친구들도 거의 없었거든. 퇴직 후에 그 친구는 자신만의 율도국을 만들고 싶었던 거야. 그건 분명해.」

「그러면 선생님이 아시기에도 허균 선생님에겐 적이나 원한을 품은 사람이 없었다는 건가요? 허균 선생님을 알고 있는 다른 사람들도 선생님처럼 좋은 사람이었다고만 얘기하던데요? 어떤 이해관계도 없는 사람이 허균 선생님을 살해했다 이 말씀이신가요?」

「우리 하던 일이 좀 거칠었으니 왜 없었겠나? 하지만 상대방 입장에서는 우리 개인이 아니라 회사를 상대하는 것이었으니 없었다고 봐야겠지. 우리는 철저히 회사의 일부로 살았다네. 그만큼 검은 일도 있었다는 걸 인정하지. 나도 그 친구 죽음에 대해선 말할 수 없이 슬프다네. 하지만 내 생각엔 돈 문제 같은 비교적 빤한 것이 그 친구 죽음의 원인이 아닐까 싶네.」

「그러면 안두희 선생님은 어떠셨나요?」

「뭐가 어땠냐는 거지?」

「면면이요.」

「글쎄, 별다른 기억은 없어. 항상 묵묵히 태수의 뒤를 지키고 있던 느낌이랄까? 나이는 그 친구가 한두 살 더 많다고 알고 있지만, 안두희 그 친구는 태수가 부탁하는 거라면 뭐든 했던 친구로 기억할 뿐이야. 이젠 됐지? 난 자네들이 물어보는 것에 대해 참으로 대답했네.」

「하나만 더 여쭤 볼게요. 혹시 '불수호난행'이라는 문구에 대해 들어 보신 적 있나요?」

「그게 무슨 뜻인가?」

「모름지기 어지러이 걷지 말라, 뭐 이런 뜻입니다.」

「글쎄, 별생각이 떠오르지 않는걸.」

「혹시 립스틱은요? 루주라고도 하죠. 여자들이 입에 바르는 화장품 말이에요.」

「그게 뭐 어떻다는 건가?」

아무렇지도 않은 듯 시치미를 뗐지만 눈동자는 미세하게 흔들렸다. 동시에 그의 주먹이 잔기침을 몇 차례 막아 냈다.

「립스틱 하면 떠오르는 거 없으세요?」

「그거야 여자들한테나 물어야지……」

「잘 알겠습니다. 말씀 고맙습니다. 어서 쾌차하세요.」

문수는 허리를 굽혀 인사했다.

「어이, 후배님!」

홍진구는 방문을 나서려는 두 사람을 다급하게 불러 세웠다.

「약속은 지켜야지.」

「그렇죠. 약속은 약속이니까.」

문수는 약속한 대로 손에 꼭 쥐고 있던 걸 침대 옆 테이블 서랍에 밀어 넣고 잰걸음으로 병실을 나섰다. 두 사람의 등 뒤에서 고함치듯 기침 소리가 들려왔다. 담뱃갑 안에는 라이터 이외에 껌 두 개만이 들어 있다는 사실을 알아챈 분노의 기침 소리였을 것이다.

*

서 형사는 기지개를 켜면서 홀로 나왔다. 〈개와 고양이〉 스태프와 배우들이 모인다고는 했지만, 고용된 전문 단역배우들과 스태프들은 눈에 띄지 않았다. 준회원들은 여전히 노란색 명찰을 패용하고 있었다. 서 형사가 홀 이곳저곳을 어슬렁어슬렁 거닐어도 아무도 신경 쓰는 사람은 없었다. 아니, 어깨를 부딪쳐도 마치 보이지 않는 사람처럼 무시하는 것이었다. 자신들의 이야기에 집중하고 있는 것인지 아니면 애써 모르는 척하는 것인지 여전히 알 수 없었다. 클럽을 방문한 지도 벌써 사흘을 넘기고 있었지만 익숙해지기 힘든 것이었다. 바텐더와 나 감독만이 바쁜 와중에도 눈으로 인사를 해 줄 뿐이었다.

회의는 매우 자유롭고 이상적으로 보였다. 몇 개의 테이블에 나누어 앉아서 다소 분산된 느낌이 들었지만 토론의 주제가 구성원들을 하나로 결속하고 있었다. 어떤 사람들은 여전히 입을 오물거리며 식사를 이어 가는 중이었고, 어떤 이들은 손에 든 인쇄물을 읽었지만 모두들 토론에 열중인 것만은 분명해 보였다. 인상적인 것은 어느 누구도 다른 사람의 발언 중에 끼어들거나 말을 자르지 않는다는 것이었다. 얘기할 것이 있으면 손을 들고 기다렸다. 식사하던 사람은 손에 포크를 든 채로, 누구는 인쇄물을, 어떤 이는 손가락을 까딱거리며 자신을 선택해 주길 기다릴 뿐이었다. 오늘 토론의 좌장 격인 나 감독은 그런 사람들에게 발언 기회를 골고루 부여했다. 나중에야 알게 된 것이지만 영화의 주·조연뿐 아니라 대사 한마디 없는 단역들도 더 나은 영화를 위해 자유롭게 자신의 의견을 피력하고 있었다.

「피날레에서는 시간이 좀 더 들더라도 우리 같은 단역들도 전문 아티스트에게 분장을 받게 하는 건 어때요?」처럼. 이러한 광경이 서 형사에겐 매우 지적이고 또 고급스럽게 느껴졌다.

토론의 주된 내용은 금요일 저녁부터 토요일 새벽까지 이어질 마지막 촬영 장면에 대한 것이었다. 나 감독으로부터 발언권을 얻은 사람은 손에 나이프를 쥐고 식사하던 오기호 역의 전봉준이었다. 봉준은 발언권을 얻은 이후에도 서두르지 않고 입안에 있던 음식물을 음미하듯 마저 씹었다. 회원들의 표정에도 대수롭지 않게 기다려 주는 여유가 보였다.

「제 생각에는 말입니다. 마지막 장면은 계획된 것보다 더 잘게 끊어서, 그러니까 짧게 짧게 촬영하되 커트 없이 가는 건 어떨까 해요. 아무래도 즉흥적일 필요가 있지 않을까 싶습니다.」

「좀 위험하지 않을까요? 엔딩 장면은 그야말로 이 영화의 백미라고 할 수 있는데요?」

「이 영화는 역사적인 의미가 큰 영화입니다. 그런 이유로 좀 더 예술적일 필요가 있지 않을까 해서 드리는 말씀이에요.」

의자에 조신하게 앉아 있던 앳된 여배우가 손에 든 장갑을 흔들어 시선을 끌었다.

「정월[20], 말씀하세요.」

김영희 역의 나혜석이 발언권을 얻어 냈다.

「해몽[21]의 말씀도 일리는 있어요. 하지만 이렇게 중요한 영화의 피날레를 즉흥적으로 하자는 건 무리라는 생각이 듭니다. 그리고 즉흥적인 게 꼭 예술성을 가져다주는 것도 아니고요. 전 장면을 더 잘게 나누자는 의견에는 동의해요. 잘은 모르지만 최종 편집 작업에도 도움이 될 것 같거든요. 그리고 NG도 줄일 수 있을 것 같고요. 하지만 즉흥적인 것에는 반대합니다. 오히려 촬영이 마음에 들지 않으면 일정을 연장해서라도 완벽하게 촬영해야 한다고 생각합니다.」

또 한 번 봉준이 손을 들었지만, 이번엔 분장을 돕고 있는 풀잎에게 발언권이 주어졌다.

「특수연출팀에서 총 맞을 사람이 누구이고, 몇 발로 할 건지 확실하게 해 달라고 했어요. 어떻게 하실 거예요? 오늘 저녁에 전달하려고 하거든요.」

언제부터 듣고 있었는지 서 형사의 등 뒤에서 낯익은 목소리가 들려왔다.

「리볼버는 여섯 발. 나 감독, 알고 있지?」

도향이었다. 도향은 도서관으로 쑥 들어갔고, 회원들은 미소를 머금었다.

「도향은 잠꼬대처럼 맨날 저 소리.」

나 감독의 푸념에 회원들이 미소를 지었다.

「지난번에 오기호는 물론이고 천가도 죽이자고 했던 말씀 기억하세요? 그것 때문에 스태프가 그렇게 물어보나 봐요. 어떻게 하실 거예요?」

풀잎은 메모지를 꺼내 들고 받아 적을 기세로 묻고 있었다.

「이렇게 합시다. 오기호 가슴에 두 발, 천가 가슴에 세 발.」

「네? 그럼 한 발이 남잖아요?」

「다 쏴 버리면 홍콩 누아르 같아지잖아요. 그 정도면 충분해요. 지난번 안중근 장군 얘기를 들으니까 오히려 총알을 남기는 것이 더 낫겠어요. 원수를 갚는다거나 한 맺힌 걸 푸는 개념이 아니잖아요. 해야 할 일을 하는 거지. 오기호와 천가를 단죄하는 데에는 그 정도면 되겠어요. 가슴팍 중앙에 준비해 달라고 부탁드리세요. 그리고 안두희 선생님께도 누가 말씀드려 주실래요?」

조금 먼 테이블에서 이야기에 집중하고 있던 이의민이 손을 가만히 들었다.

「네, 좋습니다. 안두희 선생님께는 이의민 씨께서 말씀 전해 주시고요, 다른 안건은 또 없을까요?」

콘크리트 기둥에 기대서 있던 회원이 손을 들어 발언권을 얻어냈다. 극 중 영진의 친구이자 영희의 애인인 윤현구 역을 맡은 장영실[22]이었다. 극 중 현구 역과는 예닐곱 살의 나이 차이가 있기 때문에 평소에도 분장을 지우지 않고 있었다.

「감독님, 알려진 아리랑 원본에서는 천가를 죽이는 대목이 없지 않나요? 제가 알기로는 그런데요. 만약 원본과는 다르게 천가를 죽여야 한다면 윤현구가 하는 것이 낫지 않을까요?」

「글쎄요, 제 생각엔 좀 복잡해지지 않을까 싶은데요……」

나 감독과 영실이 자신이 천가를 죽여야 한다고 열띤 토론을 벌이고 있는 사이 혜석이 조용히 일어나 서 형사 옆을 스쳐 지나갔다. 혜석이 옆을 지나가는 순간, 뭔가를 건드린 것이 아닌가 하는 느낌이 불같이 일어났다. 형상(形像)이 아닌 현상(現象)의 뭔가. 혜석은 곧장 화장실로 향했고, 서 형사는 화장실 입구를 물끄러미 바라봤다. 형사 생활을 하는 도중에 아주 드물게 전해지는 이 느낌을 누군가는 '육감'이라고 부르고, 누구는 '개통력'이라고도 부르는 것이었다. 그런데 말 그대로 느낌이기 때문에 어디에서 오는 것인지, 어떤 것을 의미하는지에 대한 해석은 제각각일 수밖에 없었다. 지금 서 형사가 그랬다.

'뭔가 툭 하고 건드렸는데!'

향기 때문인지 빛깔 때문인지 아무것도 연상되지 않는 그냥 느낌이었다. 하지만 서 형사는 침을 꿀꺽 삼키면서 혜석이 나오기만을 기다렸다. 혜석이 물기 있는 손을 제 손수건에 닦으면서 옆을 지나갈 때, 서 형사는 또 한 번 실망의 한숨을 내쉬었다.

'제길, 립스틱을 안 했네!'

혹시 혜석이 눈에 익은 립스틱을 바르지 않았을까 하는 기대를 잠시 동안 했기 때문이다. 토론은 마무리되어 가고 있었다. 나 감독이 영화의 성공을 기원하는 뜻으로 참석자들에게 트로피컬 포이즌을 돌렸다. 서 형사에게도 한 잔 돌아왔다. 서 형사는 이 잠깐의 휴식을 이용해 가방에서 그림을 한 장 꺼내 사람들 앞에 보였다. 서 형사 앞으로 보내온 의문의 그림이었다.

「잠깐 실례 좀 하겠습니다. 혹시 이 그림 알아보시는 분 있을까요?」

서 형사는 그림을 보는 회원들의 표정을 짧은 순간 동안 훑어봤다. 어떤 대답을 바라고 내놓은 것만은 아니었다. 회원들의 표정을 통해 누군가를 걸러 낼 수 있어도 큰 수확이 될 것 같았다.

「이 사건에 깊게 관련된 사람이 보낸 건 분명해 보입니다.」

그림을 보는 회원들의 표정은 그다지 변화가 없었다. 무표정 그대로였다. 봉준이 들릴 듯 말 듯한 목소리로 중얼거렸다. 이들은 외부인이 옆에 있는 걸 의식하면 자동으로 볼륨을 줄이고 중얼거리는 모드로 전환되었다.

「벽지에 그린 것 같은데……」

「네? 벽지라고 하셨어요? 어딜 보고 그렇게 말씀하시는 거예요?」

「오톨도톨한 무늬가……」

「어떻게 한눈에 알아보실 수 있죠?」

「제가 건축 현장에서 오래……」

그때 서 형사의 머릿속을 스치는 영상이 있었다.

'옳거니!'

옆에 있던 나 감독도 진지하게 얘기를 꺼냈다.

「종이는 잘 모르겠지만, 그림은 제가 알 것 같은데요. 혹시……」

시선이 모두 나 감독에게로 쏠렸다.

「혹시 서 형사님을 그린 건 아닐까요? 치마를 입고 입술을 칠했지
만 넥타이를 매고 수염이…… 죄송합니다. 농담이었습니다. 언짢으
셨다면 사과드리겠습니다.」

회원들이 난처한 표정으로 웃음을 참고 있었다.

「나 감독님, 정말……」

「죄송합니다. 옆에서 보자니 아이 그림을 놓고 너무도 진지하게
말씀하고 계셔서 그만 장난기가 발동했습니다. 정말 죄송합니다.」

회원들은 결국 웃음을 터트렸고 그 사이 이의민이 현관을 나서고
있었다. 서 형사는 그 틈을 놓치지 않고 이의민의 눈빛을 읽어 냈다.

'불안한 눈빛. 혼자 설 수 없다면 기대려 할 것이다.'

이의민은 마당에서 누군가와 통화하고 있었고, 멀리 가지 않을 것
같았다. 자리로 돌아오니 혜석의 옆자리가 비어 있었다. 다들 영화
얘기를 하고 있는 사이에 서 형사는 나혜석 옆으로 다가가 앉았다.

「얘기 좀 나눌 수 있어요?」

아주 짧은 순간이었지만 참석한 모든 회원들이 반응했다는 것을 직감했다. 하지만 아무도 이쪽으로 시선을 돌리진 않았다. 오히려 잠시 끊어졌던 대화를 자연스럽게 이어 붙이고 있었다. 회원들에게는 단체 감정이 있는 것 같았다. 그 단체 감정은 웃기도 하고 대화도 할 수 있었지만, 개개로 떨어져 있는 순간엔 매우 불안하고 예민해지는 것 같았다. 날카로운 촉수들이 곤두서서 서 형사의 테이블을 주시하고 있다는 느낌이 들었다. 혜석은 대답하는 데 한참이 걸렸다.

「네? ……네. 그러세요.」

클럽 회원들이 외부인과의 대화에서 늘 입에 달고 있는 말투였다.

「불편하세요? 별다른 건 아니고 명찰 보고 궁금해서 물어보는 거예요. 개인적으로 궁금해서요.」

「뭐, 뭔데요?」

「무식하다고 할지 모르겠지만 나혜석이란 분이 어떤 분이셨는지 기억나지 않아서요. 분명 역사적으로 유명하신 분이셨죠? 기억이 날 듯 아무 생각도 나질 않는 거예요. 혹시 제가 들어 본 분인데 기억나지 않는 걸까 생각하다가 결국은 이렇게 물어보는 거예요. 불편하시면 제가 그냥 책 찾아볼게요.」

「아녜요. 제, 제가 말씀드릴게요.」

혜석은 다른 회원들을 의식하면서 천천히 말을 이어 나갔다.

「저, 정월 나혜석은 대단한 분이셨어요. 불꽃 같은 삶이란 바로 정월의 삶을 말하는 걸 거예요.」

혜석의 시선이 이내 안정을 찾더니 뭔가를 더듬으면서 활기를 띠기 시작했다.

「정월은 최초의 여류 서양화가이자 시인이셨어요. 근대 신여성의 효시였지요. 그것만으로도 대단하지만 정월의 가치는 거기에서 끝나지 않아요. 당시 시대가 여자들에게 바라던 여성관에 정면으로 부딪친 사람이었어요. 한마디로 시대에, 남성들의 불의에 맞짱을 뜨신 거죠. 죄송합니다. 표현이 거칠어서……」

「아, 아니에요. 재밌어요.」

「그야말로 정면으로 부딪친 거죠. 결과는 너무나 참담했지만요. 누구의 보살핌도 받지 못하고 행려병자로 돌아가셨거든요. 아주 오랫동안 세상은 정월에 대해 올바른 판단을 하지 못했어요. 아니, 관심도 없었거나 일부러 안 한 걸 수도 있겠다는 생각까지 들기도 해요. 흔히 정월 나혜석 하면 최초의 이혼 여성이라고만 알려져 있잖아요. 그거야 요란하게도 〈이혼고백서〉라는 글을 발표했기 때문이기도 하죠. 물론 정월이 현모양처는 아닐 수 있어요. 하지만 그 모든 죄악을 뒤집어쓰고 주홍글씨까지 새겨지는 건 아니라고 봐요. 그리고 남편 김우영과의 이혼을 끝까지 바라지 않았다고 기록에 남아 있어요. 저는 정월이 그림과 문학으로 평가받지 못하고, 당시 의당하다고 여겨졌던 여성관으로 인해 폄훼되고 또 버림받은 건 우리 역사의 또 다른 굴곡이라고 생각해요.」

차분하게 말하고 있었지만 분이 풀리지 않는 눈치였다. 이런 얘기를 하면서 담담할 수 있는 여자가 몇 있겠는가? 재미있는 건, 아무도 신경 쓰지 않는 척하지만 혜석의 말이 끝나기 무섭게 주변 볼륨이 다시 올라가고 있다는 것이었다. 모르긴 몰라도 혜석은 이번 일로 다른 회원들에게 조금 더 신뢰를 주지 않았을까 하는 생각이 들었다. 하지만 서 형사가 기대했던 뭔가는 알아낼 수 없었다. 그저 생소한 얘기처럼만 들릴 뿐이었다.

「나혜석 씨, 혹시 사용하는 립스틱이 있나요?」

「그건 왜…… 저는 아직 립스틱을 발라 본 적이 없어요.」

「아, 그냥요. 잘 어울릴 거 같아서요. 얼굴이 하얘서 빨간색 립스틱만 발라도 눈에 확 들어올 것 같은데……」

「저, 전, 그게 싫어요.」

트로피컬 포이즌은 어깨를 움츠러들게 할 만큼 톡 쏘는 첫맛과 은은한 민트 향의 달콤한 뒷맛을 즐길 수 있는 음료였다. 민트 향은 잔을 쥐고 있는 내내 코를 즐겁게 하고, 톡 쏘는 첫인상은 뒤돌아서서 다시 찾게 하는 중독성이 강한 음료라는 생각이 들었다. 맛도 맛이지만 한 모금 입으로 가져갈 때마다 저절로 움츠러드는 목이 재미있기도 했다. 바텐더는 부탁하지도 않았는데 음료를 리필해 주었다.

「이름 때문인지 리필할 때에도 죄짓는 느낌이 들더라고요.」

바텐더의 유머가 듣기 좋았다. 미안함은 사라지고 고마움만 남게 한달까.

「힘들지 않으세요?」

「뭐가요?」

「예전엔 사장님이셨잖아요. 클럽하우스가 바텐더님 염직공장이었다면서요? 공장 넘길 때 많이 서운하셨겠어요?」

「서운하긴요? 저는 천사가 손을 내미는 것 같았습니다. 빚 때문에 많이 시달렸거든요.」

「허균 씨랑 안두희 씨 겨드랑이에 날개가 달려 있는 걸 상상하기는 힘든걸요?」

「그렇죠. 그래도 대리인은 분명 대리인이셨어요. 그보다는 제 건물을 좋은 가격에 사 주신 사장님께 인사를 드렸어야 했는데, 그러지 못한 게 영 아쉽고 죄스럽기까지 하답니다.」

「허균 씨랑 안두희 씨가 대리인이었다고요?」

「그렇죠. 원래 저는 나혜석 사장님께 건물을 넘긴 겁니다. 다시 교산 선생님이 인수하시긴 했지만요.」

'그렇구나! 바로 건물등기부등본의 나혜석이었구나!'

「혹시 그분이 클럽 창립 멤버 사진에 있던 그 여성분 아닌가요?」

「네, 맞습니다. 저도 직접 뵌 적은 없습니다. 제게서 도장 받은 서류를 가져간 건 두 분 선생님이셨으니까요. 나중에 만나 뵐 수 있느냐고 여쭸더니 이미 돌아가셨다고 하시더라고요. 그날 전 집에 돌아가서 엄청 울었습니다. 먹고사는 게 바쁘다고 그렇게 고마운 분에게 인사도 한번 변변히 못 했으니까요.」

「그렇군요. 잠시 실례하겠습니다.」

2층 발코니에 사람이 없는 걸 확인한 후 홍 형사에게 전화를 걸었다.

『홍 형사, 전화 괜찮아?』

『네, 괜찮습니다. 휴게소예요. 무슨 일 있습니까?』

『홍 형사 혹시 등기부등본 가지고 있어?』

『클럽하우스 말씀이시죠? 네, 가지고 있어요.』

『지금 바로 확인해 줄 수 있어? 바텐더 정정화 씨 다음에 소유권이 누구에게로 넘어갔나 확인해 봐.』

『네, 잠시만요. 나혜석 씨로 되어 있는데요.』

『문수 씨에게 클럽 창립 멤버 사진을 보여 달라고 해 봐. 거기 보면 홍일점이 한 분 있을 거야. 그분이 바로 나혜석 씨야. 아무래도 나혜석이 이 사건의 열쇠를 쥐고 있지 않을까 싶어. 립스틱이 나혜석과 연결될 것 같은 느낌이 들거든. 하여간 정보과에 나혜석에 대한 정보를 문의해 두고, 다시 병원으로 돌아가서 홍진구 씨에게 이 여자분이 어떻게 돌아가셨는지, 허균 씨에게 소유권을 넘길 때 어땠는지 더 물어보라고.』

『그렇잖아도 박문수 씨가 뭔가 찜찜하다면서 다시 돌아가자는 거예요. 그래서 휴게소에 섰던 참이었거든요. 그런데 오늘 면회 시간은 끝났을 텐데, 어떻게 하죠?』

『뭘 어떻게 해? 기다렸다가 내일 면회하고 올라와. 수고.』

서 형사는 바텐더에게 쪽지를 하나 남겼다. 안두희 씨가 돌아오면 전해 달라고 했다. 다행히 바텐더 역시 안두희가 돌아오는 걸 보고 댁으로 돌아갈 생각이라고 했다.

안두희 선생님께.

전화를 받지 않으셔서 메모를 남겨 둡니다.

클럽은 회원들의 걱정스러운 눈도 있고 좀 어수선하니,

내일 남양주경찰서에서 선생님을 뵙고 얘기 나눴으면 합니다.

저는 오전 9시 이후로 언제든지 괜찮습니다.

미리 연락 주시면 준비하고 있겠습니다.

– 서효자 경감

집에는 잘 쓰지 않던 접대용 커피 잔이 꺼내져 있었다. 남편은 쭈뼛거리며 사실을 털어놓았다. 저녁에 경찰들이 잠깐 들렀다가 갔다는 얘기였다. 열쇠 없이 수갑을 푸는 테스트를 한다는 것이 그만 성공하지 못했다는 것이었다. 아이들은 세상모르고 방에서 잠들어 있었고, 가만 생각해 보니 열쇠는 벗어 놓은 바지 주머니에 있다는 것이 기억나더라는 얘기였다. 서 형사도 잊고 있던 일이 스치듯 떠올랐다. 양귀비를 괴롭히던 청년에게 열쇠를 보내지 않았다는 사실이었다.

7월 1일(金)

서 형사는 집을 나설 때 바텐더의 전화를 받았다. 목소리는 격앙되어 있었다.

『밤새 클럽에 큰일이 있었습니다.』

『무슨 일인데요?』

『클럽 옆에 조그만 폐가가 있었는데요, 한밤중에 불이 나서 모두 타 버렸지 뭡니까. 다행히 불이 번지지는 않고 폐가만 깡그리 태우고 꺼졌습니다. 소방관 얘기로는 옆의 수풀로 번지지 않은 것이 천만다행이랍니다. 클럽에 늦게까지 있던 사람들이 신고했다나 봐요.』

『화재 원인은 뭐라고 하던가요?』

『보통 화재 원인을 밝히는 데는 시간이 꽤나 걸린다는군요. 그런데 저희 폐가는 방화가 틀림없어 보인대요. 전기도 없고 탈 것도 별로 없는데, 누군가가 마른 나무를 가져다가 기름을 붓고 불을 지른 흔적이 역력하답니다.』

말문이 막혔다. 오후에 폐가를 다시 들르려던 참이었다. 자신에게 온 그림이 폐가의 벽지에서 오려 낸 것이 분명하다고 생각했기 때문이다. 오려 낸 부분을 맞춰 보면 전체의 그림이 보일 것이고, 보낸 사람의 의중도 그곳에 있으리라 생각했던 것이다. 팽팽하게 당겨진 줄 위에 서 있는 것처럼 느껴졌다. 뭔가를 이야기하려는 쪽과 필사적으로 막으려는 사람이 동시에 와 닿았다. 그리고 그 둘 모두 자신이 의도하는 곳으로 이끌어 가려 하고 있었다. 어쩌면 누군가가 지금의 수사 방향을 상당히 언짢게 바라보고 있다는 얘기일 것이다. 서 형사는 클럽으로 가는 대신 곧장 경찰서로 향했다.

*

서 형사는 바로 정보과의 정진수 형사를 찾았다. 정 형사는 제법 환한 미소를 지어 보였다.

「어제 홍 형사에게 전해 들었습니다.」

「다른 일로도 바쁠 텐데 자꾸 미안해요.」

「아닙니다. 제 일인걸요.」

「정 형사님 아이가 무척 개구쟁인가 봐요?」

얼굴을 붉힌 정 형사가 점퍼를 여며 가슴팍의 크레파스 얼룩을 숨겼다.

「네. 아내가 세탁한다고 한 건데도 잘 안 지워진다고 미안해하더라고요. 어떻게 하겠습니까? 서로 다 서툰데요.」

「크레용 얼룩은 세탁 전에 베이킹 소다를 묻힌 젖은 수건으로 한 번 문지른 후에 세탁해 보라고 하세요. 흔적 없이 잘 지워질 거예요.」

「아, 그래요? 그렇잖아도 요즘 제 아들 녀석이 여기저기에 작품을 남기고 있는 중이라 입을 게 걱정되던 차였거든요. 고맙습니다. 저도 좋은 정보가 있습니다.」

「뭣 좀 건질 게 있나요?」

「이 사건, 옆에서 지켜보는 저에게도 미스터리 특급 그 자체인데요, 제가 거기에 하나 더 보태게 생겼습니다.」

「그게 무슨 소리예요?」

「클럽하우스를 소유했던 나혜석에 대해 알아봤습니다. 데이터 두드려 봤더니, 이것밖에 없더라고요.」

정 형사가 내민 인쇄물에는 나혜석의 주민등록번호와 생몰년 그리고 사망 당시 거주지로 되어 있던 클럽하우스의 주소 딱 두 줄뿐이었다.

「아니, 오십을 넘긴 사람이 이렇게 단출하게 살다 갈 수 있나요? 하다못해 출신 학교나 그런 것도 안 나오더라고요. 마치 하늘에서 뚝 떨어진 사람처럼요. 그래서 클럽하우스 주소지를 가지고 역으로 조사해 봤죠. 역시 똑같더라고요. 그런데 재미있는 사실을 하나 발견했습니다.」

「뭔데요?」

「클럽하우스의 명의가 나혜석 사망 일주일 전에 옮겨지는 거예요. 사망자 허균 씨 앞으로요. 그리고 나혜석은 4층 자신의 방에서 자살했고요.」

「병사가 아니고 자살이라고요?」

「네. 자살이 맞습니다. 가족도 없고 살기도 싫고 하면 주변에 의지하던 사람에게 재산 양도하고 죽는 건 뭐, 자연스럽게 볼 수 있잖아요? 그런데 이분 재산도 꽤 많았던 것 같은데 정말 가족이 없었을까 싶더라고요. 그래서 클럽하우스 예전 등기부등본을 뒤져 봤습니다. 왜, 손으로 기록하던 거 있잖습니까? 찾아보니까 클럽하우스와 어제 불탄 폐가가 합쳐지기 전엔 따로 구분되어 있었더라고요. 그 폐가를 주소지로 했던 분들의 자료를 거슬러 올라갔죠. 모두 사망하셨더라고요. 그런데 지금부터 재미있어져요. 부모와 두 자녀 모두 해서 4인 가족으로 평범해 보이잖아요? 그런데 아버지 나형필이 88년 4월, 어머니와 두 자녀가 90년 1월에 연이어 죽습니다. 클럽하우스의 소유주였던 나혜석 씨가 89년 12월 10일 사망한 것과 비슷한 시기죠. 그런데 여기 생몰 시기를 잘 보세요. 나혜석 씨가 나형필 씨보다 20개월가량 더 오래 사시죠? 그런데 출생일을 보세요. 같습니다. 저희가 방금 놓친 게 하나 있어요. 여기 다시 한 번 보세요. 나형필과 나혜석은 주민등록번호가 같아요. 주민등록번호 뒷자리는 '1'로 시작하고요.」

*

예상대로 안두희는 변호사를 동반했고, 그들은 서장실로 안내되었다. 취조실이 아니라는 점에 두 사람 모두 의아해하는 눈치였다.

「이리로 앉으세요. 제 방이 아니라 좋은 차를 대접하기도 어렵네요. 인스턴트커피가 있던데 괜찮으시다면 금방 준비하도록 하겠습니다.」

「방금 전에 차를 마시고 왔네. 우리 변호사가 많이 바빠서 바로 얘기를 나눴으면 하네만……」

변호사는 서 형사가 한번 본 적이 있는 변호사사무소의 명함을 내밀었다.

「권중현 변호삽니다.」

「번거롭게 해 드려서 죄송합니다. 클럽에서 질문을 드릴 수도 있었지만, 아무래도 사람들 눈도 있고 해서 이곳으로 모시게 된 겁니다. 그리고 안두희 선생님께는 최대한 격을 갖추고 여쭤야 할 것 같아서 그랬습니다.」

서 형사는 방문이 닫혀 있는 것을 확인하고 안두희와 마주 앉았다.

「어젯밤 사이에 폐가에서 불이 났다고 하던데 클럽엔 피해가 없었나요? 제가 아직 현장에 다녀오지 못해서요.」

「동네 아이들이 불장난이라도 한 모양이지……」

안두희는 남의 얘기를 하듯 애써 무시하고 있었다.

「그게 아닌 것 같아서 드리는 말씀입니다.」

서 형사는 자신에게 보내온 그림을 안두희에게 내밀었다.

「그냥 아이들 그림 아닌가?」

역시 표정 변화는 없었다.

「글쎄요. 저는 누군가가 이 사건의 실마리를 제공하기 위해 보낸 것이라고 생각하거든요. 그리고 이 그림이 어제 불이 난 폐가의 벽지에서 오려 낸 것이라고도 확신하고 있습니다. 그래서 다른 누군가가 그림의 전체를 숨기기 위해 불을 낸 것이 아닐까 추측하고 있습니다.」

「허, 괜한 헛수고를 하는 게 아닌가 싶군. 그게 다 수사를 혼란스럽게 하려는 술수처럼 보이는데. 내 방에서도 얘기하지 않았나? 회원들이 한 짓처럼 보이게 하려는 일관된……」

「선생님을 오시라고 한 것이 어젯밤 불 때문엔 아니라고 들었습니다만.」

권 변호사가 중간에 끼어들었다.

「그런데 취조실이 아니라 서장실에서 이야기를 나누게 될 줄은 몰랐네. 그렇지 않은가?」

안두희는 동석한 변호사의 동의를 구하고 있었지만, 권 변호사는 안경테만 한 번 만지작거릴 뿐 아무런 대답도 하지 않았다.

「취조라니요. 취조를 할 것 같았으면 취조실에서 해야 하는 것이 적법한 절차겠지만 선생님을 취조할 생각은 전혀 없습니다. 선생님은 우선 용의자가 아니시니까요. 사건 당일 알리바이도 확실하시고 무엇보다 피살자와 돈독한 우정이 있다는 것쯤은 잘 알려져 있으니 살해 동기도 없지 않습니까?」

「그건……」

「선생님, 질문이 아닌 것에는 굳이 답변하지 않으셔도 됩니다. 그건 그렇고 본론으로 들어가죠.」

「아, 네. 그렇게 하겠습니다. 이 사건은 생각보다 복잡한 배경이 있다는 느낌을 지울 수 없게 합니다. 어떤 면에서는 아주 오래전으로 거슬러 올라가야 할지 모른다는 생각도 들거든요. 제가 선생님을 모시게 된 이유는 사건의 배경이라고 의심되는 클럽의 시작을 선생님께서 직접 말씀해 주셔야 할 것 같아섭니다.」

「어허, 배경은 무슨? 단순한 재산권 때문에……」

「저희 의뢰인이 용의자도 아니라면서 어떻게 살인 사건의 배경을 알 수 있다고 말씀하시는 겁니까?」

권 변호사가 또 다시 말을 가로챘다.

「그건 다름 아니라…… 결과적으로 안두희 선생님께서 제게 수사를 의뢰하셨기 때문이죠.」

안두희의 깊은 눈이 날카롭게 서 형사를 응시했다. 당황한 변호사는 의뢰인의 얼굴을 흘깃 쳐다보는가 싶더니 탁자를 위협적으로 내리쳤다.

「아니, 무슨 말을 그렇게 하시는 겁니까? 수사야 당연히 남양주경찰서에서……」

그 순간 눈을 지그시 감은 안두희가 손을 들어 변호사의 말을 막았다.

「아니, 선생님. 답변하지 않으셔도 됩니다.」

「무슨 근거로 그렇게 단정하는 건가? 나라고 확신하고 있는 것 같은데.」

「일전에 말씀하신 안국양행이란 회사가 있었죠. 피살자와 안두희 선생님께서 처음 만나 이십여 년을 함께 몸담으셨던 곳이죠. 선생님 대학 동창분들이나 가족, 친지분들 모두 두 분이서 안국양행에 오랫동안 몸담고 계셨다고 증언해 주셨어요. 그래서……」

「잠깐, 잠깐. 자네, 미안하네만 자리 좀 비켜 주겠나? 난 괜찮으니

차에서 기다려 줬으면 좋겠네.」

「아니, 선생님……」

「괜찮대도.」

권 변호사는 길게 저항하지 않았다. 바로 가벼운 목례와 함께 묵직한 서류 가방을 들고 천천히 방을 나갔다. 그러면서도 말을 많이 하지 않는 것이 좋겠다는 조언을 남겨 놓았다.

서 형사는 자신이 구축한 세트장으로 안두희가 걸어 들어오는 것이 느껴졌다.

안두희에게서는 태생적인 2인자의 체취가 묻어 나왔다. 허균이라는 완벽한 그늘 속에서 자란 눅눅한 이끼의 그것이었다. 서장실을 빌린 건 그 때문이었다. 서장실에 들어와 상석에 앉자마자 마치 부하 직원들에게 하듯이 말을 낮춘 건 자신의 위상을 높였다는 반증이었다.

문이 닫히고 발걸음 소리가 멀어져 가는 것을 확인한 안두희는 말을 이어 갔다.

「미안하네. 어째 우리만 알아야 할 내용일 것 같아서 말이지. 자, 계속하게.」

무표정의 뒷맛이 호기심으로 가득 차 있었다.

「처음엔 저희도 그런 줄 알았습니다. 그런데 수사에 영향을 미치고 있는 보이지 않는 입김을 염두에 두고 안국양행을 들여다보니까 이상한 점들이 보이더군요. 직원들의 수에 비해 수입과 지출이 이해되지 않는 건 물론이고, 그다지 이문이 남지 않는 제품들을 수입해서 판매하는 것도 그렇고요. 남아시아에서 수입한 어떤 부품은 카메라에 사용되는 거더군요. 그렇게 정밀한 부품을 개발도상국에서 만들어 팔 수 있다는 것도 좀처럼 납득되질 않았습니다. 그리고 그 판매처란 곳도 대부분 추적하기 힘든 곳이었죠. 서류상에 나타났다가 금방 사라지고, 또 만들어진 제품들도 전량 자체적으로 소비되어 사라지더란 말입니다. 그래서 저는 그 안국양행이 겉으론 건실한 기업을 가장하고 있지만, 실상은 비밀 임무를 수행하는 국가기관이 아닌가 하는 생각이 들었습니다. 국가안전기획부처럼 말이죠. 지금은 국가정보원이라고 부르고 있지만 말입니다. 그렇다면 얘기는 쉽게 다음으로 나아갈 수 있겠지요. 과거에 안기부 요원이었다면 지금도 예전 수하에 있던 사람들에게 청탁을 넣어 관할 밖 형사 하나쯤 불러올 수 있었을 테고, 부검도 군 기관을 통해 빠르게 재촉할 수 있었을 테니 말이죠.」

안두희의 눈빛은 여전히 날이 서 있었지만 입가엔 희미한 미소를 띠고 있었다.

「허술했군, 허술했어. 일선 요원들은 필드에서 목숨을 걸고 일하는데, 당최 사무실에만 있는 놈들은 어수룩하기 짝이 없다니까. 전혀 긴장할 줄 모르는 놈들이라니. 흐리멍덩한 눈으로 입만 살아 가지고 말이야. 진급이나 꼬박꼬박 챙길 줄 알았지. 혹시 지금이라도 자네가 말한 그 인스턴트커피를 마실 수 있겠나?」

이미 긍정의 대답을 한 안두희는 허리를 꼿꼿이 편 채로 눈을 감고 생각에 잠겨 있었다. 서 형사는 물이 끓는 동안 몇 마디 더 말을 붙여 보고 싶었지만, 잠시 생각할 시간을 줘야 할 것 같았다. 서장의 책장 하단을 뒤져서 제법 묵직한 유리잔을 찾아냈다. 안두희는 커피 잔을 유리 탁자에 내려놓는 소리에 살며시 눈을 떴다.

「내가 사람을 제대로 봤다는 생각이 드는군. 여자만 아니었다면 좀 더 높은 자리까지 올라갈 수도 있었을 텐데 말이지……」

서 형사는 순간 가슴속 깊은 곳에서 불같은 것이 일어나는 걸 느꼈다. 전형적인 남녀 차별의 사고방식. 낯설지는 않았지만 새로운 것처럼 또 다시 욱하는 뭔가를 겨우 목구멍 속으로 밀어 넣었다. 전직 안기부 요원답게 대화에서 우위를 차지하는 법을 잘 알고 있었다. 안두희 역시 서 형사를 파악하고 있었던 것이 분명했다. 그의 도발에 감정을 드러내면 사납게 달려들려 할 것이다.

「혹시 내가 자존심을 건드린 건 아닌가? 그럴 만도 하지. 알았네. 그만하세. 자네가 알고 싶은 얘기는 뭔가?」

「전부 다 알고 싶습니다.」

서 형사는 겨우 자신의 감정을 다스리며 차분하게 다음으로 넘어갈 수 있었다. 필요 없는 이야기의 허리를 자른 것이다.

「전부 다라…… 하지만 말이야, 자넨 방향을 전혀 잘못 잡았어. 일단 답변은 하겠네. 그래, 맞네. 우리 클럽은 묵직하고 어두운 과거가 있지. 클럽은 몇몇 젊은 목숨이 사그라지는 것을 묵도해야만 했어. 하지만 어쩌겠나? 오직 하늘의 처분에 달린 것 아니겠나. 믿기 힘들겠지만 모두 자연의 섭리에 따른 자연사였고, 딱 한 건의 불행하고도 예기치 않은 사고가 있었을 뿐이라네. 그것마저도 이번 사건과는 아무런 연관이 없어. 자넨 지금 범인이 흘린 과자 부스러기를 따라 길을 벗어난 걸세. 그래도 클럽의 불행한 과거를 알고 싶다면 내가 말해 주겠네. 그래야 속 시원하게 털고 수사 방향을 바로잡을 수 있다면 그리하겠네. 무슨 얘기부터 해 줄까?」

「우선 타 관할 형사에게 수사를 맡긴 이유부터 부탁드립니다.」

「내가 이 주변 사정에 대해서는 훤하다네. 그래서 그렇게 결정한 거지. 여기 경찰 놈들은 당최 진지하게 수사를 하는 놈이 없어서 말이야. 게다가 시간만 질질 끌기나 하고 쓸데없이 정에 약하단 말이야. 내 오랜 경험에 비춰 봤을 때 바텐더를 털면 뭔가 나올 텐데 말이야. 동향의 토박이에게 수사를 제대로 할 수 있겠느냐 말이야. 그래서 좀 더 똑똑하고 치밀한 타 지역의 형사가 필요했던 거야. 물론 자네가 오리라고는 생각지도 못했지. 여러 다리를 건너 추천받은 거니까 말이야. 처음엔 중간의 몇 놈들을 좀 야단칠까도 생각했었지만, 지금은 자네를 선택한 친구들을 칭찬해 주고 싶은 마음이네. 정말이야. 산 밑에서부터 차근하게 토끼를 몰아가고 있는 느낌이 들거든. 아마 범인도 자신이 구석에 몰린 토끼처럼 느껴질 게 틀림없다고. 자네도 더 수사해 보면 알겠지만 범행 동기는 딱 하나밖에 없을 거라고. 암!」

「요원 출신의 두 사람이 클럽을 만든 이유는 뭡니까? 그리고……」

「그리고?」

「퇴직한 국가공무원의 재력이 클럽을 인수할 정도라고는 믿기지 않는데요…… 나혜석 씨는 클럽을 순순히 넘겨주던가요?」

묘한 곳을 파고드는 질문에 안두희는 미묘한 반응을 보였다. 안두희는 자신의 표정 변화를 숨기기 위해 반사적으로 커피 잔을 얼굴로 가져갔다. 하지만 방금 전 내려놓은 커피 잔을 다시 입으로 가져간다는 건 당황한 기색을 숨기기 위한, 훈련받은 사람의 행동일 수밖에 없었다.

「방향을 잘못짚었대도 그러네. 하지만 자네 질문을 회피할 순 없겠지. 흠, 형필의 그림자가 길군. 그 친구가 드리운 그림자가 길어.」

「나형필입니까? 나혜석이 아니고?」

「그렇다네. 나혜석이 나형필이라네. 우리가 바꿔 줬지. 그리고 나형필의 흔적은 지웠네. 어디서부터 얘기해야 할까……」

안두희는 다시 눈을 감고 있었다. 아마도 이야기의 시작점을 더듬고 있거나 말해도 좋은 것과 그렇지 않은 것 그리고 조작되어야 할 내용을 정리하고 있으리라. 자세를 고쳐 잡은 후 휴대전화를 들어 변호사에게 먼저 돌아가라고 얘기했다. 그리고 도움이 필요하면 전화를 주겠다면서 일방적으로 전화를 끊었다.

「짧지 않은 얘기가 될 걸세. 괜찮겠나?」

「물론입니다. 돌아가시는 차편은 저희가 마련해 드리겠습니다.」

커피로 입술을 적신 안두희가 말을 이어 나갔다.

「교산과 난 국가안전기획부 동기로 만나 사십 년을 넘게 함께했네. 난 지방대학 ROTC 훈련을 받고 전방 근무를 서던 중 자원했고, 교산은 육사를 나와 육군본부 근무 중에 발탁된 경우지. 난 그 친구의 총명한 두뇌를 흠모했고, 교산은 나의 열심인 모습이 존경스럽다고 했었지. 우린 참 잘 맞았어. 늘 붙어 다녔고, 그래서 가끔 주위의 시샘을 받곤 했지. 한창때는 무시 못 할 끗발도 따라다녔다네. 대통령을 수행하는 일은 늘 우리 몫이었으니까 어쩌면 당연한 거였겠지. 그런데 아마도 5공 말기였을 거야. 우리에게 조금씩 변화가 생기기 시작한 거야. 내가 계속해서 승진하는 반면에 그 친구는 연거푸 승진 기회에서 누락되는 거였어. 아마도 위에서는 필드에서 미친놈처럼 날뛰는 내가 더 미더웠던 모양이더군. 난 그 친구의 승진을 위해 위에다 여러 번 청을 올렸지만 그리 쉽지 않았네. 그 친구도 내색은 하지 않지만 나만큼이나 불편했을 건 불을 보듯 빤한 일이었지. 업무도 차츰 갈리게 되었네. 한번은 여느 때와 같이 대통령을 수행한 일이 있었어. 난 팀장으로 전체 의전을 책임지게 되었고, 그 친구는 요원으로 필드에 서게 된 거지. 우린 업무상 끊임없이 무전을 주고받는데, 그 친구가 불쑥 나한테 누군가를 주시하라고 하더군. 왜냐고 물었더니 아무런 대답이 없었지. 사실 그런 식의 교신은 용납되지 않는 거였지만, 난 그 무전이 상사에게 보고하는 내용이 아니라 친구로서 한 얘기였다는 것을 잘 알았기 때문에 더 이상은 묻지 않았다네. 아마도 87년 5월로 기억하네만, 그 자리가 대통령이 직접 중소기업체 산업훈장을 수여하는 자리였기 때문에 특별한 위험에 노출되어 있지 않다고 판단한 것도 되묻지 않은 이유가 되었을 게야. 수상자들은 물론 식장에 참석하는 모두를 사전 조사한 후였기 때문이지. 그 친구가 지목한 사람이 바로 은탑산업훈장을 받은 형석섬유의 나형필 대표였어. 나형필이란 사람은 그 친구가 지목하지 않았어도 쉽게 눈에 띄는 사람이었지. 옷이 매우 화려했었거든. 아니, 화려하다는 말로는 좀 부족한 면이 있다네. 피에로 옷에 분장까지 한 것처럼 우스꽝스럽다고 해야 할까. 그때는 외국 물 먹은 섬유회사의 대표니까 그렇겠거니 하고만 생각했었지. 그런데 그 친구는 나형필을 뒷조사해 왔던 거야. 그 친구 소관 업무였으니 당연한 거였겠지. 당시에는 상을 받을 기업체나 대표 개인에 대한 신상을 조사하는 것쯤이야 일상적인 일이었으니까. 소위 사상 검증이었던 셈이지. 아버지, 할아버지는 물론이고 사돈의 팔촌까지 훑어서 공산 세력에 일조했거나 데모 선동자가 있으면 절대 훈장을 받을 수 없는 때였으니까. 수여식이 끝나고 우린 식장에서 나형필을 만날 수 있었어. 나형필은 보기와는 다르게 매우 온화하고 점잖은 사람이었지. 나이도 우리보다 대여섯 살이나 어린데도 막 대하기 힘든 위엄을 갖추고 있었던 기억이야. 그 친구가 '당신을 산업훈장에 추천한 사람이 이분입니다' 하고 너스레를 떠니까, 나형필이 바로 허리를 굽혀 인사하더군. 그 친구는 사업 얘기로 나중에 한번 보자고 했고, 나형필은 두 손으로 그 제의를 받아들였지. 그때 그러지 말았어야 했어. 나형필은 그때 그 제의를 받아들이는 게 아니었어.」

안두희는 이미 식은 커피를 입으로 가져갔다. 커피 탓이었는지 아니면 나형필에 대한 기억 때문이었는지 안두희의 미간에는 주름이 잡혔다.

「그 일로 불행이 시작되었나요? 결국 산업훈장이 나혜석, 아니 나형필을 죽음에 이르게 했나요?」

「너무 앞서 가지 말게나. 내가 모든 걸 얘기하겠다고 하지 않았나. 어쩌면 나형필의 죽음이 그때 예견된 것일지는 몰라도 분명 그 원인은 그 자신이 더 오래전부터 가지고 있었던 것이 아닐까 생각하네. 임무가 끝나고 그 친구가 며칠 휴가를 달라고 해서 난 그러라고 했네. 진급 심사에서 떨어진 이후부터 유독 말수가 줄어 걱정도 좀 되고 해서 시원한 바람이라도 쐬면 좋아지겠지 하고 넉넉하게 휴가를 쳤지. 그런데 복귀를 며칠 남겨 두고 그 친구에게서 전화가 온 거야. 자기가 있는 곳으로 내려와 줄 수 있겠느냐고. 나는 즉시 그 친구를 만나러 달려갔네. 호텔 앞에서 그 친구 대신 다른 부하 요원들이 짐을 받아 들고 나를 방으로 안내했지. 나는 그 친구가 잠시 출타 중이겠거니 생각했었어. 그리고 또 친구 사이니까 굳이 내려와서 마중할 이유도 없지 않겠는가 싶었지. 안내된 방에 들어서자마자 난 입이 딱 벌어지고 말았다네. 큰 침실에 딸린 작은 응접 공간이 마치 안기부 회의실을 옮겨 놓은 것처럼 연출되어 있었던 거야. 벽에는 빽빽하게 사진들이 붙어 있었고, 원목 책상 위는 서류들로 가득했지. 그리고 간이 칠판에는 임무 수행 스케줄이 적혀 있었어. 우리가 흔히 작전을 수행할 때 사용하는 암호와 은어들로 이뤄진 그런 스케줄이었네. 잠시 동안 나도 모르는 작전을 수행 중인가 하고 착각할 정도였지. 내사를 제외하고는 내가 모르는 작전이 있을 리 없는데도 말이지. 난 멍한 채로 주위를 둘러보고 있었는데, 방 한구석에서 내 놀란 표정을 보며 소리 죽여 웃고 있는 사람이 있었어. 바로 그 친구였지. 이게 다 뭐냐고 했더니 그 친구 엉뚱한 소리를 하는 거야. 우리 이제 퇴직할 때가 되었다고. 이제 막 진급한 사람에게 말이지. 내가 아마도 그랬을 거야. '우리'라고 했냐고. 그랬더니 그 친구 빙그레 웃기만 하고 대답은 하지 않더군. 그러더니 휙 돌아서서 칠판을 가리키며 이러는 거야. '이게 우리 퇴직금이야. 연금일 수도 있고, 보험일 수도 있지. 어때, 한번 해 보지 않겠나?' 내가 멍하니 넋을 놓고 있으니까, 그 친구 웃겨 죽겠다고 배를 움켜잡더군. 우린 아무 말 없이 양주 몇 병을 비웠어. 취기가 좀 도니까 그 친구 씩 웃더니 그러더군.

'난 이미 결심이 섰네. 지금까지 국가를 위해 헌신한 것도 모두 자네 아니었으면 못 했을 거네. 원래는 나만 조용히 퇴직하려고 했었네. 그런데 자네가 눈에 밟히더군. 이제 막 진급했으니 퇴직은 뒤로 미뤄도 좋다고 생각할 수도 있겠지. 하지만 이보게. 우리 일이 얼마나 더 대우받을 수 있겠는가. 이번에 정권이 바뀌면 어떻게 될 것 같은가? 야당 빨갱이 놈들이 아니더라도 다음 정부에서는 이쪽 판 물갈이할 것이라고 소문이 파다하다네. 자네가 더 잘 알고 있지 않은가. 빈자리는 누군가가 채울 것이고, 그러면 우린 낙동강 오리알 신세가 될 것이 빤하지 않은가? 우린 할 만큼 했네. 연금만 받고 살 수는 없지 않은가? 이미 계획은 세워 놨네. 자네의 참여 의사만 남은 셈이지. 어때, 해 볼 텐가? 우리 이 일로 함께 퇴직하세.'

그렇게 된 것이네. 난 우선 그 계획이란 것이 듣고 싶어졌지. 그 친구가 한 말이 전혀 생경한 것은 아니었거든. 나도 내가 언제까지 달릴 수 있을지, 어디에서 길이 끊어질지 불안했었거든. 오직 하늘의 처분에 달렸을 뿐이지. 그 친구가 세워 놨다는 계획은 나형필의 형석섬유 지분을 좀 나눠 받는 것이었네. 오해하지는 말게나. 지분을 나눠 받는 것이 아니라 사실상 가로챈 것이 아니냐고 묻고 싶겠지만 전혀 그런 것이 아니야. 그 친구 그러더군. 좀 강압적으로 보일지는 몰라도 나형필 자신도 쌍수로 환영할 것이라고. 처음엔 그 친구가 자신의 계획을 합리화할 목적으로 그런 말을 했다고 생각했지만, 얘기를 더 듣고 나니 전혀 수긍 못 할 것도 아니었어.

나형필은 좀처럼 보기 드문 깨끗한 사람이었네. 부모에게 물려받은 재산으로 섬유회사를 차렸고, 훈장을 받을 만큼 탁월한 수완이 있었지. 영어는 물론이고 일어와 아랍어까지 구사할 줄 알아서 해외에도 탄탄한 거래처가 있더군. 그런데 나형필에게는 남에게 얘기하지 못할 비밀이 하나 있었네. 누구에게도 얘기하지 못할 그런 비밀이었지. 바로 나형필의 독특한 취향이라네. 여성의 의상을, 심지어는 속옷까지도 여성의 것을 입으며 성적으로 만족하는 취향이 있었던 거지. 처음엔 제 아내의 옷을 몰래 입는 정도였는데, 점차 걷잡을 수 없어진 경우라고 하더군. 처음엔 무슨 저런 미친놈이 있나 했었지만, 알아보니 서양에선 이미 오래전부터 그런 드랙 퀸(Drag Queen)*의 취향을 인정하고 있는가 보더군. 하지만 자네도 잘 알다시피 당시 우리나라에선 철저히 금기시되는 취향이었지. 아마도 그런 상황이 나형필에게는 더욱더 빠져들 수밖에 없었던 이유가 되지 않았나 싶다네. 내가 얘기를 듣다가 '협박할 텐가?' 하고 물었더니, 그 친구 한참을 웃더군.

'아니, 나형필에게 맘껏 제 취향을 발산할 수 있는 환경을 만들어주고, 우린 그 대가로 형석섬유의 재산 일부를 받는 거지. 아니면 뭐랄까, 이사 직함이나 달라고 그럴까?'

나도 그 순간부터 그 친구의 말에 점점 빠져들기 시작했다네. 그 친구의 계획은 정말이지 천재적이었지. 얘기를 듣는 동안 엎어진 술이 바지 자락을 적시는지도 몰랐을 정도였으니까. 그 친구의 계획은 적당한 건물을 하나 인수해서 클럽을 여는 거였지. 그게 바로 〈클럽

● **드랙 퀸(Drag Queen)** : 남성이 여성의 복장을 좋아하는 복장도착증. 이성의 옷을 착용해 성적 만족감을 얻는 복장도착증은 트랜스베스티즘(Transvestism)이라고도 한다.

페르소나)의 시작이었네. 역사 속의 인물과 이름이 같은 사람을 모아서 그 인물처럼 행세하게 하는 클럽이었던 거지. 서양의 가장무도회를 연상하면 된다고 하더군. 그 계획을 실행에 옮길 때 가장 좋아했던 사람이 누구였을까? 당연히 나형필이었다네. 자신의 페르소나가 여성이기만 하다면 클럽 내에서 여성인 양 맘껏 드레스를 입고화장을 해도 아무도 뭐라 하지 않는 그런 상상을 했겠지. 나형필은소름 끼칠 정도로 적극적이게 되었다네. 클럽하우스로 쓸 만한 건물을 물색한 것도 나형필 자신이었지. 평소 하청을 주던 소규모 업체가 파산 직전이라는 걸 알고 있었던 거야.」

「정정화 씨는 사진 속의 나혜석 씨를 전혀 알아보지 못하는 눈치던데요?」

「하하하. 당연한 거 아니겠어? 자기가 납품하던 기업의 사장이 짙은 화장에 챙이 넓은 모자를 쓰고 레이스가 화려한 드레스를 입고있을 거라고 생각이나 했겠느냐고! 그리고 내 기억으로 두 사람은그전에 한두 번 본 게 다였을 거야. 나도 바텐더가 나형필을 못 알아봤던 상황이 어렴풋이 기억나네. 나형필은 만나 본 적이 있어도 나혜석은 본 적 없던 거지. 평생 본 적이 없으니 얼굴을 알 수 있겠나!

모든 상황이 자신의 바람대로 이루어지는 걸 보고, 형필은 우리가 생각했던 것보다 훨씬 많은 대가를 지불하려고 했었네. 생각해보게. 당시 어느 누구에게도 알릴 수 없었던, 돈으로도 해결될 것같지 않던 자신의 성적 취향을 맘껏 드러낼 수 있는 완벽한 기회였거든. 우린 이름은 물론 모든 행정 서류의 흔적조차 맘대로 주무를수 있는 힘이 있었고, 형필은 돈이 있었던 거였네. 아무에게도 피해를 주지 않고 서로 만족할 수 있었던 거지. 한번은 형필이 고백하더 군. 전에는 사무실에서 여자 속옷이며 드레스들을 입고 화장도 몰 래 했었지만, 늘 채워지지 않는 뭔가를 느끼던 터라 항상 불만족스 러웠다고.」

「채워지지 않는 뭔가라면?」

「뭐였겠나? 남에게 보여 주지 못한다는 점이었겠지. 옷이며 화장 모두 남에게 보여 주려고 하는 것 아닌가? 그런데 우리가 그 마지막 퍼즐을 채워 주었던 거지. 다른 회원들로는 우리 같은 요원 중에 중 병을 앓고 있는 사람들을 섭외했다네. 연금보다 더 나은 보상을 제 시하니까 거절하지 않더군. 오히려 그렇게 쉬운 일로 그만한 보수를 줄 리가 없다고 처음엔 의심하는 눈치였어.」

「그렇다면 굳이 나혜석으로 개명할 필요도 없었던 것 아닌가요?」

「그건 형필이 간절히 원하던 거였네.」

「그럼 다른 분들도 모두 개명한 건가요?」

「아니, 그러지 않았네. 그들은 연기를 하는 거였으니까. 형필만 혜 석으로 완벽하게 새로 태어나면 그것으로 충분했지. 안 그런가?」

「혹시 허균 씨가 나중에 재산을 빼돌리려고 의도적으로 과거를 지운 건 아닌가요?」

안두희는 알 수 없는 희미한 미소를 띠었다.

「글쎄. 그렇게 의심해도 지금은 알 길이 없게 되었지만, 나는 여전 히 혜석 스스로가 원했던 걸로 믿고 싶네. 자네가 의심해도 어쩔 수 없지만 말이야.」

「가족은 어떻게 하고 허균 씨에게 유산을 상속하게 되었던 거죠?

나혜석 씨는 그 뒤에 어떻게 된 건가요?」

「일이 꼬이면서 예측하지 못한 불행이 시작된 거라네. 우리가 퇴직한 이후, 안기부에서 우리를 뒷조사하게 되었네. 일상적이고 당연한 절차였지. 내사 차원에서 우리가 어떤 정보를 가지고 나가지나 않았을까 하는 그런 이유 때문이었지. 그런데 어이없게도 안테나가 나혜석에게 꽂히고 만 거야. 산업훈장까지 받은 사람이 갑자기 개명을 하더니 회사를 내팽개치고 클럽에 틀어박힌 모습으로 보였던 까닭이겠지. 안기부에 '이상하다'는 인상을 주는 순간 이미 매우 곤란한 상황이 시작되었다고 봐야 하거든. 게다가 외국 여행 중에 많은 사람들을 만나게 마련인데 그중 사회주의 성향의 사람들까지 있었으니 말이야. 그래서 안기부에서 나혜석을 일단 공안 사범으로 체포한 거야. 그 상황에선 우리도 어떻게 손쓸 방법이 없었다네. 다행히 몇 개월 지나서 특별사면 형식으로 나올 수 있었지만 말이야. 그때 나혜석은 정말 겁을 많이 먹었던 거 같아. 그리고 그것이 자신의 재산 때문이라고 생각했던 모양이야. 그때 모든 명의를 안전하다고 생각하는 태수 앞으로 돌리게 된 거였지. 어이없게도……. 물론 사장으로서의 직위는 유지하고, 또 가족을 부양하는 데에는 아무런 변동이 없었다네. 다만 혜석은 그 일 이후로 복장도착증이 더 심해져서 클럽에 틀어박혀 몇 날 며칠이고 머물렀고, 그러던 중에 지역 신문에 복장도착증 환자로 대서특필되면서 가족들에게도 들통이 나고 말았던 거지. 당시 이 근방에서는 이미 소문이 돌고 있었다네. 남자가 여자 드레스를 입고 창가에 서 있다느니 하면서. 아마도 그 소문을 듣고 지방 신문기자가 쫓아왔던 모양이야. 혜석은 다시 유치장

신세를 졌지. 지금 생각하면 여자 옷을 입는 것이 유치장에 집어넣을 일은 아니지만, 그땐 그런 시절이었네. 우리가 가 보니까 경찰 놈들 하는 말이 저들도 놀라서 잡아 왔다고 하더군. 참 어처구니가 없는 일이었지. 그 뒤로 혜석은 술을 입에 대기 시작하더니 미친 사람이 되어 버렸다네. 그러고는 결국 목을 매 제 삶을 스스로 끝내고 말았지. 그런데 애석하게도 비극은 거기서 그치지 않았네. 며칠 후 혜석의 아내도 정신병원으로 들어가는가 싶더니 곧 제 자식과 함께 목숨을 끊었다는 소식이 전해졌지. 태수는 그 일로 엄청나게 자책했었네. 오직 하늘의 처분에 달렸을 뿐이라며 가슴을 쥐어뜯었지. 자신이 한 가족을 나락으로 빠트렸다고 생각했던 거지. 내게도 미안하단 소리를 여러 번 했었어. 술을 마신 날이면 이 일에 나를 끌어들인 것이 죄스럽다고 되풀이하곤 했지. 하지만 앞일을 누가 알았겠나. 혜석의 불행을 잊기 위해 우린 남은 회원들의 병 수발에 전념하기로 다짐했네. 그런 후에 클럽 문을 닫아도 닫자고 했지. 클럽 페르소나는 혜석이 없는 이상 아무런 의미가 없었고, 또 그렇게 사라질 운명이라고 생각했었지. 그런데 전혀 예상치 못한 일이 벌어진 거야. 인터넷이란 것이 무슨 마술을 부린 건지, 그 먼 곳, 그 외딴곳에 회원이 하나둘씩 모이더니 일 년 만에 스무 명이 넘게 된 거 아니겠는가? 클럽 문을 닫기 전까지만 이용하게 해 달라는 회원들이 자꾸 늘어나고 또 잘 운영되니까, 저들이나 우리나 마음이 바뀌게 되더라고. 외로운 사람들의 알 수 없는 연대가 공통된 결핍을 확인한 후 힘 있는 유대가 싹트게 된 거였지. 태수, 아니 교산도 자신이 꿈꾸던 이상적인 사회를 그 안에서 보게 된 걸 테고. 그리고 클럽을 잘 운영하는 것이 혜석에 대한 죄책감을 더는 일이라고 생각하게 됐지. 자넨 지금 유령의 뒤를 쫓고 있는 걸지 모르네. 오직 하늘의 처분에 달린 것 아니겠나. 이게 클럽의 시작이었고, 지금까지 이어 온 얘기라네.」

「나혜석이나 그의 가족들이 사망한 것이 확실한가요? 직접 확인 하셨나요?」

「왜, 의심스러운가? 그렇겠지, 믿기 힘들겠지. 혜석은 나와 교산 이 내렸으니 직접 확인한 거고, 가족들은 병원에서 확인한 거라네. 함께 끌어안고 뛰어내렸다고 들었네. 정 의심스러우면 직접 확인해 보게나.」

「꼭 의심스러워서만은 아닙니다. 그동안 저희가 수사한 바로는 허균 씨에게 반감을 가지고 있는 사람이 없었습니다. 온통 칭찬 일 색이었죠. 나혜석 씨나 그의 가족이 살아 있다면 그들이 가장 유력 한 용의자가 될 수 있을 텐데, 문제는 아무도 살아 있는 사람이 없다 는 거죠. 그러니 묻지 않을 수 있나요?」

「죽은 사람은 돌아오지 않는다네. 내 얘기처럼 그때의 일은 그때 모두 끝난 걸세. 지금은 눈앞에 보이는 확실한 동기와 정황을 믿는 것이 올바른 판단이겠지.」

*

『만나 봤어?』

『아니요. 아직 만나지 못했습니다. 힘들 것 같은데요.』

『무슨 소리야?』

『홍진구 씨에게 문제가 생겼습니다. 글쎄, 갑자기 중환자실로 옮겨 갔다지 뭡니까.』

『뭐라고! 아니, 이유가 뭐래?』

『담배를 피우셨나 봐요. 폐병 환자가.』

서 형사는 뭔가 짚이는 것이 떠올랐다.

『홍 형사. 어쩌면 두 사람 다음에 면회를 간 사람이 또 있을 수도 있어. 주변 간호사들은 홍 형사 일행이라고 생각할 수도 있으니까, CCTV를 먼저 확인해 보는 것이 좋겠어. 내 생각엔 그 사람이 담배를 준 것 같거든. 그건 살인미수나 다름없다고. 뭔가 입을 닫게 하려고 그런 게 아닐까 싶어. 안두희 씨가 낮에 출타해서 밤늦게까지 행방이 묘연했다는 점도 염두에 두도록 해. 힘들겠지만 남아서 증언을 받을 수 있도록 해 봐. 박문수 씨랑 상의해서 질문은 최대한 함축해서 전하고, 말하기 힘들다면 글을 쓰게 하거나 눈 깜빡임 같은 걸로라도 대답하게 하라고. 내가 방금 전에 안두희 씨 인터뷰한 내용을 녹음해 뒀거든. 이거 홍 형사 휴대전화로 보낼 테니까 함께 들어 봐. 동의한 녹취가 아니라서 법정 증거로는 채택될 수 없으니까 그리 알아 둬.』

『네. 알겠습니다. 그나저나 중환자실은 면회 시간이 저녁이나 되어야 할 것 같습니다. 하여튼 기다려 보고 다시 전화드리겠습니다.』

서 형사는 뒤통수를 한 대 얻어맞은 느낌이 들었다. 범인이든 혹은 다른 사람이든, 안두희를 제외한 유일한 클럽 창립 회원의 입을 막으려는 시도라고 강하게 의심되었다. 사건에 여러모로 닿아 있는 안두희가 유독 신경 쓰였다. 홍경래, 아니 홍진구의 무슨 말을 막으려는 것일까?

*

  홍진구가 입원한 8층은 엘리베이터 홀과 안내 데스크 그리고 복
도를 한 번에 확인할 수 있는 곳에 CCTV가 각 한 대씩 설치되어 있
었다. 병실로 들어가려면 반드시 거쳐야 하는 곳마다 한 대씩 설치
된 셈이었다. 홍 형사와 문수는 홍진구의 면회를 마친 5시 전후부터
살펴 나갔다. 그러나 홍진구가 화장실에서 담배를 피우다가 쓰러져
실려 갈 때까지 홍진구의 병실을 찾은 사람은 아무도 없었다.

  「희한하네! 병실로 들어간 사람이 아무도 없으니 말이야. 그나저
나 이 양반, 참 낙천적인 분이시네. 폐병 환자가 담배를 피우질 않
나, 은인이 살해되었는데도 돈 문제 때문이 아니겠냐고 하질……」

  「뭐라고 그러셨어요?」

  문수는 경기를 일으키듯 돌아앉았다.

  「뭘요?」

  「방금 뭐라고 하셨냐고요?」

  「낙천적이라고?」

  「아니요, 돈 문제라고?」

  「아, 그거! 홍진구 씨가 그러셨잖아요. 자기 생각엔 단순히 돈 문
제 같은 게 깔려 있을 거라고……」

  「그거 클럽 상속 문제를 얘기하는 거 아닐까요? 안두희 선생님은
바텐더를 용의자로 지목하고 있잖아요!」

둘은 자세를 고쳐 잡았다. 홍 형사와 문수가 홍진구를 만나기 전에 누군가 미리 와서 상황을 전하고 입단속을 시키고 갔을 수 있는 것이었다.

「정말 천재세요!」

칭찬 덕분인지 오랜만에 홍 형사의 눈에 힘이 들어가 있었다.

CCTV를 거꾸로 돌려 보았다. 12시경 점심 식사를 위한 카트가 돌 무렵 중절모를 쓴 누군가가 병실로 들어가는 것이 확인됐다. 36분 만에 병실에서 나온 중절모의 사내는 키 높이의 식사 카트를 방패 삼아 CCTV를 피하는 것 같았다. 그는 오후 5시경까지도 신문으로 얼굴을 가린 채 엘리베이터 홀에 앉아 있었다. 중절모의 사내는 홍 형사와 박문수가 나가는 것을 확인하고 다시 저녁 식사 카트가 지나가기를 기다렸던 것 같다. 병원 구조에 익숙한 사람이 아니라면 다른 층에서 이미 CCTV의 위치를 파악하고 올라온 것이 아닐까 싶을 정도였다. 하지만 이 정도의 치밀한 조심성이라면 사전 조사한 다른 층에서도 얼굴을 보여 주었을 것 같지 않았다. 사내는 다시 식사 카트 뒤를 돌아 화장실로 들어갔고, 곧이어 홍진구가 들어가는 것이 목격되었다. 그 후 중절모의 사내는 5분도 되지 않아 바로 건물을 빠져나갔지만, 홍진구는 약 15분 후 화장실에서 쓰러진 채로 발견된 것이었다.

*

서 형사는 나형필의 아내가 자식들과 함께 스스로 목숨을 끊었다는 정신병원에 들렀다가 다시 시립 도서관으로 향했다.

병원은 노인들을 위한 요양병원으로 바뀌어 있었다. 병원에는 당시의 사건을 직접 겪은 사람이 남아 있지 않았다. 원무과의 자료와 '그랬다고 하더라' 하는 소문뿐이었다.

자료에 의하면 1990년 1월 3일 나형필의 아내 정현숙은 38세, 딸 연수는 14세, 아들 지석은 8세였다. 모두 병원 옥상에서 떨어져 사망했고, 사망 원인은 두상 함몰에 의한 과다 출혈이었다. 사체는 모두 대학 병원에서 가져간 것으로 되어 있었다. 인수자인 대학교수의 서명 날인도 선명하게 확인할 수 있었다. 이렇게 확실한 서류와 증거가 오히려 의심스러운 뭔가를 풍겼지만 어떻게 해 볼 방법은 생각나지 않았다. 정현숙이 입원한 것은 89년 12월 28일이었으니, 남편이 죽은 지 열여드레 만이었고, 입원 후 엿새 만에 생을 마감했다. 이십여 일 만에 일가족은 그렇게 세상에서 소멸되고 만 것이었다.

다시 도서관에 자리를 잡은 서 형사는 인터뷰 내용을 종이에 옮겨 적었다. 그러고는 그것을 몇 부 복사했다. 아무래도 안두희의 진술에서 단서를 하나라도 더 찾아야 할 것 같았다. 이미 안두희는 거짓말을 한 적이 있었고, 이번에도 진실을 털어놨다고 보기는 힘들기 때문에 가능성은 충분했다. 마지막까지 필사적으로 숨기려는 것이 있다면 아마도 이 사건의 중요한 열쇠가 될 것이다. 하지만 안두희는 훈련받은 요원 출신이었고, 자신의 진술을 준비할 만한 시간이 충분히 있었기 때문에 결코 쉬운 일은 아니었다. 오로지 안두희가 이 사건의 한복판에 있다는 확신만이 흔들리지 않는 것이었다. 그리고 홍진구에게, 어쩌면 죽으려는 의도였을지도 모르는, 어떤 무언의

압력으로 입막음을 시도한 그 누군가일 수도 있었다.

어느 정도 준비된 것이라고 전제하고 안두희의 진술을 분석해 보기로 했다. 확인된 사실만을 걷어 내다 보면 안두희가 의도적으로 조작하고 또 숨기고 싶어 하는 이야기로 접근할 수 있으리라 생각했다.

우선 기본적인 분류부터 시작했다. 안두희 자신의 생각을 얘기한 대목과 피살된 허균의 생각을 얘기한 대목을 구분했다. 다음으로 허균을 지칭할 때 교산이라고 한 부분과 본명인 허태수로 말한 부분 그리고 '그 친구'라고 한 부분을 또 다시 구분했다. 서 형사를 도서관으로 이끌어 진술 분석까지 하게 한 것은 바로 '그 친구'란 표현이었다. 평소에 허균을 늘 '교산'이라고 호칭하던 사람이 이번엔 유독 '그 친구'란 표현을 사용하는 것이 계속 가슴을 답답하게 했던 것이다. 별 이유 없는 호칭 변화라고 생각하기엔 뭔가 석연치 않았다. 클럽에서의 호칭은 매우 특별한 의미가 있기 때문이다. 이름을 부를 것인가 또는 호를 부를 것인가, 여러 호 중에서 어떤 호로 부를 것인가, 자와 호 중에 어떤 것으로 호칭할 것인가는 이 클럽의 가장 근본적인 규율과도 같은 것이다. 그리고 나혜석에 관한 진술과 병원에서 일부 확인한 내용을 다시 구분했다. 새로운 사실이기도 했거니와 앞으로 수사를 보충해야 할 부분이라고 판단했다. 나머지 진술 중에서 말의 앞뒤 맥락과 동떨어져 있거나 자신의 감정을 이입한 부분에 밑줄을 그어 따로 표시했다. 그리고 몇 가지 확인할 것들은 여백에 적어 놓았다.

87년 5월. 중소기업체 은탑산업훈장. 형석섬유. 나형필.

드랙 퀸(Drag Queen). 복장도착증.

「저, 혹시 인터넷 검색 좀 할 수 있을까요?」

「네, 여기 제 자리에서 하세요.」

사서는 다행히 서 형사를 알아보는 것 같았다. 선뜻 자신의 자리를 내주고 옆자리로 옮겨 앉았다. 신문 기사에 의하면, 87년 5월 14일에 나형필은 대통령으로부터 직접 은탑산업훈장을 받은 것이 틀림없었다. 사진에는 뜬금없이 대통령의 얼굴만 큼지막하게 실려 있었지만 '형석섬유(나형필) 은탑산업훈장'이라는 기사 제목은 선명했다. 복장도착증에 관한 정보들도 대체로 안두희가 얘기한 것과 일치하는 듯했다. 처음엔 몰래 시작하지만 점차 사람들 앞에 나서게 되면서 성적인 만족을 극대화하는 방향으로 간다는 것이었다. 복장도착증 환자를 파출소 유치장에 가두었다는 일간지 기사는 89년 12월 9일자로 나형필이라는 언급 없이 소소한 가십난에 실려 있었다. 하지만 일간지의 가십난은 보통 사진이나 그림 없이 내용만 담고 있기 마련인데, 이 기사엔 이례적으로 나혜석의 얼굴이 큼지막하게 실려 있었다. 나혜석이 자살한 12월 10일, 바로 하루 전날 기사였다. 이 신문 기사가 나형필을 죽음으로 몰고 간 도화선이 되었을 것 같았다.

「누가 허균 팬이신가 봐요?」

옆자리에서 손바닥만 한 일람표에 작은 도장을 찍던 사서가 서 형사의 노트를 가리키며 말을 붙였다.

「네? 무슨 말씀이세요?」

「아, 죄송해요. 저도 모르게 활자를 읽는 버릇이 있어서요. 밑줄 쳐져 있는 부분이 눈에 확 들어오더라고요. 관장님도 허균 팬이시거든요. 전공자시기도 하고요.」

서 형사의 노트는 이미 검고 두꺼운 펜으로 칠갑한 것처럼 까맣게 채색되어 있었다. 확인한 사실은 아예 글자를 까맣게 칠했고, 새롭게 알게 된 사실은 까만 박스를 쳐 역시 다른 글들과 격리해 놓은 때문이었다. 그리고 몇 가지 안두희의 심경이 담겨 있다고 판단한 문장에는 밑줄을 그어 놓았다.

「혹시 어디를 보고 말씀하신 거예요?」

「여기 이 대목이요. 비슷한 인용이 세 군데나 있는데요!」

그러고 보니 서 형사가 이미 밑줄을 그어 놓은 곳이었다.

오직 하늘의 처분에 달렸을 뿐.

「혹시 허균의 어떤 시에서 인용된 건지 알 수 있을까요?」

「글쎄요…… 잠시만 기다려 주시겠어요? 검색해 보면 바로 나올 거예요.」

웹 검색창에 문구를 입력하니 허균의 시를 모아 놓은 책 몇 권이 검색되었다. 부탁하지도 않았는데 사서는 서가에서 책 세 권을 찾아 왔다.

해당 문장은 〈꽃이 지네〉란 제목의 서정적인 시의 한 구절이었다. 책에 수록된 다른 시들을 눈으로 훑으니 안두희의 진술 내용과 비슷한 대목이 한 군데 더 보였다.

평생 본 적이 없으니 얼굴을 알 수 있나.

'평생 본 적이 없으니 용안을 알 수가 있나.' 하는 부분과 매우 닮아 있었다.

다시 머릿속이 복잡해졌다. 안두희가 자신의 진술 중간에 단서를 끼워 넣었다고는 볼 수 없었다. 그런데 입버릇처럼 허균의 시구를 자신의 얘기 도중에 사용하고 있는 것이었다. 큰 의미가 아닐 수도 있었다. 허균의 시 〈꽃이 지네〉를 소리 내어 여러 번 읽어 봤다.

꽃잎 떨어져 / 바람에 흩어지니
어떤 잎은 / 주렴 위에 올라앉고
어떤 잎은 / 연못을 어지럽히네.
누가 알랴 / 잘되고 못됨은
오직 하늘의 처분에 달렸을 뿐
바람 신이 일부러 그리한 것이 아니라네.

서 형사는 시 낭독을 멈췄다. 갑자기 동공이 풀리고 콧구멍이 움찔거렸다. 사서는 그 모습이 무서웠는지 아니면 방해가 될까 봐 그런 건지 슬며시 자리를 비켜 주었다. 여러 번 낭독한 시는 '시에는 단서가 없다'는 단서를 말하고 있는 것 같았다. 특히 마지막 시구가 그랬다.

일부러 그리한 것이 아니라네.

'맞아! 일부러 그런 것이 아니라잖아! 안두희는 그냥 허균의 입버릇을 따라 한 거야. 마치 제 것인 양. 그것은 곧 진술 속의 허균이 안두희고, 안두희가 허균일 수 있다는 얘기지! 안두희는 마치 자신이 허균인 것처럼 진술하고 있는 거야. 그래서 허균을 진실로 얘기할 때는 교산이라든지 본명인 태수로 호칭하지만, 자신에 허균을 투영한 대목에서는 어김없이 그 친구라고 호칭하고 있는 거야. 훈련에 의한 거짓 증언이라고!'

'그 친구'라고 호칭한 부분에 '안두희'를 대입하여 무엇이 달라지는지 확인해 보았다. 연거푸 승진에서 누락된 것이나 나형필을 타깃으로 삼아 뒷조사를 한 것도, 허균에게 퇴사를 종용한 것도 모두 안두희 자신이었을지 모른다. 이십 년 이상을 지켜봐 온 바텐더가 늘 허균이 결정하고 실행하면 안두희는 그 결정을 보완하고 보조하는 쪽이었다고 했던 말이 떠올랐다. 어쩌면 벗어날 수 없는 능력 차로 고착된 2인자로서의 결핍을 나혜석에게 잔혹하게 드러낸 것이 아닌가 생각되었다. 나형필을 안기부에 모함한 것도, 복장도착증의 취향을 지방 신문에 흘린 것도, 나혜석과 그의 일가의 죽음 역시도 그 계산에 포함된 것일지 모른다.

안두희가 유령의 뒤를 쫓고 있는지 모르겠다고 한 말의 의미를 어렴풋이 알 것 같았다.

분명 범인은 멀리 도망가지 않았다. 자신이 세워 놓은 오래된 계획을 실행에 옮기는 것에는 한 점 망설임도 없으리라. 대리인 혹은 설령 유령일지도 모를 누군가의 이 오래된 복수의 시나리오를 앞질러 가야 한다. 적어도 범인의 계획 중 일부라도 망가뜨려야 한다. 그래야 범인의 윤곽 혹은 흐트러진 그림자의 일부라도 드러나게 할 수 있을 것이다. 그 모든 것들이 한 날, 한 순간, 한 점으로 모이고 있었고, 더욱 속도를 더해 가고 있는 것이 분명했다. 그 순간은 어쩌면 영화의 마지막 장면을 촬영하는 날이 될 것도 같았다. 범인은 단순한 복수의 완성이 아니라 드라마를 원하고 있었다.

*

서 형사는 나형필의 아내가 정신병원에 입원해 있을 당시 병실 담당 간호사였다는 사람에게서 연락을 받고 도서관을 나왔다. 퇴직한 이후 간병인을 하고 있다는 그녀는 비교적 상세하게 그때를 기억했다. 나형필의 가족은 줄곧 한 병실에서 검은 양복을 입은 사람들에게 감시를 당하고 있었다고 했다. 담당 주치의도 외부에서 검은 양복들과 함께 온 사람이었으며, 병원 관계자들조차도 그 방에 접근할 수 없었다고 했다. 병원 원장은 검은 양복이 시키는 대로 서류에 사인만을 하고 있는 것 같았다고 했다. 병원에 들어온 지 얼마 되지 않아 가족이 모두 자살했다는 소문이 돌았고, 건물 앞 화단엔 핏자국이 한참 동안 남아 있었다고 기억했다. 간호사가 한참을 망설이며 털어놓은 얘기는 당시 휴게실에 있던 정신과 인턴들의 푸념을 엿들은 것이었다.

'자아가 없는 게 아니라, 혼자 서 있기 힘든 것 같지 않아? 이건 상심한 것이지 미친 것 같지는 않은데…… 하긴 요즘은 상심한 것과 미친 것이 그리 다르지 않은 세상이긴 하지. 차라리 미치는 편이 더

나왔을 것 같기도 해.'

*

　홍 형사와 문수는 오전 면회를 할 수 없었다. 환자의 의식이 아직 돌아오지 않았다. 정오쯤엔 홍진구의 의식이 돌아왔다는 얘기를 들었지만 아직 면회는 무리라고 했다. 할 수 없이 오후 7시 중환자실 면회 시간을 기다렸다. 하지만 이번에는 홍진구가 면회를 거절했다. 가란다고 그냥 갈 수도 없었고, 마음이 변하기를 무작정 기다릴 수도 없는 상황이었다. 문수는 아까부터 뭔가를 골똘히 생각하고만 있었다. 문수는 손바닥만 한 종이에 정성스럽게 — 여러 번 적었다가 구기는 것을 반복한 끝에 얻은 — 뭔가를 적어 홍진구 씨에게 보여주라고 마지막 부탁을 넣었다. 한참이 지나도 아무런 대답이 없자, 그 둘은 자리를 정리하고 돌아갈 채비를 했다. 그제야 중환자실의 문이 열리면서 담당 의사가 나왔다.

　「의식도 명료하시고 눈을 깜빡일 수는 있으니 '예', '아니요' 정도의 답변은 들으실 수 있을 거예요. 하지만 환자분 안정을 위해 5분 이상은 허락할 수 없습니다. 자극적인 질문이나 말씀은 삼가 주세요.」

　담당 의사는 주의 사항을 당부한 뒤에 맞은편 데스크에 털썩 주저앉았다. 그의 초췌한 모습에서 그간의 긴박했던 응급 상황을 엿볼 수 있었다.

　홍진구는 병실로 들어서는 홍 형사와 박문수를 응시했다. 그에게 부착된 기구와 설비들은 작은 공장을 방불케 했다. 코와 입을 틀어막은 기구들 때문에 대화는 애초에 불가능했다. 다만 그 둘을 응시하는 눈빛과 문수의 메모를 쥐고 있는 손이 마치 준비되었다고 말하는 것처럼 여겨질 뿐이었다. 이번에도 당연하다는 듯 문수가 홍진구 앞으로 다가섰다.

「선배님, '예'나 '그렇다'와 같이 긍정의 대답이면 눈을 한 번만 깜빡이시고요, '아니요'와 같이 부정의 대답이면 눈을 두 번 깜빡이세요. 다시 대답하고 싶으시면 눈을 길게 감았다 뜨시고 다시 깜빡이시면 되겠습니다. 제 말 알아들으셨으면 대답해 주실 수 있나요?」

홍진구는 눈을 한 번 깜빡였다.

「좋습니다. 어제 면회 오셔서 담배 주고 가신 분 누군지 말씀해 주실 수 있나요?」

그는 눈을 두 번 깜빡였다.

「단도직입적으로 여쭤 볼게요. 범인일 것으로 짚이는 사람이 있나요?」

그는 이번에도 눈을 두 번 깜빡였다.

「그럼, 선배님이 간직하고 계시는 비밀이 있나요?」

홍진구는 망설였다. 그것만으로도 긍정의 대답이 되었다. 말할 것인가에 대한 고민일 것이다. 한참 만에 눈을 한 번만 깜빡였다.

「나혜석, 아니 나형필 씨에 관한 건가요?」

홍진구가 온몸으로 놀라고 있음을 부착된 장비들이 말해 주었다. 맥박의 신호음이 빨라지고 알 수 없는 그래프가 가파른 경사를 만들었다. 블라인드 너머 담당 의사도 상체를 일으켜 방 안을 주시했다. 홍진구의 뚫어질 듯 쳐다보는 눈빛은 '어떻게?'라고 말하는 것 같았다.

「아마도 완벽하게 흔적을 지웠다고 생각하셨는지도 모르겠습니다. 하지만 그렇게 쉽게 한 가족의 자취를 지울 수 없습니다. 저희는 이미 나형필의 87년 기록까지 거슬러 올라가 있습니다. 말씀해 주세요. 선배님이 간직하셨던 비밀을 말입니다. 더 이상의 범죄를 막을 수 있도록 말씀해 주세요.」

홍진구는 힘없이 눈을 한 번 깜빡이고는 손에 쥔 메모를 흔들었다. 「글을 쓰시겠다고요? 펜을 손에 쥐여 드려요?」

이번에도 한 번을 깜빡였다. 문수는 홍진구의 손에 펜을 쥐여 주고 종이를 펜 끝에 갖다 대었다. 홍진구는 손의 감각만으로 글자를 적었다. 아이 같은 글씨체였지만 충분히 알아볼 수 있었다.

아들

「아들이요? 나형필의 아들이요? 기록에는 사망한 것으로 되어 있던데, 죽지 않았군요? 그렇죠?」

홍진구는 한 번 눈을 깜빡였다. 눈가엔 눈물이 맺히고 있었다. 또다시 힘겹게 손을 움직여 자신이 쓴 글자 위에 글자를 겹쳐 썼다.

입양

「아들을 입양 보냈다고요? 누가요? 선생님이 직접요?」

문수의 목소리에는 흥분과 격정이 묻어 있었다. 홍 형사는 서 형사에게 전화를 걸 생각으로 재빨리 전화를 꺼내 들었다. 홍진구는 눈을 한 번 깜빡였다. 그 깜빡임에서 눈물이 볼을 타고 귀로 흘러들었다. 홍진구가 또다시 손을 움직였다. 글자가 그 자리에서 계속 겹쳐져 더욱 알아보기 힘들었지만 문수와 홍 형사는 개의치 않았다.

미국허태수지시

「미국으로 보내셨군요. 그리고 허태수, 그러니까 허균 선생님이 지시하셨어요. 미국으로 입양 보내라고요. 그렇죠?」

홍진구는 눈을 한 번 깜빡였다. 문수는 눈이 커질 대로 커진 상태에서 생각이 많아졌다. 홍진구가 또 한 번 손을 움직였다.

모르게

'모르게……!'

「선배님, 그러면 안두희 선생님 몰래 미국으로 입양 보냈단 말씀이세요?」

홍진구는 흐르는 눈물을 짜내기라도 하듯 눈을 한 번 깜빡이고는 고개를 창가로 돌렸다. 담당 의사가 들어와 더 이상 시간을 줄 수 없다며 나가 줄 것을 요구했다. 환자 주변의 기계들도 자기 나름대로 환자에게 안정이 필요하다는 말을 걸어오고 있었다.

「선배님! 그럼 안두희가 알았다면 아들은 어떻게 되는 거였나요? 자기의 아빠처럼, 엄마처럼, 누나처럼 됐을까요? 나형필은 정말 자살한 것이 맞나요? 말씀해 주세요. 기회를 놓치지 마세요. 이건 선배님께도 어그러뜨린 과거를 조금이라도 용서받을 수 있는 기회라고요!」

문수도 이제는 더 이상 차분한 어투가 아니었다. 있는 힘껏 소리치고 있었다. 홍진구의 눈물도 이미 멈출 수 있는 것이 아니었다. 눈물 때문에 눈을 깜빡일 수도 없었고, 고통에 일그러진 입 밖으로 산소호흡기의 마우스피스가 삐죽이 튀어나와 있었다. 의사와 간호사들이 병실로 몰려들었다.

「무슨 짓입니까? 환자에게 무리한 요구를 하지 말아 달라고 부탁드리지 않았나요? 어서 나가 주세요. 어서요!」

의사와 간호사들은 문수와 홍 형사의 팔을 잡고 병실 밖으로 밀어냈다. 문수는 힘없이 병실 바깥으로 밀려 나가는 척을 하더니 바닥에 붙듯이 기어서 침상 옆으로 달려갔다.

「선배님, 그럼 지금은 안두희 씨도 입양 사실을 알게 되었나요?」

의사와 간호사들은 다시 문수의 팔과 다리를 잡고 병실 문 밖으로 밀어냈다. 뭔가 무너지는 소리와 함께 문이 닫히기 직전 홍진구는 고개를 돌려 눈을 한 번 깜빡였다.

*

홍 형사의 전화를 받고 서 형사는 바로 집으로 돌아왔다. 남편은 아이들의 숙제를 돌봐 주고 있었다. 가족들은 모두 아내가, 엄마가 집에 돌아온 직후에 바로 말을 시켜서는 안 된다는 것을 알고 있었다. 아내로, 엄마로 변신할 시간이 필요하다는 것을 자연스럽게 터득한 것이다. 세 가족은 엎드린 채 서 형사가 아내로, 엄마로 돌아오기를 바라며 침묵으로 응시하고 있었다. 그런데 서 형사는 말없이 모두에게 차례로 입맞춤을 한 후 다용도실로 성큼성큼 들어갔다. 오늘 아내는, 엄마는 변신하지 않을 모양이었다. 이런 경우 엄마가 아직 수사 중이라는 걸 어린 막내아들도 어느 정도 느끼고 있는 것이었다. 서 형사는 의자를 딛고 올라서 다용도실 끝, 천장 바로 아래 수납공간에 손을 집어넣었다. 의자를 딛고도 발꿈치를 들어야만 손이 닿는 곳엔 오래되어 사용하지도 버리지도 않은 가루 세제 상자가 하나 있었다. 손을 휘저어 세제 안에서 묵직한 쇠뭉치를 두 개 꺼냈다. 실탄 클립이었다. 리볼버에 탄환을 한 번에 장탄할 수 있는 클립이었다. 두 뭉치 모두 실탄이었다. 12발. 후 불어 세제 가루를 남김없이 털어 내고선 권총이 들어 있는 명품 손지갑에 클립 두 뭉치를 모두 넣었다. 오늘 밤은 어쩌면 실탄이 필요할지도 모르겠다는 판단에서였다. 세제를 다시 제자리에 올려놓고 나가려다 세제 한 주먹을 세숫대야에 풀었다. 그걸로 얼마 전부터 신경이 쓰이던 바닥의 얼룩을 문질러 씻어 냈다. 서서히 사라지는 얼룩이, 오늘 밤만큼은 누구의 아내도 엄마도 아닌, 상대적 박탈감에 과민 반응하는 여형사도 아닌, 형사 본연의 모습을 찾아야 한다고 말하고 있는 것 같았다.

　다시 방으로 가서 바지로 갈아입었다. 그때에도 옆구리에 낀 토트백은 내려놓지 않았다. 권총과 실탄이 함께 있을 때에는 절대 멀리 두지 않는다는 원칙 때문이었다. 가족들은 모두 바닥에 엎드린 채 여전히 서 형사를 올려다보고 있었다.

「여보, 나 오늘 못 들어와요. 중요한 일이 있어요. 잘하면 지금 맡은 사건 끝내고 며칠 쉴 수 있을 거 같아요. 미안하지만 애들 잘 좀 챙겨 줘요. 얘들아, 엄마가 사건 끝나면 놀이공원에 꼭 함께 가 줄게. 약속. 오늘은 미안해. 엄마 갔다 올게.」

아이들은 놀이공원이란 말에 등을 떠밀듯 '어서 다녀오세요!' 하며 인사했고, 남편은 걱정스러운 표정이지만 걱정하지 말란 말로 서 형사를 안심시켰다.

「여보, 레인코트 꼭 챙겨 입고…….」

레인코트는 방탄조끼를 뜻하는 부부간의 은어였다. 남편은 다용도실 가루 세제 상자의 비밀을 알고 있었다. 호기심 많은 남편이 아니던가.

「차에 있어요. 내려가자마자 바로 챙겨 입을 거예요. 그리고 만약을 위해서 준비하는 거지, 그리 위험한 상황은 아니니까 걱정 마세요. 다녀올게요.」

*

서 형사는 동대문경찰서와 남양주경찰서 모두에 지원을 당부해 뒀다. 홍 형사에게도 현장으로 오기 전 경찰서에 들러서 반드시 권총과 실탄을 준비하라고 지시했다. 분명한 사실은 오늘 밤 나운규 감독, 아니 제이슨 밀러이자 과거 나지석이었던 인물의 손에 권총이 들려져 있을 예정이라는 것이었다. 하지만 아무런 물적 증거도 없이 영화 촬영을 막고 나운규를 감금할 수는 없는 노릇이었다. 그럴 수 있다고 해도 이는 임시방편이지 문제의 해결이라고 볼 수도 없었다. 아직 사건에는 경우의 수가 많이 남아 있지만 우선 시급한 것은 나운규가 나지석이라는 전제하에 두 번째 범죄가 벌어지지 않게 예방하는 것이었다. 일단 이 상황을 넘기고 나서 제이슨 밀러가 정말 입양 보낸 나형필의 아들인지를 알아보면 되는 것이다. 그리고 설령 제이슨 밀러가 나지석이 아니라고 하더라도 이번 마지막 촬영에서 범인이 본색을 드러낼 확률은 매우 컸다. 촬영 현장에 안두희가 모습을 나타낼 예정이기 때문이다.

서 형사는 클럽에 도착하자마자 바로 안두희의 방문을 두드렸다. 안두희는 아무런 인사도 없이 문을 열어 줬고, 역시 아무런 말도 없이 소파에 털썩 앉았다. 어떤 말도 하지 않을 것 같았다. 사실 더 이상의 말은 필요하지 않았다. 서 형사는 안두희의 가면 속 얼굴을 보았고, 안두희 역시 그 사실을 잘 알고 있었다. 서로 간의 탐색이 이미 끝났음을 의미했다.

「마지막 촬영에는 가시지 않는 것이 좋겠습니다. 저희는 범인의 다음 타깃이 안두희 씨라는 데 이견이 없습니다.」

안두희는 무성의하게 고개를 끄덕이면서 건조한 동의를 표했다. 그러고는 안주머니에서 뭔가를 하나 꺼내 서 형사에게 건넸다. 립스틱이었다.

「……」

「그게 어떻게 해서 내 손에 들어온 건지는 중요하지 않네. 다만 그걸 사용하던 사람은 이미 이십여 년 전에 죽었다는 사실이 중요하지.」

안두희는 담배를 꺼내 물었다.

「우리 모두 유령의 뒤를 쫓는 것처럼 보일 수도 있겠지. 하지만 그런 건 없다네. 유령처럼 보이고 싶은 게 있을 뿐이지. 모든 일의 배후엔 결핍이 있다네. 그 결핍이 크고 작은 일들을 만들어 내는 거야. 나는 도망가지 않을 생각이네. 숨지 않을 거란 말일세. 지금까지 내가 돌파해 왔던 많은 시련들처럼 이번에도 넘어설 거네. 내 방식으로. 절대 넘어지지 않을 거네. 나도 이제 겨우 혼자 선 셈이니까……」

어쩌면 안두희에겐 애초부터 범인이 누구인지는 상관없는 일이었는지도 몰랐다. 바텐더가 범인이었다면 안두희에겐 더없이 좋았을 테지만 그렇지 않다는 걸 잘 알고 있었으리라. 늘 그래 왔듯이 이번에도 자신이 바라는 상황을 만들면 된다고 생각했을 것이다. 범인의 자리엔 바텐더를 두고, 진짜 범인은 자신만의 힘으로 제거하면 되니까. 그래야 바텐더를 범인으로 만드는 것이 더 용이할 테니. 문을 닫고 나오려는 서 형사의 등 뒤로 안두희의 표정이 소름 끼치게 변해 있었다.

「자네는 몰라! 내가 어떻게 살아왔는지! 나는 이번 기회에 모두 씹어 먹을 거야! 허태수의 모든 걸 집어삼킬 거라고!」

*

홀로 내려온 서 형사는 손목시계를 봤다. 오후 8시 15분 전이었다. 홀은 빈자리가 하나도 없을 정도로 북적거렸다. 분장을 한 사람들은 대사를 외우거나 촬영에 대한 얘기로 들떠 있는 모습이었다. 청년 김구와 봉길 그리고 중근 역시 테이블 하나를 차지하고선 대화에 몰두하고 있었다. 서 형사와 눈이 마주친 김구는 씨익 웃으며 멋쩍은 눈인사를 교환했다. 오랜만에 클럽을 방문한 양귀비도 채플잎과 진지한 대화를 이어 가고 있었다. 하지만 왠지 재미나고 즐거운 얘기를 하고 있다는 생각이 들었다. 과장된 제스처로 이야기를 주도하는 쪽은 양귀비였고, 얘기를 듣고 배꼽을 쥐는 쪽은 채플잎이었다. 이완용과 송병준은 죄지은 사람처럼 구석 자리에서 소리를 죽여 얘기를 나누고 있었다. 그 둘은 대화 중에도 쉴 새 없이 뭔가를 만들고 있었는데, 촬영에는 직접 참여하지 않지만 뒤에서 소품 준비를 돕는다는 얘기를 들은 바 있었다. 촬영을 돕는다는 명목으로 자신의 페르소나를 대신해서 사죄하고 있는 것이 아닐까 하는 생각도 들었다. 그런 탓인지 그들의 등짝에선 순례자의 모습이 느껴졌다. 홀의 분위기에서 서 형사는 문득 허균이 죽던 당일의 모습이 겹쳐지는 것을 느꼈다. 마침 바텐더는 홀로 들어서고 있었다.

「아, 벌써 나오셨어요? 오늘은 밤늦게 현장으로 이동해서 자정부터 동이 틀 무렵까지 촬영한다고 하던데요?」

「네, 알고 있습니다. 그나저나 바텐더님은 언제 퇴근하실 거예요?」

「글쎄요. 아주머니만 먼저 보내고, 저는 퇴근하지 않을 생각입니다. 촬영 끝나고 또 우르르 몰려 내려올 텐데, 라면이라도 끓여 줘야 하지 않을까 싶네요.」

「수고가 많으시네요. 저희들 것도 좀 부탁드려도 될까 모르겠습니다.」

「물론이죠. 내려오시면 정말 맛있는 라면을 끓여 드릴게요.」

클럽 안에 회원들이 조금씩 더 늘어나고 있었다. 벌써 많은 사람들이 2층에도 자리를 잡고 있었고, 널찍한 장소가 필요했던지 바닥에 앉은 사람들도 심심치 않게 볼 수 있었다. 그 요란스러움을 생기 있는 분위기로 바꾸고 있는 것은 은은하게 연주되는 피아노 소리였다. 교본만 가지고 배웠다는 도향의 피아노 소리는 사람의 마음을 어루만지고 있었다. 정확하게 건반을 누르고 있는지는 알 수 없었지만, 부드럽다가 격정적이고 다시 평온해지는 변화는 분명 듣는 사람의 몸과 마음을 휘감을 줄 아는 것이었다. 누군가 음료를 가져다주면 한 손으로 받아 마시고, 나머지 한 손으로 피아노를 치기도 했다. 장난 같기도 하고, 열심인 것 같기도 한 즐거운 피아노 연주였다. 서 형사를 발견한 도향이 피아노에서 내려왔다.

「오셨어요?」

「네, 마지막 촬영 놓치면 후회할 거 같아서요.」

「수사하느라 바쁘신 거 알지만 뭐 하나 부탁해도 될까요? 제가 기댈 사람이 형사님밖에 없어서요.」

「지금 당장은 좀…….」

「당연하죠. 바쁘신 일 끝나면 말예요. 제 남편 먼 친척이 한국에 있다는데 영 찾을 수가 없어서요. 시간 되시면 부탁드릴게요.」

「그럴게요. 이번 사건 끝나면 알아봐 드릴게요.」

도향은 예쁜 리본으로 한데 묶인 작은 수첩과 초콜릿을 토트백에 쏙 밀어 넣고는 미안한 듯 고개를 숙여 인사하고 피아노로 달아났다.

홍 형사에게서는 휴게소에서 한 번 전화가 왔다. 자정을 조금 넘기고 도착할 것 같으니 촬영 현장으로 바로 가겠다는 내용이었다.

나 감독과 조감독 그리고 스태프들이 여러 대의 승합차를 몰고 온 건 10시가 조금 넘어서였다. 나 감독은 태연하게 촬영 준비에 열심이었다. 자신의 촬영 장면 직전에 현장으로 가겠다는 안두희를 제외한 나머지 영화 관계자들은 모두 승합차에 올랐다. 청년 김구와 중근 그리고 봉길이 끓인 커피와 차는 서 형사의 차에 실어야 할 정도로 승합차는 포화 상태에 가까웠다. 그렇게 사람들은 마지막 촬영을 위한 길에 오르고 있었다.

*

한밤에 찾은 달동네는 대낮과는 또 비교할 수 없을 정도로 아득했다. 촬영용 조명이 하나둘씩 들어설 때마다 다시 처량한 얼굴들이 하나씩 밝혀질 뿐이었다. 그곳은 정말 달동네란 이름이 잘 어울렸다. 아무것도 없는 칠흑을 밝히는 것은 그야말로 동그란 달뿐이었다.

촬영할 내용은 두 장면이다. 한밤에 촬영할 ─ '한밤의 잔치'란 이름이 붙은 ─ 장면은 영희와 현구를 비롯한 동네 사람들이 철거에 맞서 싸워 작은 승리를 이루고 이를 축하하는 내용이다. 외로운 투쟁이 언론에 소개되고 또 소송에서도 유리한 판결을 얻어 내긴 했으나, 여전히 까만 밤중이라는 뉘앙스를 연출할 것이라 했다. 막걸리 한 잔에 떠들고 웃는 모습 뒤로 여전히 불안함과 서글픔이 자리 잡고 있다는 것을 보여 주려 한다고 조감독은 덧붙였다.

그리고 동이 터 올 무렵 촬영할 장면은 산책 나온 영희를 겁탈하려는 오기호에 맞서 윤현구가 싸우는 중에 영진이 나타나 오기호의 권총으로 오기호를 죽이고, 또 그 소리에 나타난 천가도 죽인다는 내용이다. 영진은 그때 흘러나오는 피를 보고 정신을 차리게 된다. 착취자를 살인이라는 폭력으로 눕히고 잡혀가지만, 그들은 동 트는 새벽을 보게 될 것이라는 메타포를 숨겨 놓은 결론이라고 했다.

　　서 형사가 긴장하는 대목은 바로 영진이 오기호와 천가를 죽이는 장면이다. 영진을 연기할 사람이 바로 나 감독이고, 천가 역에는 안두희가 분하고 있기 때문이었다. 범인에게 피 냄새 나는 시나리오가 있다면, 서 형사에게도 최상과 최악의 경우 모두에 대비할 수 있는 방어용 시나리오가 있어야 했다.

Club **PE**
SO
NA

사건 발생 이레째

7월 2일(土)

촬영이 시작되었다. '한밤의 잔치'에는 거의 모든 배우들이 등장
했다. 단체로 나오는 롱 숏 장면과 마을 주민의 심리를 묘사할 버스
트 숏이 계속해서 카메라에 담겼다. 두 장면 모두 연기자들 간의 호
흡이나 감정 묘사의 난도 때문인지 잦은 NG가 터져 나왔고, 그때마
다 격려의 응원 소리가 언덕에 울려 퍼졌다. 동이 트기 전에 촬영을
끝내야 한다는 시간적 제약이 부담감으로 작용한 모양이었다. 새벽
3시가 다 되어서야 겨우 마지막 장면으로 넘어가기 전 휴식 시간을
가질 수 있었다. 경찰서에서 지원 나온 형사들과 스나이퍼들이 모
두 자리를 잡았다고 보고했을 즈음, 홍 형사도 안두희와 함께 현장
에 나타났다. 안두희는 무신정권의 페르소나들을 주변에 달고 다녔
다. 홍 형사는 안두희를 전담으로 경호하고, 서 형사는 나 감독에게
서 눈을 떼지 않을 작정이었다. 홍 형사보다 먼저 현장에 도착한 문
수는 망원렌즈를 통해 역시 나 감독과 주변의 움직임을 쫓기로 했

다. 촉이 좋은 아가씨니까. 모든 대원들이 서 형사의 무전에 촉각을 곤두세우고 있었다.

마지막 장면을 위한 스탠바이에 들어가자, 서 형사는 나 감독에게 다가갔다.

「감회가 남다르시겠어요?」

「그냥 시작이 있으면 끝도 있는 거죠. 그렇지 않은가요?」

「그렇긴 하죠. 어떤 시작에 어떤 끝인지는 다 다르지만 말이에요. 그런데 천가를 꼭 죽여야 할 필요가 있을까요?」

「그건 제가 결정할 문제가 아녜요. 이야기 스스로가 하는 겁니다. 그림을 완성하기 위해 스스로 나머지 부분을 불러내는 거죠.」

「촬영 전에 협조를 좀 구해야 할 것 같습니다.」

나 감독은 대답 대신 희미한 미소를 지었다.

「마지막 장면에 사용할 총기를 확인해 봤으면 합니다. 그리고 감독님 소지품도 함께 확인해 봐야 할 것 같습니다.」

「제가 누굴 죽일까 봐서요?」

「지금은 어떤 의심도 확인해 봐야 해서요. 필요하다면 나중에 설명을 드리도록 하겠습니다. 만약 거절하신다면 저흰 이 영화를 더 이상 진행하도록 놔두지 않을 겁니다.」

「확고하시네요.」

「최악의 상황보다는 이 편이 더 나으니까요.」

「알겠습니다. 우선 제 총을 먼저 보여 드리죠.」

나운규 감독은 옆에 있던 조감독에게 눈짓을 보내 여분의 권총 소품을 가져오라고 지시했다. 권총은 모두 같은 종류로 세 정이었고, 약실은 모두 비어 있었다.

「약실이 모두 비어 있는데요? 총알은 따로 보관하시나요?」

「아닙니다. 약실에는 어떤 총알도 넣지 않을 겁니다. 연기와 가슴에서 피 터지는 건 특수연출팀에서 작업할 거고요, 총소리는 편집 때 넣기로 했습니다. 아무리 주민들이 빠져나간 동네라도 저녁에 화약 터지는 소리가 나면 멀리까지 들리거든요. 그러니 약실엔 아무것도 들어가지 않을 겁니다. 사실 공포탄 같은 건 장면에 별로 도움도 되지 않습니다. 이물질 같은 게 화면에 잡힐 수도 있거든요. 오히려 더 사실적이지 않아요. 그래서 이 상태로 촬영할 예정입니다.」

대답을 한 건 조감독 쪽이었다. 나 감독은 말없이 양팔을 벌렸다.

「제 몸에 총알이 있는지 없는지만 확인하면 되겠네요. 저도 호기심에 한번 물어본 적 있는데요. 이 소품용 권총은 실탄을 넣어도 발사되지 않는다고 하더라고요. 그러려면 개조를 해야 한대요. 어떻게 하는지는 저도 모르고요. 믿으실지는 모르겠지만요.」

서 형사는 홍 형사를 불렀다. 홍 형사가 꼼꼼하게 나 감독의 온몸을 수색했지만 총알은 물론이고 그 비슷한 것도 찾지 못했다. 완전하게 믿음이 가지는 않지만 문수에게 나운규가 이상한 행동을 보이면 바로 플래시를 터트려 신호를 달라고 당부할 뿐 별다른 수가 없었다.

서 형사와 홍 형사는 카메라 바로 옆에 찰싹 달라붙어 있었다. 서 형사는 나 감독을, 홍 형사는 안두희를 주시했다. 좁은 골목은 배우와 형사들이 내뿜는 긴장감으로 가득했다. 총소리가 빠진 총격 장면은 정말이지 싱거웠다. 특수연출팀은 조감독의 신호에 맞춰 총 끝에

서 연기가 나는 동시에 오기호와 천가의 가슴에서 피가 튀어나오도록 연출했다. 그리고 한 번에 오케이 사인이 떨어졌다. 잔뜩 긴장한 순간이 너무도 싱겁게 지나간 것이다.

「여기 형사님들이 너무 긴장들 하셔서 더 찍자고도 못 하겠어요. 서 형사님, 제가 뭐 더 도와 드릴 건 없나요? 이 권총 소품들 더 쓸 일 없는데 가져가실래요?」

나 감독이 너스레를 떨었다.

「아니에요. 안두희 씨 촬영 끝났나요? 괜찮다면 보내 드리려고 하는데요.」

「그럼요. 안두희 선생님뿐만 아니라 다른 분들도 모두 끝났어요. 저희들은 여기 정리만 하고 내려가면 됩니다.」

서 형사는 클럽으로 돌아가는 안두희에게 홍 형사를 붙이기로 했다. 홍 형사에겐 클럽에 도착하면 먼저 안두희의 방을 수색하고 비상계단의 문을 확실하게 잠가 두라고 당부했다. 그리고 안두희 씨에게도 가급적이면 창을 내다본다든지 홀에서 서성이지 말아 달라고 당부하라며 홍 형사를 보냈다. 돌아가는 차량 뒤로 무신정권의 페르소나들이 함께 따라가는 것을 보니 그나마 안심이 됐다.

나 감독은 모든 배우들과 스태프에게 일일이 악수를 청하며 감사의 마음을 전했다. 누구와는 포옹을 하고 또 누구와는 농담을 주고받기도 하는 것 같았다. 모두들 헤어지는 것을 아쉬워하고 있었다. 나 감독은 촬영 장비며 소도구들을 끊임없이 나르면서 계속해서 스태프들에게 말을 건넸다. 클럽에 도착한 홍 형사로부터 연락이 왔다. 클럽 내외를 모두 확인했으며 안두희를 안전하게 방으로 모셨다고 했다. 객실의 창문은 모두 봉쇄하고 자신이 그 앞을 지키고 있다고 덧붙였다.

일단 나 감독을 밀착해서 감시하면 최악의 상황까지는 가지 않을 수도 있을 것 같았다. 문수가 멀리서 지켜보고 있으니. 그런데 마침 문수의 플래시가 연속해서 터졌다. 서 형사가 재빨리 주위를 둘러봤다. 나 감독이 갑자기 시야에서 사라졌다. 방금 전까지 옆에서 스태프들과 얘기하고 있었는데 지금은 보이지 않는 것이다. 지체하지 않고 문수에게 전화를 걸었다.

『문수 씨, 방금 제 옆에 있던 나 감독 어디로 갔는지 봤어요?』

『네. 지금 언덕을 올라가고 있습니다.』

『언덕 위에 뭐가 있나요?』

『아무것도 없습니…… 앗! 차가 한 대 세워져 있습니다. 차에 올라타는데요?』

『뭐라고요!』

서 형사는 온 힘을 다해 언덕을 뛰어올랐지만 이미 차가 출발한 뒤였다. 멀리서 차의 미등이 언덕을 따라 내려가는 것이 보일 뿐이었다. 서 형사는 모두에게 방금 내려간 차를 뒤쫓으라고 지시한 후 급히 차로 돌아와서 시동을 걸었다. 서 형사는 다른 길을 택했다. 앞에 있는 내리막길이 클럽으로 가는 보다 빠른 길이었다. 서 형사는 최대한 먼저 도착해서 차를 숨기고 클럽 근처에 잠복해 있을 생각이었다. 급한 대로 홍 형사에게 나 감독이 촬영 현장에서 사라졌고 아마도 클럽으로 향할 것 같다고 전했다. 3층으로 올라가는 계단과 외부 비상계단을 주시하라고 일러뒀다.

*

  다행히 먼저 도착한 서 형사는 차를 숨긴 후 2층 지붕에 엎드려 나 감독을 기다렸다. 그가 접근해 오면 외부 계단을 통해 3층으로 올라갈 셈이었다. 검거는 안두희의 방 앞에서 해도 늦진 않을 것 같았다. 미처 꺼 놓지 못한 휴대전화에서 진동이 느껴졌다. 끌 생각으로 휴대전화를 꺼내 들었더니 발신인에 '홍 신참'이라고 표시되어 있었다.

『무슨 일이야?』

낮은 목소리로 화를 냈다.

『그게 아니고요. 나운규 감독, 지금 경찰서라는데요?』

『뭐? 왜?』

뜬금없는 소식에 저도 모르게 '왜?'라는 말이 튀어나왔다.

『자수하겠다고 왔다는데요?』

『그게 무슨 소리냐고? 자세히 좀 말해 봐!』

『정보과 정진수 형사가 당직 서고 있는데, 누가 와서 자수하겠다고 그러더래요. 온 동네 경찰들은 다 달고 왔다던데요? 그리고 자세한 내용은 서 형사님께 자백하겠다고 하더랍니다. 정 형사가 휴대전화로 사진을 찍어서 보냈는데 나 감독이 맞습니다.』

*

  사람들을 놀라게 한 것에 비하면 저는 오히려 평온하고 담담한 모습이었다. 커피를 담아 준 종이컵 끝을 잘근잘근 씹다가 서 형사가 취조실로 들어오니 선물을 받은 사람처럼 환하게 미소 지었다. 어깨가 유난히 각지고 넓은 형사가 서 형사에게 길을 내 주며 한마디 했다.

「이 미국 친구 약 빨고 왔는지 횡설수설하는데요? 눈, 비도 헷갈리는 거 같아요.」

나 감독과 마주 앉아 있던 정 형사가 조용히 일어나 어깨 넓은 형사 옆으로 섰다. 서 형사가 들고 있던 수첩으로 테이블을 내려치자 나운규는 그때서야 미안한 표정을 지어 보였다.

「죄송합니다. 저 때문에 고생이 많으셨어요. 죄송합니다.」

「끝까지 숨기지 않고 자수하신 이유는 뭡니까?」

「원래 도망칠 생각은 없었습니다. 그냥 영화를 끝내고 싶었던 것뿐이었죠.」

「그렇다면 촬영장에서 얘기해도 됐잖아요?」

「고생한 스태프들과 배우들에게 면목이 없었어요. 그분들의 흥을 깨고 싶지 않았습니다. 그래서 가능하면 멀리 떨어지고 싶었어요. 그분들과 감격을 나누겠다는 건 욕심일 테니까요.」

「그렇게 남을 배려하는 마음이 있다면 살인은 왜 한 겁니까? 우리도 수사를 통해 대강의 이야기는 알고 있습니다. 그래도 시간이 한참 흐르지 않았습니까? 나머지의 삶도 그렇게 망가뜨려야 했나요?」

「그런 생각을 해 본 적이 왜 없었겠습니까? 하지만 그럴 만한 문제가 아니라는 걸 미국에서 돌아오는 순간 알게 되었습니다. 멈춰 있던 시계가 다시 째깍째깍 움직이기 시작한 것뿐이에요. 언젠가는 다시 움직일 시계였던 거죠. 그래서 오히려 한국에 와서부터는 할 것인가 말 것인가가 아니라 '어떻게'라는 문제만 남더군요. 당연하다는 말로는 부족합니다. 저는 지금 아버지와 어머니의 사랑 따위는 기억하지 못해요. 그분들을 위해 하는 것이 아니에요. 저를 위해 그러는 겁니다. 제 머릿속에서 계속해서 움직이고 있는 그 시계를 멈추고 싶을 뿐이에요. 그뿐입니다.」

「어릴 적 기억에 대해 얘기해 줄 수 있나요?」

「뭐 어렵겠어요. 이제 다 끝나는데요.」

나운규 감독, 아니 나지석은 물 한 모금으로 입술을 적셨다.

「그 날은 아버지가 돌아가신 날이었습니다. 아버지는 밖에서 전혀 다른 사람이 되어 돌아오셨어요. 눈이 세상을 덮을 것 같던 어느 날, 아버지는 봄날처럼 화려한 드레스를 입고 빨간 입술과 파란 눈 화장으로 작별 인사를 하셨어요. 제정신이 아니셨던지 립스틱은 심하게 이지러져 있었고, 눈가의 화장은 얼룩져 있었죠. 저는 숨이 턱 막힐 것 같이 무서웠어요. 아버지는 어머니께 아무 말 없이 손을 흔들어 작별을 고하셨어요. 그리고 저에겐 포옹을 하시려 했지만, 저는 내내 이를 거부하다 울음을 터트렸던 것 같아요. 아버지는 그냥 우리들에게 그 모습을 보이러 온 것처럼 잠시 동안 그대로 서 계셨어요. 어머니는 쓰러지셨고 아버지는 매정하게 바로 집을 나가셨지요. 저는 아버지 뒤를 몰래 따라갔습니다. 그러고는 먼발치서라도 오랜만에 만난 아버지를 그냥 바라보기로 마음먹었던 것 같아요. 아버지 방에 불이 켜지는 걸 보고 저도 모르게 건물로 들어가게 된 거죠. 방 안 불빛은 제 언 손발을 녹일 만큼 따뜻했어요. 그 노란 불빛

안에 아버지만 있었던 건 아니었어요. 화사한 드레스를 입고 있는 아버지 주위로 검은 양복들이 모여 있었어요. 처음엔 아버지가 그냥 우두커니 서 계시는 줄로만 알았습니다. 그런데 아버지는 천장 높은 곳에서 춤을 추듯 뱅그르르 돌고 계시는 거였어요. 저는 그것이 무엇을 의미하는 것인지 바로 알지 못했습니다. 잠시 후, 저는 그 의미를 깨닫게 되었죠. 손으로 입을 막았지만 비명이 새어 나간 후였습니다. 저는 건물을 뛰쳐나와 길이 없는 산길을 달렸습니다. 클럽과도 집과도 반대인 방향으로 달린 거죠. 하지만 곧 검은 양복의 남자에게 잡히고 말았습니다. 그들은 내 목을 조르면서 말했어요.

'뭘 봤어? 어디서부터 본 거야?'

하지만 나에게 묻는 건 아닌 것 같았어요. 목을 계속 조르고 있었으니까요. 저는 그렇게 의식이 흐려져 갔습니다. 그런데 깨어나니 다시 집이었습니다. 저는 혹시나 하는 마음에 아버지를 기다렸습니다. 다음 날, 푸른 제복을 입은 경찰이 집 문을 두드렸고, 어머니는 소리를 지르다가 이내 쓰러지셨어요. 어머니는 다시 깨어나셨지만 이미 그 전의 어머니는 아니었습니다. 사납게 소리를 지르다가도 언제 그랬냐는 듯이 소리 내 웃었고, 다시 울음을 터뜨렸어요.」

지석은 감정을 추스르려는 듯 빈 종이컵을 초점 없는 눈으로 한동안 바라보았다. 그리고 다시 말을 이어 나갔다.

「눈이 채 녹지 않았던 어느 날, 어머니는 환자 가운만을 걸친 채 병원 제일 높은 곳으로, 높은 곳으로 올라갔습니다. 어머닌 아주 오랜만에 기운을 차리신 것 같았어요. 검은 양복의 도움을 받았지만 말이죠. 뒷모습이 전부였지만 환하게 웃고 계시는 느낌이었어요. 어머닌 내가 옆에 있는지도 모르고 병원 꼭대기 층에서 가볍게 날아 오르셨어요. 그러고는 순식간에 하늘 저편으로 사라지셨죠. 그날 나는 또 다른 곳으로 옮겨졌습니다. 여러 사람들의 손을 거치고 거쳐 결국 태어나서 한 번도 보지 못한 사람 손에 남겨지게 된 거였죠. 눈도 파랗고 머리도 노란 누군가에게. 그때까지 난 내 이름과 성이 전혀 다른 무엇으로 바뀐 것도 모르고 있었습니다. 제이슨 밀러. 그것이 그날부터의 제 이름이었습니다. 새로운 부모님은 나의 부모님에 대해 전혀 아는 것이 없었어요. 그러니 저도 그 후엔 다시 태어난 사람처럼 살았던 것 같아요. 분노도, 슬픔도, 고통도, 그 어떤 추억도 흐려져 가는 것 같았지만, 지금 뒤돌아보니 멈춰졌던 것이더군요.」

「사건 당일에 대해서도 진술해 주시죠.」

「우선 허균과 안두희를 따로 떼어 놓아야 했습니다. 그래서 하루 전에 안두희 아들이 운영하는 병원에 전화를 걸어 안두희를 데려가도록 미리 손을 쓴 거죠. 바로 반응이 오더라고요. 허균이 혼자 남게 돼서 얘기는 쉬웠어요. 저는 오히려 허균이 뉘우치거나 반성을 하면 어쩌나 하고 걱정했거든요. 모든 악행은 안두희가 계획한 것이고, 자기는 그저 어쩔 수 없이 시키는 대로 했다고 하면 어쩔까 전전긍긍했습니다. 그러면 차마 죽이지 못할 것 같았거든요. 그런데 다행히도 그러지 않았어요. 저에게 언제 알게 되었느냐며 화를 내더군요. 그리고 오히려 자기가 제 목숨을 살려 준 은인이라면서 허세를 떨더라고요. 그래서 큰 죄책감 없이 목을 졸랐습니다. 저도 허균이 약간의 죄책감을 가지고 있다는 것 정도는 알고 있었어요. 학비도 대고 또 영화를 핑계로 한국으로 불러내서 가까이에 두려고 했다는 것도요. 하지만 누가 알겠습니까? 가까이 두고 옛 기억을 꺼내 낄낄 대며 즐기려고 했던 건지도요. 그렇지 않아요?」

「그렇다면 왜 안두희 씨를 죽이려던 계획을 거둔 거죠?」

「알아채셨겠지만 전 그날 현장에 오랫동안 있었습니다. 아니, 벗어날 수 없었다고 해야겠습니다. 복수를 했는데도 막상 달라지는 건 없더군요. 마치 도둑질하러 들어가서 아무것도 훔치지 못한 느낌이었어요. 그래서 바로 나올 수 없었습니다. 그래서 한참을 생각했습니다. 그러고는 안두희를 죽이지 말고 그냥 경고만 주자고 결심했습니다. 그렇게 가슴 졸이게 하는 것이 더 큰 벌이라고 생각했죠. 그리고 영화를 끝낼 수 있도록 시간을 벌 계획을 세운 거였습니다. 저 역시 살인이 즐겁지 않습니다. 주변 사람들에게 더 이상의 피해를 주는 것도 원치 않았습니다. 그것뿐입니다.」

「그렇다면 왜 현장에 '불수호난행'이라는 글을 남겨서 다른 사람을 모함했나요? 회원 김구 씨에게 뒤집어씌우려고 그랬던 건 아닌가요?」

「아, 그거요? 그럴 의도는 전혀 없었습니다. 단지 안두희에게 경고의 메시지를 전하려던 거였습니다. 허균과 안두희 두 사람이 아버지의 유서라며 건네준 메모에 딱 그 다섯 글자만 적혀 있었거든요. 그건 아버지가 평소에 자주 해 주시던 말씀이었습니다. 그리고 노트 이곳저곳에 줄곧 연습하시던 경구였고요. 허균과 안두희는 아마도 그 메모가 유서로 보이기 쉽겠다고 생각했던 것 같아요. 하지만 제가 기억하는 아버지는 절대 그런 찢은 종이 같은 데에 유서를 쓰실 분이 아니었습니다. 절대로요. 저는 그 경구라면, 그들이 유서로 조작했던 그 경구를 보면 안두희가 자신의 악행을 떠올리기 충분하리라 생각했을 뿐이에요. 그런데 지금 생각해 보니 백범에겐 정말 미안하게 됐군요. 대신해서 꼭 사과를 전해 주시면 감사하겠습니다.」

「그럼 하필 6월 26일, 그것도 일요일을 택한 건 이유가 뭔가요? 6월 26일은 동명이인 안두희가 백범 김구 선생님을 암살한 날이잖습니까? 그렇다면 그날 허균보다는 안두희를 살해하려고 했던 것 아닙니까?」

「글쎄요, 우연의 일치겠지요. 저는 한국 역사를 잘 몰라요. 아리랑에 대한 공부만으로도 벅찬 것이……」

그때 서 형사의 바지 주머니에서 휴대전화의 진동이 울렸다. 받을 생각은 없었지만 사람들의 신경을 건드릴 것 같아서 전원을 끄기로 했다. 하지만 액정에 표시된 생소한 발신인에 멈칫할 수밖에 없었다.

한희자 데오필라 수녀

잠시 진술을 멈추고 티타임을 갖자고 너스레를 떨었다. 취조실을 나서는 서 형사의 뒤로 나지석의 시선이 따라 나왔다.

『네, 서효자 형삽니다.』

『안녕하세요. 저는 한희자 데오필라 수녑니다. 혹시 기억하실는지요?』

『그럼요. 기억하죠. 안녕하시죠? 혹시 홍진구 씨에게 무슨 일이라도 있나요?』

『아, 네. 아침부터 실례인 줄 알지만 어쩔 수⋯⋯』

불현듯 불길한 예감이 들었다.

『무슨 일인데요?』

『좋지 않은 소식입니다. 저희 홍진구 형제님이 어제 새벽에 선종하셨습니다.』

『그랬군요. 정말 유감입니다.』

『다행히 저희 신부님께서 형제님 고해성사도 들어 주시고, 봉성체도 해 주셔서 하느님 곁으로 가시게 되었습니다.』

『그렇군요. 정말 다행입니다.』

『그런데 고해성사를 마치고 나오신 신부님께서 형사님께 전해 드릴 말씀이 있다고 하셔서요. 전화 바꿔 드려도 될까요?』

『네, 물론이죠.』

잠시 후 중후한 신부님의 목소리가 들려왔다.

『서상진 바오로 신붑니다.』

바리톤의 음성에서 신뢰도 함께 묻어 나왔다.

『네, 서효자 경감입니다.』

『새벽에 선종하신 홍진구 형제님께서 고해성사 중에 저에게 당부하신 말씀이 있어서 전화를 재촉했습니다. 꼭 형사님께 전달해 달라고 하셔서요. 어제 오셨던 형사님께는 전화를 드려도 받지 않으셔서 서효자 형사님께 전화를 드린 겁니다.』

『아, 죄송합니다. 홍 형사가 지금 임무 수행 중이라서 전화를 받지 않고 있는 것 같습니다. 괜찮으시다면 저에게 말씀하셔도 됩니다.』

『네, 홍진구 형제님도 경찰에게 알려 달라고만 하셔서 괜찮을 거

라 생각합니다. 형제님이 주신 수첩을 포함한 몇 가지 것들은 제가
바로 소포로 보내겠습니다. 그리고 급하다고 하시면서 쪽지를 하나
써 주신 게 있거든요. 불러 드릴까요?』

『네, 준비됐습니다.』

서 형사는 주머니에서 수첩과 펜을 꺼내 들었다. 신부님의 깊게
울리는 목소리에 담긴 내용은 놀라움 그 자체였다.

나형필과 그의 아내가 죽는 순간 안두희도 그 자리에 있었습니다.
그리고 안두희는 딸과 아들을 장기매매 조직에 팔아넘기라 지시
했습니다. 하지만 허태수에게 들켜서 아들은 겨우 입양을 보낼 수
있었지만, 딸은 이미 조직에 넘긴 뒤였습니다. 이미 돈을 지불한
중국인 조직원이 딸을 데려간 것입니다. 그들 가족에게 씻을 수
없는 죄를 짓고 말았습니다. 돌아가신 세 분에게는 물론이고 살아
남은 아들에게도 사죄하고 싶습니다. 죽어서 그들 앞에 갈 수 있
다면 엎드려 참회의 눈물을 흘리고 싶습니다. 죄송합니다.

서 형사는 취조실의 문을 벌컥 열어젖혔다.

「모두 누나에게서 전해 들은 얘기 아닌가요?」

서 형사의 목에 핏줄이 섰다.

「……」

나지석은 목각 인형처럼 움직이지 않았다.

「두 사람의 생명을 모르는 척하실 건가요?」

나지석의 얼굴이 흙색으로 변해 갔다.

서 형사는 나지석의 대답을 듣지 않고 다시 문을 거칠게 닫았다. 수첩을 토트백에 쑤셔 박은 채 차 키를 들고 뛰기 시작했다. 동시에 클럽에서 도향이 토트백에 넣어 주었던 수첩이 떠올랐다. 주차장 앞에서 요구르트를 들이켜고 있는 남진숙 형사가 눈에 들어왔다.

「남진숙 형사님이시죠? 이 차 날개 펴실 수 있으세요?」

남진숙 형사는 무슨 소린지 바로 알아챘다. 남 형사는 화단을 가로지르고 신호를 무시한 채 차를 몰았다. 자동차의 날개를 제대로 펼 줄 아는 경찰이었다. 경찰차 두 대가 멀리서 그 뒤를 따랐지만 거리는 점점 벌어졌다. 홍 형사에게 전화를 걸었지만 전원이 꺼져 있다는 감정 없는 목소리만이 돌아왔다. 서 형사는 긴장되는 마음으로 도향이 준 수첩을 꺼내 읽었다.

지금 이 글을 보고 계시다면 한때는 자오웨이, 한때는 나도향이라고 불렸던 저 나연수가 더 이상 이 세상 사람이 아닐 거라 생각됩니다. 그건 아무래도 좋습니다.

이 글은 영원히 묻힐 뻔했던, 한 가족에게 닥친 참혹한 운명과 잔인한 진실을 밝히기 위한 것임을 말씀드리고 싶습니다.

누군 하늘이 도와 살아남았다고 말할지도 모르겠습니다. 하지만 전 그 하늘마저도 베어 버리고 싶은 심정으로 살아왔습니다. 살아남는다는 것이 이토록 괴로운 것이란 사실을 그 누구도 이해할 수 없을 테니까요. 어쩌면 전 이미 지옥에서 살아왔던 건지도 모르겠습니다. 그래요 지옥이 틀림없습니다. 죽어도 잊을 수 없는 기억이 삶을 지옥으로 만들어 놓았습니다. 지금도 이십여 년 전의 일이 어제의 일처럼 생생합니다.

우리 가족은 화목했습니다. 행복할 때는 그 행복을 모른다고 하던데, 우리 가족들은 그 소중함을 너무도 잘 알고 있었습니다. 그날까지는 말입니다.

어느 날 아버지는 전혀 다른 사람이 되어서 돌아오셨습니다. 너무도 놀라서 방금 본 것처럼 기억 속에서 지워지지 않습니다. 아버지는 누군가의 밀고로 안기부에 끌려가 문초를 당하셨습니다. 너무나 지쳐 보였습니다. 그리고 며칠 후 다시 경찰서에 불려 가서 또다시 고생을 하셨습니다. 우린 아무것도 몰랐고, 어머니는 무슨 일인지 말씀해 주시지 않고 학교를 며칠 쉬게만 하셨습니다. 저는 아버지를 애타게 기다렸고, 아버지는 일주일을 채우고 집으로 돌아오실 수 있었습니다. 저는 그날을 잊지 못합니다. 아니, 그날은 영원히 잊을 수 없는 날이 되었습니다. 아무 말 없이 돌아오신 아버지는 여자 옷을 입고 계셨고, 두꺼운 화장으로 다른 얼굴이 되어 있었습니다. 그렇게 넋이 나간 모습이셨습니다. 아버지는 그냥 우리들에게 그 모습을 보이러 온 것처럼 잠시 동안 그대로 우두커니 서 계셨습니다. 지석이는 바지를 잡고 매달렸지만 아버지는 그 작은 손을 뿌리치고는 그대로 나가셨습니다.

그날은 하염없이 눈이 내리던 날이었습니다. 저는 아버지를 몰래 따라나섰습니다. 아버지가 걱정되었으니까요. 아버지는 클럽으로 곧장 향하셨던지 몇 분 내로 4층 아버지 방에 불이 들어오는 것을 확인할 수 있었습니다. 그와 동시에 방 안엔 검은 양복들이 어른거렸습니다. 저는 눈을 크게 뜨고 창문을 지켜봤습니다. 화사한 드레스를 입고 있는 아버지 주위로 검은 양복들이 모여 섰습니다. 그들은 아버지와 한참을 격렬하게 실랑이를 벌였습니다. 잠시 후 검은 양복들이 하나둘씩 자리를 비켜섰고, 아버지는 혼자 방에 남게 되었습니다. 나는 아버지가 그냥 우두커니 서 계시는 줄로만 알았습니다. 그런데 아버지는 춤을 추듯 한 바퀴 뱅그르르 돌고 있는 것이었습니다. 나는 그것이 무엇을 의미하는 것인지 한참 동안 알지 못했습니다. 그들이 건물을 나서고 있을 때쯤 나는 그것이 의미하는 것을 깨닫게 되었습니다. 손으로 입을 막았지만 비명이 새어 나간 후였죠. 나는 길이 없는 산길을 달렸습니다. 클럽과도 집과도 반대인 방향으로 무작정 달렸지만 곧 검은 양복의 남자에게 잡히고 말았습니다. 그들은 어린 내 목을 조르면서 말했습니다.

'뭘 봤어? 어디서부터 본 거야?'

하지만 저에게 묻고 있는 것은 아니었습니다. 목을 계속 조르고 있었으니까 말이죠. 그렇게 의식이 흐려져만 갔습니다. 그런데 갑자기 검은 양복이 목에서 손을 떼더니 집으로 돌아가 있으라고 했습니다. 그리고 그들은 다시 클럽하우스로 향했습니다. 희미한 부분이지만 가만 생각해 보면 누군가가 그들을 부른 것도 같았습니다. 저는 최대한 빨리 집으로 돌아가서 몇 가지 짐을 챙겼습니다. 어머니와 지석이는 아무것도 보지 않았기 때문에 아무런 일도 없으리라 생각했습니다. 사실 어머니는 여전히 바닥에 엎드려 울고 계셨고, 지석이는 그 옆을 지키며 눈알을 굴리고 있었죠. 저만 그곳에서 사라지면 모두가 안전하리라 생각했습니다. 그것이 위안이 되었습니다. 그렇지 않았다면 나는 그곳에서 한 발자국도 떼지 않았을 테니까요. 저는 그리 멀리 도망가지 못했습니다. 터미널로 향하는 길에 검은 양복에게 다시 잡히고 말았습니다. 하지만 이번엔 목을 조르지 않았습니다. 오히려 나를 안심시켰습니다.

네가 돌아가면 가족들에게 좋지 못한 일이 생길 거다. 그러니 잠시 네 친척 집에 가 있어라. 중국에 먼 친척이 있다고 하니 그리로 가 있는 것이 좋겠다. 내가 적어 준 이 쪽지를 인천항에 가서 보여 주면 될 거다. 힘들어도 잠시만 참으면 다 괜찮아질 거다.

저는 그 말을 믿고 인천항으로 향했고, 그날 밤 약속된 사람을 만날 수 있었습니다. 저는 밀항선에서 차분하게 생각을 하고 싶었지만 그럴 수 없었습니다. 그때 무얼 먹었는지, 대소변을 어떻게 했는지조차도 기억이 나질 않았습니다. 몇 번의 주사를 맞은 것이 기억의 전부였습니다. 나중에 다른 경우를 보고서야 제가 그때 어떻게 중국으로 건너갔는지 알게 된 것뿐이었습니다. 중국에서도 상황은 밀항선보다 나아지지 않았습니다. 사는 것이 아니라 살려 둔 것이었습니다. 장기가 필요할 때까지 살려서 보관하는 것에 지나지 않았던 것입니다. 그런데 장기매매단의 작은 두목이 내게서 다른 쓸모를 찾아냈습니다. 있는 집안에서 곱게 자란 어린 여자아이. 자기 나름의 곱상한 취향을 당긴 것이었습니다. 저는 그렇게 잠시 동안 생명을 부지할 수 있었지만 그렇다고 삶이 돌아온 것은 아니었습니다. 저는 제 효용 가치가 없

어지지 않도록 최선을 다해야 했습니다. 성욕을 채우기 위한 효
용이 떨어지면 바로 장기의 가치로 전환된다는 걸 잘 알고 있었
기 때문입니다. 작은 두목은 물론이고 말단 조직원의 다리 밑도
거침없이 기어 다녔습니다. 그것이 저의 전쟁이었고 정치였습
니다. 그렇게 저는 하루하루 생명을 연장했습니다. 이십 대엔 요
리 실력이 제 생명을 연장해 줬고, 삼십 대엔 조직의 일에도 깊
이 관여하게 되었습니다. 단속이 심해지면서 한 달이고 두 달이
고 산에 들어가서 숨어 지내야 하는 일들이 생겼습니다. 저는 기
회가 찾아오고 있음을 직감했습니다. 조직원들은 하나둘씩 자리
에 몸져누웠습니다. 처음엔 가벼운 돌림병 정도로 생각하는 것
같았습니다. 몸이 개운치 않은 정도였으니까요. 그들은 병원 대
신에 마약을 찾았습니다. 너무도 당연한 일이었겠죠. 약을 들이
켜면 아무렇지도 않게 움직일 수 있었을 테니까요. 입에서 피가
쏟아져도 웃고 넘기더군요. 그렇게 마약에 더 심하게 의지할 때
쯤엔 거의 모든 조직원들이 몸져눕게 되었습니다. 저는 그들의
입에 직접 음식을 넣어 줘야 했습니다. 두목이 제일 먼저 죽었습
니다. 그제야 작은 두목이 심각성을 알아챘습니다. 제게 돈을 쥐
여 주면서 약을 사 오라고 했습니다. 그땐 이미 성한 사람이 저
하나뿐이었으니까요. 저는 그렇게 해서 될 문제가 아니라고 설
득했습니다. 의사를 하나 데려와야 한다고 했습니다. 어느 조직
원도 직접 갈 수 없으니 돈으로 매수해야 한다고 했습니다. 작은
두목은 고민 끝에 결국 얼마간의 돈을 저에게 맡겼습니다. 물론
배신은 곧 죽음이라는 위협을 달았습니다. 저는 마을로 내려갔

다가 며칠 만에 다시 올라갔습니다. 작은 두목을 포함한 서너 명만이 겨우 목숨을 지키고 있었습니다. 저는 죽은 조직원들을 모두 땅에 묻어 주었습니다. 남은 몇 사람들에게도 정성으로 음식을 먹였습니다. 작은 두목은 왜 의사가 늦느냐고 힘없이 물을 뿐이었습니다. 그의 생명도 얼마 남지 않았다는 것을 알 수 있었습니다. 저는 아예 병원을 매수해서 모두 입원하는 것만이 유일한 살길이라고 설득했습니다. 작은 두목은 결국 조직의 모든 자금을 맡기며 간절하게 부탁했습니다. 제발 살려 달라고. 작은 두목과 나머지 조직원들도 며칠 만에 제가 떠 주는 죽을 목구멍으로 밀어 넣던 중 세상을 떠났습니다. 늘 그렇듯 유리 가루를 곱게 갈아 넣은 죽이었습니다. 마음 같아서는 잔인하게 죽이고 싶었지만, 당국의 관심을 받아서는 안 됐습니다. 저는 그렇게 조직 전체를 몰살했습니다. 그리고 천천히 계획을 세웠습니다. 돈으로 공무원을 매수해서 새로운 신분을 얻었고, 기회를 봐 상류사회에도 줄을 댔습니다. 깨끗한 집을 얻고 멋진 옷을 구했습니다. 온몸에 더러운 흔적들이 선명했지만 돈으로 하나씩 지워 나갔습니다. 한국을 자주 왕래하는 상류사회의 호색한을 찾기로 했습니다. 한참을 물색한 끝에 글쟁이 하나가 눈에 들어왔습니다. 그가 제 다리 밑을 기도록 하는 건 너무도 쉬웠습니다. 어렵지 않게 가정도 자식도 버리게 만들었습니다. 그리고 순식간에 혼인 신고도 마쳤습니다. 그러고는 함께 한국을 몇 차례 다녀갔습니다. 저는 신중하게 정보를 수집했습니다. 가족들이 어떻게 되었는지 알아야만 했습니다. 처음엔 어머니와 동생이 살아 있을지도 모른다는 헛된 바람을 가지기도 했었죠. 하지만 그 꿈은 순식간에 허물어지고 말았습니다. 그제야 저희 가족을 덮쳤던 참혹한 불행이 어떤 것이었는지 확실하게 볼 수 있었습니다. 가슴이 더 이상 울리지 않는다는 사실을 깨달은 것도 그때였습니다. 아니, 어쩌면 더욱 냉정을 찾아가고 있었는지도 모릅니다. 전혀 슬프지 않았습니다. 오히려 가족들이 살아서 저처럼 지옥을 맛보지 않은 것은 다행이라고 위안했습니다. 마지막으로 중국에 돌아갔을 때엔 모든 재산을 정리했습니다. 남편 것까지 모두. 남편은 들떠 있었고, 저는 떠나는 비행기에서 불타는 도시를 상상했습니다. 한국에 들어온 지 일 년 만에 남편은 절벽에서 떨어져 세상을 떠났습니다. 아들이 보고 싶다고, 빨리 돌아가자고 조르지만 않았어도 좀 더 오래 살았을지 모를 일이었습니다. 저는 곧 귀화 신청을 했고 오래지 않아 다시 한국인이 될 수 있었습니다. 나도향. 저는 어렵사리 클럽에 들어갈 수 있었습니다. 허균과 안두희는 저를 알아보지 못했습니다. 당연한 일이었겠죠. 지옥에서 막 돌아온 거였으니까요. 저는 기회를 엿보기로 했습니다. 지옥은 제게 서두르지 않는 법을 가르쳤습니다. 기쁨, 행복의 속성은 빨리 지나간다는 겁니다. 반면 슬픔, 불행은 지겹게 끝나지 않는다는 걸 알게 되었습니다. 완벽한 기회가 오기만을 기다렸습니다. 허태수가 와인을 즐긴다는 것을 알게 되었습니다. 저는 허태수에게 먼저 접근하기로 했습니다. 안두희와는 달리 회원들과 곧잘 시간을 함께 보내곤 했으니 보다 쉬운 상대라고 생각했습니다. 저는 가끔 와인을 들고 허태수의 방을 찾았습니다. 저는 허태수가 명확하게 선을 긋고 여색을 탐하지 않는다는 사실에 조금 놀랐습니다. 허태수는 절대 자신의 과거 얘기를 꺼내는 법이 없었습니다. 미리 정해 놓은 어느 대사를 읽는 느낌이 들 뿐이었습니다. 그러던 어느 날 그는 앞으로의 계획을 살짝 털어놓았습니다. 그것은 유실된 필름, 나운규의 〈아리랑〉을 복원하는 것이었습니다. 그는 희미한 미소를 지으며 미리 정해 놓은 감독도 있다고 했습니다. 어릴 적 자신이 입양 보낸 소년이 돌아오는 것이라고 덧붙였습니다. 저는 그 말에 제 귀를 의심했습니다. 어쩌면 동생 지석일지도 모르겠다고 직감했습니다. 허태수는 얽힌 실타래를 풀어야 한다고 곧잘 얘기하곤 했습니다. 모르는 사람들은 그 말이 그저 영화에 대한 얘기라고 생각했을 겁니다. 그때부터 저는 점점 허태수가 과거의 악행과는 거리가 있는 건 아닐까 생각하게 되었습니다. 차분히 지켜보기로 했습니다. 지석의 행방을 아는 사람은 허태수뿐이었으니까요. 몇 달 후 동생은 한국으로 들어왔습니다. 저는 모르는 척 동생을 맞이했습니다. 동생은 아무것도 기억하지 못하는 것 같았습니다. 한국말을 기억하고 있는 것은 그나마 다행이었습니다. 우선 동생에게 자연스럽게 다가서야 했습니다. 놀라게 하고 싶지 않았고, 무엇보다 허태수나 안두희가 눈치채지 못해야 했습니다. 좋은 촬영 장소가 있다며 지석을 폐가로 데려갔습니다. 폐가로 가는 동안 지석은 뭔가를 더듬는 것 같았습니다. 지석은 자신이 어디에 와 있는지조차 기억하지 못했지만, 폐가 안으로 들어가면서 점차 말을 잃어가고 있었습니다. 저는 가만히 지켜보았습니다. 동생은 매우 혼란스러워했습니다. 그리고 허물어져 가는 저 자신을 발견했습니다. 우리는 시간을 두고 조금씩 다가서야만 했습니다. 자칫 잘못하면 부딪혀 깨질 것만 같았습니다. 저는 동생을 다치게 하고 싶지 않았습니다. 제 계획에 동생을 끌어들일 생각은 전혀 없었습니다. 그래서 아무런 얘기도 하지 않았지만 동생은 뭔가를 눈치챈 것 같았습니다. 제가 동생에게 작별의 인사를 전하고 있을 즈음 동생은 제 계획을 눈치채고는 안두희를 빼돌렸던 것입니다. 저를 다시는 놓아줄 수 없다더군요. 포기한 척 동생에겐 연기를 했습니다. 하지만 전 멈출 수 없다는 걸 잘 알고 있었습니다. 그래서 안두희를 죽이기로 결심한, 아주 오랫동안 준비하고 고대했던 그날, 마지막으로 허태수에게 직접 그때의 얘기를 듣기로 한 것입니다. 한편으론 저를 설득하길 바라고 있었는지도 모릅니다. 만약 부모님 죽음에 일말의 책임이 있다면 그때 둘 모두를 죽여도 늦지 않을 거라고 생각한 겁니다. 허태수를 죽이고 안두희마저 죽이고 저도 죽을 생각이었습니다. 어차피 더 살 생각 따윈 없었으니까요. 아쉽고 안타까운 건 동생 지석을 보살펴 주지 못하는 것뿐이었습니다.

저는 와인을 들고 허태수의 방을 찾았습니다. 나 감독 문제로 상의할 것이 있다며 약속해 두었던 것입니다. 한참을 지석에 대해, 그리고 그 얽힌 실타래가 뭔지를 묻고 있던 차에 지석이 들어왔습니다. 허태수는 나와 동생 지석이 함께 있는 상황을 재빨리 알아차리고는 와인 잔을 내동댕이쳤습니다. 아마 독이라도 탄 줄 알았던가 봅니다. 저희는 순간 당황했습니다. 저는 와인 병으로 허태수의 뒷머리를 쳤습니다. 그리고 고통스러워하는 허태수의 손을 하나씩 잡고 다른 손으론 목을 움켜쥐었습니다. 우린 책망하듯 그의 목을 눌렀습니다. 그렇게 된 것입니다. 동생은 살인을 말리려다 결국 저를 도운 셈이 되어 버렸습니다. 동생은 생각할 것이 있다며 저를 먼저 피신시켰습니다. 그리고 며칠 후 촬영장에서 다시 동생을 만났습니다. 우리는 그때 계획을 나누었습니다. 이미 마음은 편해진 뒤였습니다. 동생은 시간을 벌고 그동안 저는 안두희를 처단하기로 했습니다. 동생은 일이 끝난 후엔 자수하고 죗값을 치르자고 했습니다. 그리고 나중에 다시 만나자며 저를 껴안아 주었습니다. 아주 오래전에 잊어버린 따뜻한 포옹이었습니다. 하지만 저는 동생의 말처럼 살아남을 생각이 없습니다. 너무 거칠 것 없이 달려온 삶이었기 때문입니다. 생존을 위해 얼마나 많은 다른 삶을 짓밟았습니까? 동생 지석에겐 미안하지만 저 역시도 이미 용서받을 수 없는 삶이 되었습니다. 누구보다 저 스스로를 용서할 수 없습니다. 남은 것은 안두희의 추악한 페르소나를 밝히는 것뿐이죠.

홀로 남게 될 동생 지석의 실수에 대해 일말의 아량이 필요하다고 말씀드리고 싶습니다. 간곡하게 부탁드립니다. 제게 그럴 자격이 없다는 건 잘 알고 있지만 말이죠. 안두희는 악마입니다. 저는 그의 악행을 마지막까지 확인해 볼 것입니다. 저희 가족은 안두희에 의해 철저하게 파괴되었습니다. 그 피해자의 한 사람인 동생 지석을 선처해 주시길 간절히 바랄 뿐입니다.

                                                    — 나연수 올림

추신. 설명서만으로 피아노를 배웠다는 얘기는 거짓이었습니다. 결국 장기를 뺏기고 죽어 간 어느 중국 여인에게서 배운 것이었습니다. 뻔뻔한 거짓말 죄송했습니다.

해방된 역마차

무대 한편. 커튼이 만들어 놓은 완벽한 그림자에서 나뭇가지가 자라는 것처럼 하얀 손이 뻗어 나와 피아노 건반을 쓰다듬었다. 처음 몇 개의 음은 연결되지 않을 것처럼 간격이 벌어져 있었다. 무의식이 떨어진 음들을 하나의 선율로 이어 붙일 수 있을 때 겨우 완연한 느린 곡이 될 수 있었다. 〈Je te veux〉. 경쾌할 수도 있을 것 같은 곡은 고요한 바다를 미끄러져 아무런 물결도 만들지 않은 채 그렇게 평화롭게만 흘러갔다. 누구의 시선을 끌지도, 깨우지도 못하는 것이었지만 아무도 상관하지 않았다. 어쩌면 '자유롭게 그러나 고독하게'라는 연주 기법이 바로 이런 것이 아닐까 하는 생각이 들었다. 특이한 건 연주가 끝나고 음이 모두 가라앉은 뒤에야 비로소 갈증을 느끼게 한다는 것이다. 누가 먼저랄 것도 없이 바텐더와 홍 형사는 무대를 바라보았다. 피아노 연주자는 다시 커튼으로 가려진 곳에서 연주의 격정을 식히고 있었지만, 그녀가 도향임은 의심할 나위 없었다. 그것을 확인이라도 시켜 줄 요량이었는지 도향은 천천히 무대를 내려와 채플로 다가왔다. 아직도 피아노 선율에 휘감기어 박수에 응답하는 모습이 한없이 우아해 보였다.

「바텐더님, 부탁 좀 드려도 될까요?」

「뭐든지.」

바텐더는 황홀한 연주의 대가로 정말 뭐든지 줄 것처럼 대답했다.

「저, 피시 앤 칩스 좀 만들어 주세요. 양은 절반으로 해서요.」

「저런, 아직 식사를 하지 못했구먼. 내가 바로 특제로 만들어 올릴게. 잠깐만 기다려.」

「고마워요. 기다리는 동안 저 트로피컬 포이즌 만들어 마실게요. 괜찮겠죠?」

도향은 주방으로 향하는 바텐더의 등에 애교 섞인 인사를 잊지 않았다.

「물론이지.」

도향은 익숙하게 이것저것을 섞었다. 너무도 골몰해 있는 도향에게 홍 형사는 말을 붙일 수 없었다. 다만 말없이 칵테일 제조 과정을 지켜볼 뿐이었다. 칵테일은 새로운 뭔가가 들어갈 때마다 제 색상을 바꾸고 있었다.

「그렇게 계속 지켜볼 셈인가요?」

「네? 제가 뭘……」

「트로피컬 포이즌은 클럽의 비밀 레시피 칵테일이에요. 회원들 몇 명만 알고 있는 거라고요.」

「아, 죄송합니다. 저는 그냥……」

홍 형사는 고개를 돌려 홀 쪽을 바라보았다. 홀 안의 회원들은 행복해 보였다. 얼굴이 닿을 만큼 맞대고 무슨 얘긴지 쉴 새 없이 떠들었다. 묵언 수행을 방금 마친, 실어증에서 막 깨어난 사람들처럼. 홍 형사는 유리가 부딪치는 경쾌한 소리에 고개를 돌렸다. 홍 형사 앞엔 유리잔에 든 알록달록한 트로피컬 포이즌이 도향의 시원한 미소를 배경으로 놓여 있었다. 도향은 아무 말 없이 제 잔을 입에 대고는 데크로 향했다. 홍 형사는 그녀의 등에 대고 목을 까닥해 감사의 표시를 할 수밖에 없었다. 도향의 칵테일은 한 모금 한 모금마다 다른 맛이 나는 것 같았다. 층층이 다른 색 때문에 그럴까 싶어 눈을 감고 마셔 봐도 마찬가지였다. 풍만한 뭉게구름을 달콤한 시럽에 흠뻑 적셔다가 입에서 사르르 녹이는 맛이었다. 게다가 코에선 탁 트이는 민트의 향이 느껴졌다. 잔에서는 민트의 색을 본 것 같지 않았는데 민트의 향이라니 희한하고, 재미있고, 신기하고……

음식을 담은 접시를 들고 돌아온 바텐더 앞에는 엎드려 잠이 든 홍 형사와 난감한 표정의 도향이 나란히 앉아 있었다.

「피곤했었나 봐요.」

「그럴 만도 하지. 갑자기 긴장이 풀어지니 그간의 고단함이 한꺼번에 몰려든 걸 게야.」

「긴장이 풀어지다니요?」

「뭐, 아직 확실한 건 아니라고 하지만, 범인이 자수했다고 그러던데?」

「누구래요?」

「확실한 건 아니니까, 나중에 물어보자고.」

「괜히 곤란해질지 모르니까 홍 형사님 사무실 소파에 뉘어 드리죠?」

「그래야겠군. 누가 도움을……」

「바텐더님. 저 도향이에요. 힘 좀 쓴다고요. 바텐더님만 좀 도와주세요.」

도향과 바텐더는 홍 형사를 사무실로 옮겼다. 다행히 홍 형사는 잠결인지 무의식인지 두 발에 힘이 풀린 정도로 설 수 있었다. 홍 형사를 소파에 눕힌 바텐더는 책상 위에 내려진 수화기를 발견하고는 귀에 갖다 대었다.

「어쩐지 전화가 한 통도 없다고 했어. 먹통이군, 먹통. 도향, 홍 형사 좀 잘 부탁해요. 난 건물 뒤에 좀 갔다 올 테니까.」

바텐더는 황급히 사무실을 나갔다. 도향은 사무실 작은 창으로 바텐더가 현관을 나서는 것을 확인한 후 천천히 자신이 가지고 있던 홍 형사의 휴대전화를 다시 홍 형사의 주머니에 넣었다. 왼쪽엔 전화기, 오른쪽엔 배터리로 분리해서. 그리고 홍 형사가 착용한 홀스터에서 권총을 뽑았다. 실린더를 열어 공포탄 한 발, 실탄 다섯 발을 확인했다. 여분의 탄환 클립이 있었지만 건드리지 않았다.

도향은 위층으로 올라가기 전에 홀을 향해 진지하고 정중하게 목례를 했지만, 이를 눈치챈 사람은 아무도 없었다. 도향은 천천히 음미하듯 계단을 밟았다. 계단 한 칸 한 칸에서 그동안의 삶이 함축되어 떠올랐다. 자신이 선택하지 않은 삶을 오로지 악귀와 같은 생명력으로 이끌어 오고, 또 끝낼 수 있다는 생각에 마음이 한없이 차분해지는 것을 느꼈다. 계단실에 걸려 있는 액자 하나하나에 손가락으로 콕콕 인사를 하면서 하나씩 계단을 밟아 올라갔다. 3층으로 올라가는 마지막 계단에서는 주머니에서 권총을 빼 들었다. 다시 한 번 약실을 열어 탄환이 장전되어 있는 것을 확인하고는 해머를 뒤로 당겨 놓았다. 검지를 방아쇠울에 단단히 고정한 채 다시 한 발 한 발 계단을 올라갔다.

「리볼버는 여섯 발.」

도향은 301호 출입구 옆 기둥에 등을 기대어 심호흡했다. 그 심호흡은 오히려 도향의 초점을 흐리게 하고 있었다. 영겁 같은 적막을 깬 것은 노크 소리였다.

똑똑똑, 똑똑똑.

「안 선생님, 저 혜석이에요. 문 좀 열어 보세요. 저 혜석이 돌아왔어요!」

「…….」

도향은 여전히 기둥에 등을 기댄 채 출입문 손잡이에 한 발을 당겼다. 공포탄은 그 위세만으로도 쇠로 된 문손잡이를 흔들었다. 그때 방안에선 더 큰 총성이 쏟아져 나왔다.

타다다당……

우레와 같은 총소리마다 문에 구멍이 만들어졌다. 소리만 없었다면 빛이 새어 나오는 곳을 통해 비로소 꽉 막힌 방이 숨을 쉬게 되었다고 느꼈을 것이 틀림없었다. 도향은 매 총성마다 소리 내어 하나씩 세었다.

「하나, 두울, 세엣, 네엣, 다섯, 여섯.」

도향이 문손잡이를 향해 다시 한 발을 발사했다. 그와 동시에 나머지 한 발이 방에서부터 발사되면서 출입문에 또 다른 구멍이 만들어졌다. 그제야 도향은 이미 헐거워진 손잡이를 비틀어 현관에 들어섰다. 다시 굳게 닫힌 방 안에선 우레와 같은 총성이 두 번 더 울렸다.

*

차는 동이 터 오는 새벽을 나는 듯 달렸다. 자책하는 마음이 자동차의 액셀을 밟도록 채근하고 있었다. 좀 더 빨리 알아챘어야 했다. 종이컵을 씹고 있던 초조한 마음이 취조실의 문이 열리자 환한 미소로 바뀔 때부터 알아챘어야 했다. 사건의 전후에서 중요한 누군가를 빼고 말했을 때 어색한 뭔가가 있다는 것도, 이미 살인을 저지르고 자백하는 사람이 현재형으로 말하고 있다는 것도 알아챘어야 했다. 지석은 돌아가신 부모님을 위해 '하는 것이 아니다'라고 했고, 머릿속에 있는 시계를 '멈추고 싶다'고 했다. 여전히 계획은 진행 중이었던 것이다. 살인의 동기가 여덟 살 지석의 마음에서 싹튼 것이 아닌, 옮아왔다는 것쯤은 알아챘어야 했다.

지석이 자수했다는 소식은 누나에게 어떤 의미로 받아들여졌을까? 지석은 누나에게 시간을 벌어 준 것일까? 아니면 선택의 기회를 준 것일까?

멀리 클럽 페르소나의 불빛이 보일 때쯤 그보다는 총성이 먼저 다가왔다. 여러 발의 총성은 주변을 모두 깨우고 말았다. 새벽녘 서둘러 일터로 나서던 몇몇 사람들은 그 자리에서 마네킹처럼 고정되어 움직일 줄 몰랐다.

움직일 줄 모르고 멈춰 선 건 클럽도 마찬가지였다. 1층 홀의 사람들은 모두 제자리에서 얼음이 되어 있었다. 그들의 눈에서는 두려움보다 불안함이 읽혀졌다. 늘 안두희의 뒤에서 병풍을 치고 있던, 위세 좋던 무신정권의 페르소나들은 하나같이 테이블 밑에 기어들어서 오들오들 떨고 있었다. 오로지 바텐더만이 서 형사에게 다가와 떨리는 목소리로 상황을 전해 주었다. 위층 안두희의 방에서 총소리가 들린 것 같다고, 인터폰으로 연락을 해도 아무런 대답이 없다는 것이었다. 서 형사는 사무실에 끓아떨어진 홍 형사를 보고는 가슴을 쓸어내렸다. 권총이 없는 남 형사는 남은 사람들을 위해 1층에 남겨뒀다. 그러고는 토트백에서 권총을 꺼내 들었다. 그리고 마지막 계단 앞에서는 해머를 뒤로 당겨 놓았다.

「도향! 이젠 다 끝났어요. 더 이상의 피해는 없어야 하지 않겠습니까? 무기를 내려놓고 조용히 나오세요. 어서요.」

「…….」

「살아서 나지석 씨를 만나야 하지 않겠습니까? 동생 나지석 씨를 말입니다. 주신 편지는 모두 읽었습니다. 충분히 정상 참작이……」

「미안합니다. 모든 계획은 제가 세운 겁니다. 동생에겐 사랑한다고, 미안하다고, 목숨처럼 그리웠다고 전해 주세요.」

그리고 도향은 독백하듯 말을 이었다.

「당신에게 마지막 기회를 드리겠습니다. 사람답게 그리고 안두희답게 죽을 기회를 말이죠.」

서 형사는 더 이상 기다릴 시간이 없다는 걸 직감했다. 문을 걷어

차고 방으로 들어가려는 순간, 한 발의 총성이 울려 퍼졌다. 도향을 관통한 총알이 서 형사의 옆구리를 파고들었다. 피가 쏟아져 나가는 뜨거운 느낌은 서 형사를 더 이상 설 수 없게 만들었다. 쓰러지는 서 형사의 눈에 비친 광경은 예상 밖의 것이었다.

바닥에 쓰러진 도향 뒤로 입과 손발이 의자에 묶인 안두희가 손에 권총을 쥐고 있는 것이었다. 총구에서 피어오르는 연기라든지 바닥에 떨어지는 자신의 나풀거리는 머리카락이 1초를 아주 잘게 나눈 순간임을 말해 줬다. 안두희의 손가락은 계속해서 방아쇠를 당겼지만 더 이상 총알은 남아 있지 않았다. 도향은 아마도 안두희의 총에 죽기를 희망하면서 또한 그가 다시 한 번 손에 피를 묻히길 바랐던 것 같았다. 그리고 어쩌면 서 형사의 손을 빌리려 한 건 아니었을까? 자신이 좋아하던 엠서티식스(M36)의 불꽃으로.

서 형사는 자신의 발치에 떨어뜨린 권총을 잡으려고 온갖 힘을 모아 봤지만 피만 더 흥건하게 번질 뿐이었다. 청력이 먼저, 시력이 그 뒤를 따라 흐려져 갔다. 그때 열망이 불러낸 것인지 단순한 환각이었는지, 권총이 누군가의 손에 들려 공중으로 떠올랐고, 바닥에 몇 개의 탄피를 쏟아 냈다.

여전히 연기를 내뿜는 권총을 바닥에 떨구고, 서 형사에게 다가와 안위를 살피는 사람은 결연한 표정의 청년 김구였다.

1) 릴리언 헬먼(Lillian Florence Hellman, 1905. 6. 20.~1984. 6. 30.)은 미국의 좌익 자유주의자이며 극작가. 이 책 서두에서는 그녀의 생몰 월일을 사건의 발생일(6. 26.)에서 종결일(7. 2.)로 왜곡해 놓았다. 그녀의 삶을 고스란히 담아낸 것 같은 이 짧은 문장은 소설의 이야기 전체를 함축하고 있기 때문이다.

2) 교산(蛟山)은 조선의 학자이자 《홍길동전》을 집필한 문인 허균(許筠, 1569~1618)의 호이다. 자는 단보(端甫), 아버지 엽(曄), 두 형인 성(筬)과 봉(篈), 그리고 누이인 난설헌(蘭雪軒) 등이 모두 시문으로 이름을 날렸다. 여기서는 동명이인.

3) 안두희(安斗熙)는 백범(白凡) 김구(金九) 선생 암살범이다. 1949년 6월 26일(日) 백범을 암살하여 종신형을 선고받았으나 이후 감형되고 잔형을 면제받았으며, 정치적 의혹에 대해 김구 선생 살해 진상 규명 위원회가 발족하자 잠적하였다. 여생을 은신 생활로 보내다가 끝내 배후를 밝히지 않은 채 박기서에게 피살되었다. 여기서는 동명이인.

4) 정중부(鄭仲夫, 1106~1179)는 고려 초기의 무신이다. 왕이 무신을 차별하는 데 불만을 품고 이의방, 이호 등과 난을 일으켜 무신시대를 열었다. 여기서는 동명이인.

5) 정정화(鄭靖和, 1900~1991)는 일제강점기의 독립운동가이다. 상하이임시정부에 독립 자금을 조달하는 밀사로 활약하였다.

6) 고산자(古山子)는 조선 후기의 실학자, 지리학자이며 〈대동여지도〉를 간행한 김정호(金正浩, ?~1866)의 호이다. 여기서는 동명이인.

7) 기은(耆隱)은 조선 후기의 문신 박문수(朴文秀, 1691~1756)의 호이다. 탐관오리를 벌주고 가엾은 백성을 보살피는 암행어사의 전설로 남아 있다. 여기서는 동명이인.

8) 춘사(春史)는 일제강점기의 영화인 나운규(羅雲奎, 1902~1937)의 호이다. 여기서는 동명이인.

9) 송병준(宋秉畯, 1858~1925)은 일제강점기 친일 정치가이자 민족 반역자이다. 헤이그 특사 사건 후에는 황제 양위운동을 벌여 친일 활동에 앞장섰고, 1907년 이완용 내각이 들어서서 농상공부대신, 내부대신을 역임하고 국권피탈을 위한 상주문, 청원서를 제출하는 매국 행위를 했다. 그 후 다시 일본에 건너가 국권피탈을 위한 매국 외교를 하여 전 국민의 지탄을 받았다. 여기서는 동명이인.

10) 이완용(李完用, 1858~1926)은 일제강점기 친일 정치가이자 민족 반역자이다. 을사오적신의 한 사람이며 최악의 매국노. 이토 히로부미의 주도대로 한일신협약(정미7조약)에 서명하고, 순종의 재가를 받았으며, 이로써 인사, 입법, 행정 등 주요 권한을 일본에 이양하는 데 앞장섰다. 이후 이완용 단독으로 이유각서(己酉覺書)를 맺어 대한제국의 사법권마저 일본에 넘겨주었다. 여기서는 동명이인.

11) 양귀비(楊貴妃, 719~756)는 당나라 현종(玄宗)의 비(妃)이다. 절세미인에 총명하여 현종의 마음을 사로잡아 황후 이상의 권세를 누렸다. 안사의 난이 일어나 도주하던 중 살해

되었다. 여기서는 동명이인.

12) 찰리 채플린(Charles Spencer Chaplin, 1889~1977)은 영국의 희극배우, 영화감독, 제작자이다. 1914년 첫 영화를 발표한 이래 〈황금광시대〉, 〈모던 타임스〉, 〈위대한 독재자〉 등 무성영화와 유성영화를 넘나들며 위대한 대작을 만들어 냈다. 콧수염과 모닝코트 등의 이미지로 세계적인 인기를 얻었다. 여기서는 비슷한 발음인 '채풀잎'을 지칭한다.

13) 경손(慶孫)은 《백조》 동인 나도향(羅稻香, 1902~1926)의 본명이다. 도향(稻香)은 호. 필명은 빈(彬). 대표작으로 〈물레방아〉, 〈뽕〉, 〈벙어리 삼룡이〉, 〈별을 안거든 울지나 말걸〉 등이 있다. 여기서는 동명이인.

14) 도마는 1909년 초대 조선통감이었던 이토 히로부미(伊藤博文)를 하얼빈(合爾濱)에서 사살한 안중근(安重根, 1879~1910) 장군의 세례명이다. 토마스(Thomas)를 도마라 발음. 여기서는 동명이인.

15) 백범(白凡)은 일제강점기 한국의 정치가이며 독립운동가인 김구(金九, 1876~1949)의 호이다. 상하이로 망명, 대한민국임시정부 조직에 참여하고 1944년 대한민국임시정부 주석에 선임되었다. 신민회, 한인애국단 등에서 활발하게 활동하였다. 1962년 건국훈장 대한민국장이 추서되었다. 여기서는 동명이인.

16) 매헌(梅軒)은 1932년 상하이 홍커우 공원에서 일본군 수뇌부를 폭살한 윤봉길(尹奉吉, 1908~1932) 의사의 호이다. 본명은 우의(禹儀), 봉길은 별명이다. 여기서는 동명이인.

17) 안중근은 대한의군 참모중장이자 특파독립대장이므로 '의사'라는 호칭보다는 '장군'의 칭호가 더 맞는 표현이다.

18) 우남(雩南)은 대한민국 초대 대통령 이승만(李承晚, 1875~1965)의 호이다.

19) 홍경래(洪景來, 1771~1812)는 19세기 초 홍경래와 우군칙(禹君則) 등의 주도로 평안도에서 일어난 농민항쟁의 최고 지도자이다. 군사력과 봉기 이념에는 한계가 있었지만, 기층 사회에서 성장한 인물로서 대규모의 항쟁을 주도한 점에서 높이 평가되는 인물이다. 여기서는 동명이인.

20) 정월(晶月)은 조선 최초의 여성 서양화가이며 문학가인 나혜석(羅蕙錫, 1896~1948)의 호이다. 시대의 그늘진 여성관에 정면으로 도전한 가치관과 예술혼이 높이 평가된다. 여기서는 동명이인.

21) 해몽(海夢)은 조선 말기 동학농민운동의 지도자 전봉준(全琫準, 1855~1895)의 호이다. 몸이 왜소하였기 때문에 흔히 녹두(綠豆)라 불렸고, 뒷날 녹두장군이란 별명이 생겼다. 여기서는 동명이인.

22) 장영실(蔣英實, ?~?)은 조선 전기 세종 때의 과학자이다. 한국 최초의 물시계인 보루각의 자격루를 만들었으며, 세계 최초의 우량계인 측우기와 수표를 발명하여 하천의 범람을 미리 알 수 있게 했다. 그 외 여러 과학적 도구를 제작·완성하였다.